文学報新批评

文丛·第二卷·第4辑

中国美术乱象考辨

《文学报》编

上海書店出版社
SHANGHAI BOOKSTORE PUBLISHING HOUSE

愿文学报
越办越好。
巴金

希望广大文学爱好者

都读文学报

冰心

出版说明

《文学报·新批评》专刊创刊于2011年6月2日。按照常规，在创刊号卷首应该有个《发刊词》，申明办刊宗旨和内容定位，一是便于作者赐稿，二是便于读者阅读识别。但本刊在首期推出时，却没有《发刊词》，似乎有点不合传统戏剧程式，开场锣鼓未敲，人物便甩着水袖登场了。这并非编辑部大意疏忽，其实，有关可以写在《发刊词》的内容，在它诞生前发布的《征稿启事》中已经反复申明了，那就是现已广为人知的"三提倡、三反对"："倡导真实、真诚和自由、锐利的诚意批评，反对谩骂式的人身攻击；倡导靶标精准、精到的及物批评，反对不及物的泛泛而论；倡导轻松、幽默、透彻的个性批评，反对故作高深、艰涩难懂的'学院体'。"后来，编辑部又将之概括为六个字："真诚、善意、锐利"。

在《文学报·新批评》亮相前，已有很多权威媒体，对当下的文艺批评生态存在的痼疾，给予了严厉的批评。但如何改善"沉沦"的批评生态，却很少有人践行之。因此，《新批评》之所以甫一出现，就引起文学界、知识界的普遍关注，大概就因其将"呼吁"付诸行动，不仅高举批评的旗帜，连续不断地发出批评之声，而且隔周每期用八个版的容量集中刊登批评文字，内容涉及文学名家新作的文本分析以及文化现象、戏剧、影视等，颇有点"逆水行舟"味道。常有人问：《新批评》"新"在何处？或许，这也是其"新"之一吧。

古人云:“誉满天下,谤亦随之。”说《新批评》“誉满天下”,实在有点“王婆卖瓜”了,但“谤亦随之”却是一个客观存在。应该说,这个“谤”包含着复杂的内容,既有善意的“误读”,也有不适应带来的恶意攻击,当然也有《新批评》成长过程中种种不足引发的“争议”。不管是赞誉,还是善意批评抑或攻击,《新批评》皆以宽容、包容的气度,从各种不同的意见中吸收营养,然后整整衣冠,继续出门上路。因为,我们清楚自己从哪里来,又该向何处去。只要不做“亏心事”,是用不着害怕半夜“鬼敲门”的。

《新批评》出版三年多来,编辑部同仁于去年岁首推出了第一卷丛书,完整呈现每一期的内容。之所以如此选择,是为了可以原貌展示《新批评》前行的脚印,正的斜的,美的丑的,都纤毫毕现,不加掩饰;再就是,便于有兴趣研究当代文艺批评史的人,查阅所有的文章。延续这个思路,今年我们推出了文丛第二卷。

《新批评》丛书将一卷一卷连续推出,祈请广大读者垂注并赐教。

《文学报·新批评》编辑部
于乙未岁首

中国美术乱象考辨

目　录

新批评 第四十一期

2013 年 2 月 21 日

目　录

新批评 第四十二期

2013 年 3 月 7 日

新批评 第四十三期

2013 年 3 月 27 日

目　录

目　录

新批评 第四十五期

2013年4月18日

目　录

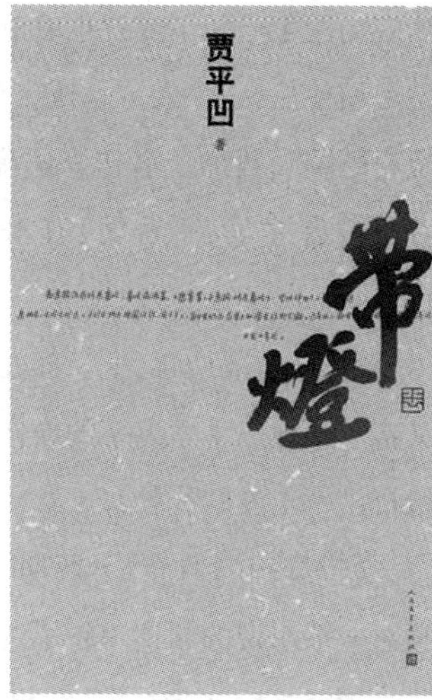

《带灯》：一部没有骨头的小说

石华鹏

■ 我以为，尽管贾平凹先生在表达上做了努力，也有对中国现实发言的想法，但是呈现在我们面前的《带灯》，其生命活力还是出现了问题，它如一个古稀之寿的老人一样，浑身的钙质流失之后，身体和精神都松垮下来了。

■ 或许，缘于我们对贾先生的每一次写作都很在乎，期望在他那里读到真正出色的中国小说，所以才提出了非一般的挑剔与苛刻。但是遗憾的是，《带灯》在即将出色的最后一两步止住了，作者没有勇气真正地去创造人物，去升华题旨，没有勇气去突破写作最后那道红线。

一、读一部小说的理由

一个作家，尤其一个名作家，隔三岔五总会弄出一部长长的小说来，不如此，仿佛不能证明自己和自己影响力的存在，就如："钉鞋的老往人脚上瞅，马副镇长抓计划生育，他是看任何妇女都要看肚子大了没有……精神病院的医生干久了或许也就成精神病了吧。”(此话引自《带灯》)——或许是习惯使然,一个人一旦成了作家,写就成了习惯,不写,闷得慌,“鸡不下蛋它憋啊”;再加上名作家属稀缺资源,你不写,也有人催着你写。至于是否写得有才华、有激情、有水准、有创造,有时顾不上考虑这么多,反正得写。

这不,时隔两年,上一部五十万字的《古炉》余温正要散去,贾平凹先生又奉上了他三十六万字的新作《带灯》。这部《带灯》被人说成是贾先生献给自己六十岁的礼物。

《带灯》在《收获》分两期——2012 年 6 期、2013 年 1 期——连载,这让我对一部小说的阅读跨越了两年。

读完之后,《带灯》让我想起我们老家村子里曾经出现过的一个怪怪的小孩,那小孩像全身没长骨头似的,坐不起来,更谈不上站立了,整天装在一只很大的洗脚木盆里,肉乎乎的堆满一大盆,拎起来,细细的一长条。小孩活到三岁死亡。据说那是一种极端的软骨症。

如果要说《带灯》是部什么样的小说的话,我以为,《带灯》是一部没有骨头的小说,软塌得就像我们村子里那个病小孩。

作为一个作家,有写任何一部小说的习惯和理由,这无可厚非,但是对于《带灯》这样一部小说,作为一个读者,我又有什么理由来读它呢?或者说,这部小说带给了我什么呢?

人饿了要吃,冷了要穿,寂寞了要热闹,读完一部近四十万字的小说,读者当然也是有需求的——向小说寻求某种精神满足。美国心理学家马斯洛提出了人的五大需求理论:生理需求、安全需求、归属与爱的需求、尊重需求、自我实现需求。读过许多小说后我发现,马斯洛的需求理论也是适合来作为评价小说的标准的。除生理需求外,那些好小说总能满足人的另外四大需求之中的某类需求,比如读《霍乱时期的爱情》,你能获得一种爱的满足;比如读《水浒传》,你能获得一种安全的满足;比如读《树上的男爵》，你能获得一种尊重的满足，等等。这其中，尽管有些小说的故事是"丑"的、"黑暗"的，但作者有倾向、有观念，他的笔是"审丑"的，是"黑暗"中透进一丝光亮的，所以，读者也能从"丑"和"黑暗"中，获得一种对安全、归属与爱、尊重、自我实现的渴求，这依然是小说对人的需求的一种满足。当然，读者获得的这几种需求，不是靠作者或者评论者解释的，而是靠小说自身的吸引力和说服力来征服读者，在自觉与不自觉中获得的。

那么《带灯》呢，满足了我们一种什么需求？很多人用一句话来概括这个小说：《带灯》写了一个乡镇综治办女干部的人生经历，直击基层女干部的幽密内心，展现当前基层中国现实。这样"万金油"似的概括没有错，因为任何小说都可以做类似概括。你写了什么——这不是小说真正的问题，小说真正的问题是：你写出了什么？你让我（读者）与小说及小说人物之间建立了什么感情——被征服？被打动？被启示？如果我们继续往前推问，《带灯》是否依靠自身的叙述吸引我们，并说服我们，走进了这个叫"带灯"的女干部的日常生活和内心世界吗？很遗憾，我的阅读并没有把我带进去，因为小说琐碎而散漫，从情节安排到人物刻画，很是软塌，而且小说的内容并没有多少超越我智慧的东西，除了一些龌龊细节诸如吃酒席把碗碟丢到尿窖子里、吃蒸煮引产下来的婴儿来治病等描述给人印象深刻外，很多内容都是"新瓶装旧酒"——对新闻消息的囫囵照搬和改头换面。所以，我期望被作者的叙述征服的愿望难以实现，乡镇女干部的人生经历既没有从故事层面，也没有从精神层面上让我产生"共鸣"，就是说我并没有从这个小说中获得某种需求的满足。

这一切源于，这部小说缺钙少骨、患上了软骨症。

二、一部没有骨头的小说

如果把一部小说比做一个人的话，那么，小说的故事、情节是骨骼，细节是肌肉，人物是大脑，题旨是精气神。一部小说要像人一样有生命，并能感染打动他人，小说家必须为小说提供鲜活的生活营养和强劲的精神营养，否者，即使一部小说拥有了骨骼、肌肉、大脑，它仍然是死的，是僵硬的。我以为，《带灯》有故事、情节，有细节，有人物，尽管贾先生在表达上做了努力，也有对中国现实发言的想法，但是呈现在我们面前的《带灯》，其生命活力还是出现了问题，它如一个古稀之寿的老人一样，浑身的钙质流失之后，身体和精神都松垮下来了。

（一）故事、情节没有骨头——脚踩西瓜皮，滑到哪里是哪里。

翻开这部小说，一个最显眼的特征，是有许许多多用黑框框住的章节标题。这些黑框小标题像膏药一样贴满整部小说，难得数出来有多少，有的小标题下只有一两句话，有的小标题下近万言。但是读完整部小说漫长的362页之后，我发现，这些黑框小标题里的内容，以及小标题与小标题之间的内容，要么松散、随意，要么互不搭界，甚至有的情节内容重复使用，可以看出作者在写它们时，文思的断裂和随意，似乎是想到哪里就写到哪里，就像一句俗语所说，脚踩西瓜皮——滑到哪里是哪里。这些黑框小标题变成了许多西瓜皮，它记录了贾先生滑行的印迹。

随手举两个例子。比如黑框小标题“普查维稳和抗旱工作”就写得松散、乏味：镇长下乡检查维稳、抗旱工作，第一天到了哪里，第二天到了哪里，中、下午在哪里吃，晚上怎么住，路上遇到了什么人，天亮便离开。粗线条地叙述完毕，这一章节便完结。这样的叙述有意义吗？这样的内容能刺激读者吗？比如“普查维稳和抗旱工作”这个小标题之前，是“给元天亮的信”，之后是“镇政府终于好事连连”，彼此之间跳开了，情节上没有直接关连。再比如，还有一些重复的情节，一次带灯在镇里，有人跑到县政府门口上访，领导通知带灯上县里把上访的人带回樱镇；还有一次带灯在县里开会，有人跑到县里上访，领导通知带灯不开会了把在县里上访的人带回樱镇。在小说不同地方的两个黑框小标题下，叙述的是两次截访均成功的内容。两次叙述的内容是否太过重复，太过平淡，太没有吸引力了。小说中还有一些人物和事件，有了个开端，见不到结果，虎头蛇尾，“西瓜皮”滑到最后，恐怕连作者都记不起来了。

可以不夸张地说，整部小说基本上是由这样一些“碎片”式的“膏药”和“西瓜皮”构成——“膏药”上贴的是樱镇的风土人情、花草虫鱼、鸡零狗碎等内容；“西瓜皮”上滑行的是，在樱镇大发展的格局下，“寻找经济新的增长点和维护社会稳定上”，综治办带灯主任的日常工作和生活：打击非正常上访、缠访、闹访的同时，对一个官至高位的樱镇陌生人的思念。因为樱镇人没完没了地上访，如水中葫芦，按下一个，另一个又浮上来了，所以小说对所有的上访人和事件都做了描述，也是没完没了。作者仿佛想把主人公带灯的每一天、樱镇上的各色人等都写进小说，去县里、在镇里、下乡里，每一个日子、每一个人被作者召之即来挥之即去。

这样皇皇三十六万言写下来，表面上看，一部当下中国西北乡镇现实的大画卷展现在我们面前了，而事实上，作为讲究表达技巧和接受读者阅读检阅的小说来说，《带灯》的故事结构是乏力的，小说的情节架构没有搭建起来，导致小说缺乏靠自身逻辑——故事情节和人物内心情节——来推动小说前行的“叙述动力”，只有靠作者主观意识来强行推动小说了，这样的小说一是让读者难以读下去，二是给人的感觉是软塌塌，没有骨头，无法像个强壮有力的人一样立起来。

或许，这样写正是贾先生有意为之，在寻求某种变化和创新呢。或许，他就是想打破一条故事主线贯穿小说的写法，将琐碎、散漫，并缺乏逻辑关连的生活现实直接搬进小说，让生活与小说平起平坐。贾先生自己就形容过《带灯》是一幅质朴的淡墨书法。当然，写无定法，任何写法都是值得尝试的，普鲁斯特的《追忆似水年华》用几十万字写一天的回忆也是可行的，贾先生努力改变的勇气令人钦佩。但是，任何一种写法成立的前提，是要能写出一部真正好的小说——好读、耐读。我对《带灯》的阅读经历告诉我，这部小说并不好读，不够吸引人，无论情节还是见识，均没有超拔之处。所以，在一个人们的阅读耐心像夏天太阳下的冰糕一样易融化的时代，放弃了一个大的故事情节为主导、大量日常生活铺张的小说，是很难得到读者青睐的。

这里涉及一个问题，我要写一个乡镇综治办干部，她的日常的琐碎的生活值得全部写进小说吗？那么是否说我要写一个文学编辑也要写这个编辑的任何时间的所见所闻所感呢？如果这样认为，显然是写作的一个误区。不是所有的生活都有必要进入小说的，它必须是有价值、有意义的，是能刺激读者的。英国小说家福斯特说："不论日常生活到底是什么样子的，实际上都是由两种生活组成的——时间中的生活和由价值衡量的生活，而小说能做的——如果是好小说——就是要把由价值衡量的生活包括进去。"显而易见的是，在《带灯》中，贾先生的叙述犯了两个错误，一是取消了小说时间的存在，因为太多的黑框小标题，没有一个内在的情节架构，所以小说内部的时间无法延续，管他春夏秋冬昨天今天明天上午还是下午，就那么混沌地堆积文字吧，这也是我们很难在小说中看到时间的缘故；二是一些"由价值衡量的生活"在小说中的缺失，带灯的所见所闻，对小说来说，不全都是有效信息，无价值衡量的生活，就没有必要进入小说了。一个作家必须警惕的是"少见多怪"，在小说里，你的情节内容，你的见识见解，是否超越了读者的智慧，是否对读者构成了吸引，这一点很重要。

（二）人物、题旨没有骨头——打马虎眼，和稀泥。

带灯是小说极力刻画的人物——据说贾先生首次用女性做主人公——她漂亮、孤芳自赏，还有那么点不合时宜，她像男人一样处理形形色色的上访，像隐士一样留恋乡间的安宁，在浑浊的现实面前，她是善良的，她说"咱们无法躲避邪恶，但咱们还是要善，善对那些可怜的农民，善对那些可恶的上访者，善或许得不到回报，但可以找到安慰"，但安慰终究也没有找到，带灯在处理一场大斗殴事件中脑子受伤，综治办主任被撤销，一个兢兢业业的乡镇女干部成为某些人某种体制的“替罪羊”，故事和人生同时收场，她有些疯了。

小说的题旨，如人民文学出版社出版的《带灯》的“勒口”上的文字所述：带灯的痛苦是无法救赎的，她是现世中的萤火虫，带着一盏灯在黑夜中巡行，拼命地燃烧和照亮，却命里注定地微弱无力，终归尘土。有评论家认为，作家以深厚的人道主义情怀呼吁对社会管理体制的改革，深刻且犀利。是一部对当下现实不仅直面而且充满关切的作品。

应该说，带灯这个人物塑造得还是很饱满的，小说题旨表现得也较为深刻。但是我以为，作为一部直面当下现实的小说，人物和题旨的骨头还不够硬，尖锐度还不够，只能说人物和题旨抵达了某种现实，还没有继续往前走一步甚至两步，去戳痛现实，去抗争现实。

拿带灯这个人物来说，小说塑造的“带灯”依然是我们理解范围内的“乡镇综治办主任”，她比那些自私、鱼肉村民的乡镇干部向前走了一步，她内心丰富，充满善意，她如一只萤火虫，燃烧自己照亮浊世，这里边我们可以感受到贾先生对“带灯”的同情与关切。但是一部小说要迈上出色甚至伟大的高度，仅有“带灯”“在黑夜里巡行”是不够的，小说还必须让萤火虫如“飞蛾扑火”般去撞击、去破坏现实。这样的“带灯”才不是贾先生笔下记录的、我们熟悉的“带灯”，而是陌生的、充满破坏力的、创造出来的、文学意义上的“带灯”。

历史学家记录，而小说家必须创造。福斯特说：“小说家的职能就是从其根源上揭示隐匿的生活：告诉我们一个我们原本不知道的维多利亚女王，由此创造一个并非历史上的维多利亚女王的小说人物。”我们说贾先生《带灯》里的人物和题旨没有骨头，在于这个小说只告诉了一个我们知道的“带灯”，而没有创造出一个现实中没有的“带灯”。在这个人人言说的时代，要保证和放大小说言说的有效性，小说必须把现实中的不可能拿到小说这个“实验室”里，让它变为可能，不说改变一个世界，至少让小说影响世界成为可能。由此,贾先生在处理小说的结尾时,不应该“打马虎眼”和“和稀泥”,不应该让带灯微弱无力,被体制淹没,应该让小小的“带灯”爆发出来,去撞击体制,去把那“陈年的蜘蛛网”撞破,获得新生。我们说鲁迅先生之所以伟大,因为他的写作不仅仅是在铁窗子里呐喊,还要拿肉体去搏斗存在的暗夜,拿精神去抗争绝望。阿Q有“精神胜利法”的软弱性,但阿Q更可贵的是他有革命的骨性。鲁迅先生说:“真的勇士,敢于直面惨淡的人生,敢于正视淋漓的鲜血。”而贾先生在“带灯”面前,是否太软弱了些呢?

或许,缘于我们对贾先生的每一次写作都很在乎,期望在他那里读到真正出色的中国小说,所以才提出了非一般的挑剔与苛刻。但是遗憾的是,《带灯》在即将出色的最后一两步止住了,作者没有勇气真正地去创造人物,去升华题旨,没有勇气去突破写作最后那道红线——是谁把带灯逼疯了?是谁应该受到指责甚至审判?如果要让《带灯》在当下现实面前成为一部真正的批判现实的巨作的话,小说不能在带灯疯的那一刻戛然而止,应该继续往前走,应该让带灯把一切打碎之后,闯出一条可能改变现实的希望之路。其实这条路就是鲁迅先生所说的一条“淋漓的鲜血”的路。这是小说真正的价值,是读者对小说有效性的一种需求。

老实说,这也是我对包括《带灯》在内的关注中国当下现实的小说的一大期许。我知道这样的小说很难出现,一些当着各级作协主席副主席的小说家,他们的小说在触及社会深层次问题时,总是有意无意地避开,他们在乎现在拥有的一切,在表达的夹缝间安逸生存即可。所以我说,中国作家有野心,但没有胆量。他们有获大奖的野心,有写出伟大小说的野心,但胆子太小,不敢去碰触中国现实根源上的“红线”,但是,要写出真正的现实,没有一副硬骨头,不去撞“红线”,又怎能写出来呢?读过拉什迪的《羞耻》、帕斯捷尔纳克的《日瓦戈医生》等小说之后,我才知道什么是作家的“胆大包天”,如果拿这类小说来对比《带灯》,我似乎又觉得我实在没有必要这么挑剔和苛刻,因为二者在写作的胆识上相距得实在太远了。

作家,尤其一个标榜着写着直面当下现实小说的作家,是应该有些担当、冒些风险的。

三、这个时代需要什么样的小说

我批评过刘震云的《我不是潘金莲》——小说被一个传奇似的故事绑架了,缺乏一种普遍性和丰富性。现在我又对《带灯》的散漫、没有骨头表达了不满。我问自己,在这个表达过剩、信息不断颠覆我们认识的时代,究竟需要什么样的小说?

我以为这是一个大问题,是小说家写作的"意识形态",是一个必须面对的问题,如果小说家对此视而不见,并且没有自己的态度和立场,写作将会陷入"少见多怪""自以为是"的泥潭,被读者被时代抛弃是迟早的事儿。时常听到有人说,我的写作不考虑读者,不考虑市场,但你得考虑小说的价值,价值就是一个时代对小说的需要啊。

小说曾经有过短暂而辉煌的过去,它令我们怀想不已。蒙混时代,人们需要一则则寓言一个个故事来丰富认识、获取生存的勇气;百无聊赖的时代,人们需要慢节奏的小说来打发漫漫长夜;新旧文化更迭的时代,人们需要小说是投枪是匕首斩断过去;而在这个信息过剩、人人言说的时代,人们需要小说干什么呢?小说已经不是知识的容器,不是思想的发源地,不是个人情绪的宣泄场,不是报纸的深度报道,不是网络的猎奇,也不是轻而易举便能攻克的文学堡垒。当下,小说除了满足马斯洛提出的人的安全需求、归属与爱的需求、尊重需求、自我实现需求以外,人们还需要小说给自己提供对抗生存压力的勇气和力量,那么,小说自身必须变得有勇气和力量,对此我无法说得更清晰明了,但我知道,小说的写作将变得异常艰难,写出一部符合时代、符合读者需求的出色小说难于登上青天,这种难度在于,小说必须以"大感觉""大体验""大眼界""大胸怀"来面对人类那些重大而艰难的精神问题。

这个时代究竟需要什么样的小说呢？我不知道，我大概知道不需要什么样的小说，至少有一点，不需要没有骨头、没有创造、不给人力量和勇气的小说。需不需要《带灯》这样的小说呢？我不知道。

贾先生的《带灯》读完了，唯一打动我的，是带灯写的那些没有发出去的情书，不仅情真意切，而且一个基层女干部的满身心酸力透纸背，可以看出，贾先生写这些情书是动了真感情的，如果《带灯》这部小说做修订，只收录这些情书的话，我愿意再读一遍，而眼前这本《带灯》，就让它回到我的书架上去吧，时间会让它落满灰尘。

《带灯》与贾平凹的文字游戏

唐小林

■《带灯》换汤不换药的写作，只不过是贾平凹对其以往众多作品的一次大炒冷饭和文字大杂烩。贾平凹只不过是将《秦腔》中的张三，变成了《古炉》中的李四，再将《古炉》中的李四，变成了《带灯》中的王五。正因如此，《带灯》的外包装虽然有所改变，但其中的诸多细节和人物对话，都是贾平凹对其以往旧作的自我抄袭和重复书写。

■ 一个与活色生香的现代生活如此隔膜的作家，贾平凹对陕西农村的描写，永远都是停留在其几十年前农村生活的灰色记忆之中。因此，即便是到了21世纪，中国经济迅速崛起的今天，贾平凹笔下的陕西农民们始终个个都是土得掉渣。

作为一个对著名作家贾平凹的作品有过广泛阅读和深入研究的读者，我始终认为，贾平凹的文学成就显然已被过分地高估，并且越来越被中国的某些文学批评家们过度地神话。我们无比痛心地看到，当今的某些学者和文学批评家，不是用一种文学和艺术的眼光去分析和研究贾平凹的作品，而是犹如疯狂的追星族一样，把贾平凹作为自己顶礼膜拜和追捧的偶像，毫无节制地对贾平凹的作品进行集体哄炒和天花乱坠的吹捧。贾平凹的小说《秦腔》出版之后，有的文学批评家就将《秦腔》飚捧为"传达了中国农村变迁非常丰富的信息，是一部表现农耕文明终结的作品。其写法上具有创造性，语言更是达到了炉火纯青的地步，而且具有一种飞翔的力量"。而当贾平凹的小说《古炉》出版之后，某些学者和文学批评家又不顾事实地吹捧说，"这是我目前看到的中国大陆有关写'文革'中最成功、最具个性的一本书，它对人性、国民性的挖掘极为深刻"、"这部《古炉》就完全放开了，写得智慧、深刻，艺术上完全按照作者的心愿来表达"、"我觉得这是贾平凹最好的长篇小说，是他至今为止最好的长篇小说”、“读《古炉》后的感觉，我就用‘震撼’来评价”。随着贾平凹的长篇新作《带灯》在《收获》上的连载和单行本的新鲜出炉，中国文坛的浮夸风也迅速掀起了新的高潮。有的文学批评家称《带灯》：如此洞察幽微，入木三分，如此独特的社会生活发现，如此跃然纸上，熟悉又陌生的典型形象，如此的文学胆识，怎不令人钦佩而安慰，又怎不令人产生如铁锥挖心的内心之痛！“反映当代农村社会问题，作家以深厚的人道主义情怀呼吁对社会管理体制的改革，深刻且犀利，标志着贾平凹的文学创作又迈上新的高度”、“《带灯》所带给中国社会和文坛的不只是一部伟大的小说，还有一种伟大的精神和伟岸高蹈的人格”。这些学者和文学批评家们天真地以为，仿佛经过这些吹捧之后，贾平凹的《带灯》真的就成了一部具有“伟大的精神和伟岸高蹈的人格”的伟大的中国小说了。

尽管我们知道，贾平凹在其每一部小说出版的时候，都会对自己的新作进行一次自我抬举和自我表扬，诸如将《废都》自捧为一部“安妥我破碎了的灵魂”的书；将一团乱麻，鸡零狗碎，无法卒读的《秦腔》自封为是决心为“故乡树起一块碑子”；将《古炉》的写作自诩为“不满意曾经在‘文革’后不久读到的那些关于‘文革’的作品，它们都写得过于表象，又多形成了程式”；将《带灯》的写作虚夸为是“为了当代中国文学去突破和提升”。但是，贾平凹这些激情表白，丝毫也不能帮助掩饰其平庸的文学品质。我以为，《带灯》换汤不换药的写作，只不过是贾平凹对其以往众多作品的一次大炒冷饭和文字大杂烩。贾平凹只不过是将《秦腔》中的张三，变成了《古炉》中的李四，再将《古炉》中的李四，变成了《带灯》中的王五。正因如此，《带灯》的外包装虽然有所改变，但其中的诸多细节和人物对话，都是贾平凹对其以往旧作的自我抄袭和重复书写。例如：

二猫说：收拾了？拉布说：不经打。只顾走。二猫说：你打掉了他三颗牙了？拉布说：哦，这忘了。你去敲吧，他还不了手了！拉布上了河堤。二猫说：你等着我。跑去敲元老三牙，元老三没动弹，元老三的两颗门牙被敲了，敲第三颗，发现嘴角处有一颗包了金的牙，他把包金的牙敲下来拿走了。——《带灯》

陕西南部的岚皋县发生过这样一件事，森林深处的南宫山上一位老和尚坐化后，数百年肉身不腐，附近的一名游医自觉也功德无量，就用木板钉成箱子，自己坐进去，以重金买通一个山民从外钉死箱盖，可不足半年，箱板腐朽散裂，他化作了一堆白骨，让人嘲笑了一番还敲去了嘴巴里镶着的一颗金牙。——《老西安》

这说得马水平也心性高涨，醉后在镇政府撒尿，说：瞧吧，将来这里要长一株牡丹！而马水平一直还是副镇长，他撒尿的地方只生出一棵狗尿苔。——《带灯》

她（白雪）还在村里的时候，常去苞谷地里给猪剜草，她一走，我光了脚就踩进她的脚窝子里，脚窝子一直到苞谷深处，在那里有一泡尿，我会呆呆地站上多久，回头能发现脚窝子里都长满了蒲公英。——《秦腔》

从以上的摘录中我们清楚地看到，贾平凹只需将在《老西安》中那个道听途说的“敲金牙”的故事的人物稍作变化，就成了《带灯》中敲元老三金牙的二猫。运用这种投机取巧的写作方法，《秦腔》中的她（白雪），摇身一变，就成了樱镇的马水平副镇长。于是，将蒲公英变成一株牡丹或者一棵狗尿苔，就完成了贾平凹在其新作《带灯》中的一段忽悠读者的文字游戏。在《带灯》接下来的描写中，贾平凹的这种文字游戏描写，简直就像洪水泛滥一样，弥漫在整个小说的字里行间。例如：

书记说：哦，单头蛇，单头蛇毒不大性欲大，你没有在手帕上让猫

> 尿了，让蛇爬上去排精液，那样手帕在女的口鼻前晃晃，女的就迷惑了会跟你走?！——《带灯》
>
> 青年解释了半天，方是这里兴一种蛊术，即将猫尿撒在一块手帕上，再将手帕铺在蛇洞口引蛇出来，蛇是好色的，闻见猫尿味就排精，有蛇精斑的手帕只要在女人面前晃晃，让其闻见味儿了，女人就犯迷惑，可以随意招呼她走。——《怀念狼》

在这些工业化组装一样的描写中，我们清楚地看到，“性”描写是贾平凹小说中必不可少的春药和刺激读者的兴奋剂。因此，在贾平凹的作品中，“性”的泛滥，动辄就是肚脐以下三寸的描写和多如牛毛的黄段子。基于这种以大量的性描写来招徕读者的写作理念，在贾平凹的小说中，只要写到花和地形，就必然要如出一辙地写到生殖器。例如：

> 回到镇政府大院，两人穿上内裤在镜子前照，内裤上竟然还绣了朵玫瑰花。两人就咯咯地笑，穿上长裤了，摸摸屁股，还是笑个不止。竹子说：植物把花开在头上，咱却穿在底下。带灯说：其实也对着的。你知道花是植物的啥东西？竹子说：啥东西？带灯说：是生殖器。——《带灯》
>
> 花朵就是草木的生殖器。人的生殖器是长在最暗处，所以才有偷偷摸摸的事发生。而草木却要顶在头上，草木活着目的就是追求性交，它们全部精力长起来就是要求显示自己的生殖器，然后赢得蜜蜂来采，而别的草木为了求得这美丽的爱情，也只有把自己的生殖器养得更美丽，再吸引蜜蜂带了一身蕊粉来的。——《废都》

可以说，拿生殖器来说事，早已成为了贾平凹小说写作的一大“特色”。哪怕是一个非常无聊的荤笑话，贾平凹也可以在其作品中乐此不疲地反复讲下去。例如：

派出所人说你们聚众赌博不该抓吗？五人就矢口否认，派出所人便指着麻将桌说摊子还没收拾哩就抵赖？尚建安强辩打麻将就一定在赌博吗，我家里有菜刀是不是就杀人呀，我还有生殖器在身上带着就是强奸犯呀?！——《带灯》

屋里是个小厅，左右各一个小房，左小房门口靠着一个拖把，右小房门口有一个小木凳子，可以随手拿起来。我观察好了。他说：刚才来的那人是不是你们一伙的？我说：那是翠花的堂哥。他说：来打架呀？我说：你怎么能说他来打架的？他说：他手里提了个木棍。我说：提木棍就是打架呀？他说：出门提木棍那就是打架么。我说：你出门还带生殖器，难道你就是要强暴人?！——《高兴》

我说："这是不是违反法律和道德呢?"赵宏声说："我只给你法儿，至于你怎么用，给谁用，那是你的事。斧头可以劈柴也可以杀人，斧头仅仅是工具么。男人身上带着 X，难道能说是有强奸嫌疑吗?"——《秦腔》

纵观贾平凹几十年的创作，我以为，今天的贾平凹，早已是一副名士派头，尽管贾平凹自称"我是农民"，但当今的农民究竟生活得怎么样，贾平凹可说是对他们根本就没有多少真正的了解。正因如此，贾平凹的作品才显得与当代农民的生活是如此的格格不入。时代早已进入了21 世纪，中国的农村早已是今非昔比。然而，在贾平凹的《带灯》中，陕西樱镇的农民们简直就像是生活在远古时代一样，邋里邋遢，无论是身上，还是家里，到处都是虱子。在贾平凹的眼里，整个樱镇，简直就是一个原始社会和虱子的世界。

我以为，在贾平凹的笔下，陕西的农民可说是被当成动物来欣赏的。

在《古炉》中，我们就看见了与《带灯》中如出一辙的描写："村子里突然间没有了响动，树下的人一时倒觉得无聊，吃烟的吃烟，打盹的打盹，要么解开了怀在棉袄里捏虱子。秃子金在杜仲树上蹭脊背，先是看着前边巷中一家灶房屋顶的炊烟，烟是蓝色的端端往上长，后来就歪了，软得像水中的草。"可以说，这种把无聊当有趣的描写，早已成为了贾平凹作品中的家常便饭。拿陕西农民来寻开心和出洋相，在贾平凹的小说中简直是举不胜举。在贾平凹的笔下，只要描写到陕西的农村妇女梳头，就总是会写到她们用唾沫来当"护发剂"的穷讲究和臭美。如：

> 天很快就黑了，女人溜下炕生火做饭。饭熟了，她一边等着男人回来，一边在手心唾口唾沫，抹抹头发。女人最爱的是晚上，她知道，太阳在白日散尽了热，晚上就要变成柔柔情情的月亮的。——《商州又录》

长期生活在西安城里，把玩陶罐，写字卖画，用闭门造车的方式来写小说的贾平凹先生，真是不知有汉无论魏晋。在中国的农村早已发生了翻天覆地的变化，许多新一代的农民工都学会了电脑上网，使用触摸屏手机的今天，在贾平凹的笔下，一个副镇长的家里，居然还要用唾沫来梳理头发。贾平凹先生这种为追求噱头而写小说的荒唐描写，可以说一直是其小说不接地气，要死不活的致命伤。在贾平凹看来，满身虱子和邋遢龌龊的农民才是其乡土小说最大的看点。就像赵本山的小品习惯拿中国农民的灰头土脸来寻开心一样，虱子简直成了贾平凹先生的最爱。在贾平凹描写农村题材的诸多小说中，几乎每一部都离不开有关虱子的无厘头描写。

由此我们可以知道，贾平凹在小说中对虱子是多么的喜爱有加。一个与活色生香的现代生活如此隔膜的作家，贾平凹对陕西农村的描写，永远都是停留在其几十年前农村生活的灰色记忆之中。因此，即便是到了21世纪，中国经济迅速崛起的今天，贾平凹笔下的陕西农民们始终个个都是土得掉渣。难怪贾平凹要借《带灯》中的人物竹子之口说：“我想，真要到没有虱子的时候了，樱镇人还会怀念虱子的。”在我看来，倘若樱镇没有虱子了，怀念虱子的绝不是樱镇人而只是贾平凹。试想，倘若没有虱子，贾平凹小说中这种把无聊当有趣的细节描写将从何而来？贾平凹的这种随意嫁接和肆意拼装的文字游戏又将怎样玩得下去？我甚至怀疑，倘若没有了那些毫无节制的性描写和无聊的噱头，垂垂老矣的贾平凹究竟还会不会写小说？其实，笔者在本文中所列举的，只不过是贾平凹小说创作中诸多病象的冰山一角，当代文坛上那些对贾平凹崇拜得五体投地的文学批评家们，无论其将贾平凹的作品吹捧得有多么伟大，也丝毫不能掩盖贾平凹的小说，尤其是像《带灯》这样平庸之作的满身疮疤。

因莫言获奖而想起鲁迅的一些话

郜元宝

■ 当代中国文学是否超过现代文学？当代文学是否真的到了历史上最好的时期？我的答案很简单：包括莫言在内的中国当代作家尽管已经取得了不小的成就，但如果要在整体上与现代作家相比，则差距之大，何可以道里计！

■ 现在诺奖大礼包来了，又激起更大的波浪，不知何时能够平复？但我们自己对自己的文学的印象如何？别人的唾骂或赞美能取代我们自己就近的观察和切身的体会吗？中国人对自己的文学的评价机制，已经到了需要别人代为建立的时候了吗？

我因为读了点鲁迅的书，对当代文学，总忘不了尝试用鲁迅的标准衡量一下，用鲁迅的眼光打量一番。评论界前辈程德培老师开玩笑说，你的评论不好玩，要么开头引鲁迅，要么结尾引鲁迅，总是鲁迅，“吃大弗消”。这种写法好不好玩我不知道，但积习难改，只好对德培老师以及有同感的朋友们道一声惭愧了。前几天遇见陈村，他说你这样写我倒没意见，只怕鲁迅不干,他老先生愿意跟我们排一块儿吗?我想这种担心应该是多余的。鲁迅固然说过“最高的轻蔑是无言,而且连眼珠子也不转过去”,但在现实的文学交往中他并不怕“破骨脚”的粪勺战术,也没有害洁癖到不肯沾上别人或被别人沾上。一部《鲁迅全集》与一部《中国现代文学史》,主动或被动挤在鲁迅身边的作家还少吗?要不要跟鲁迅排一块儿,不是鲁迅而是别人需要考虑的。

这次莫言获诺贝尔文学奖,海内外凡有华人的地方一片沸腾,这使我又想起了鲁迅,想起了他的一些话。

1927 年在致台静农的信中鲁迅明确表示,梁启超不够资格得诺贝尔文学奖,他自己也不配。他希望诺奖评委不要对“黄色脸皮人,格外优待从宽”,这样“反足以长中国人的虚荣心”。鲁迅的意思很清楚,他不希望诺奖评委们因为对中国有什么特别的态度而偏袒中国文学;中国是中国,中国文学是中国文学,二者有联系,但不能画等号。其次,他更不希望因为被提名乃至于获奖而助长中国作家的虚荣心,使他们觉得好像真就跻身世界一流文学家行列了。在这封信里,沉稳自尊的鲁迅对诺奖本身并未说什么不恭敬的话,他的重点是提醒中国作家和读者面对诺奖要保持明智。

大师风范,令人神往。

此次莫言获奖,已经被说成是继“奥运”、“世博”之后 21 世纪中华民族伟大复兴的第三大标志,这样兴高采烈之际,个人的获奖行为一下子被提升到国家民族的高度(有媒体甚至说莫言这次是代表中国去领奖),但不知有没有想过,是否因为莫言获奖,莫言本人或者跟莫言差不多的当代中国其他作家的水平顿时就超过了梁启超和鲁迅?或者超过了巴金、老舍、沈从文、钱钟书、汪曾祺等人,并且达到了世界一流水准?

诺贝尔文学奖并非高不可攀,中国作家并非必须达到上面几位的水准才能获奖,但不妨借此机会想想曾经被反复炒作的老问题:当代中国文学是否超过现代文学?当代文学是否真的到了历史上最好的时期?我的答案很简单：包括莫言在内的中国当代作家尽管已经取得了不小的成就，但如果要在整体上与现代作家相比，则差距之大，何可以道里计！

比较现代文学和当代文学，应该把进化和退化两种因素都考虑到，看看整体上是进化多还是退化多。比如，不能说当代作家语言比现代作家"规范"，当代文学就超过了现代文学，文学语言的价值并不取决于"规范"与否。不规范或不够规范的现代文学语言比自以为规范的当代文学语言，词汇和语法都要丰富得多，准确得多。我常常怀疑所谓"规范"其实是语言"萎缩"的另一种说法。又比如，许多人认为当代作家叙事艺术已超过现代作家，但这也并不意味着当代文学超过了现代文学，因为叙事文学的价值并不全取决于叙事艺术，否则博尔赫斯就可能要永远居于世界文学的群峰之巅了。现代文学的叙述方式偏向于单纯明亮的直线叙述，某些当代作家受到当代外国文学的影响，有意使其叙事趋向于复线和晦暗，二者是风格差异，不是高低不同。《许三观卖血记》对许三观的几次卖血描写得绘声绘色，叙述的充分性大大超过鲁迅写祥林嫂的接二连三的惨剧，但能否说余华的"详笔"超过了鲁迅的"省笔"呢？再比如，文学造诣在质不在量，当代作家的产量普遍高于现代作家，能否说当代作家的成就超过现代作家呢？

整体气象上，现代作家看似青涩粗糙，实际往往浑厚质朴；当代作家看似圆通成熟，实际往往虚假孱弱。像鲁迅周作人那样沉稳练达偏于中年乃至老年心态的作家在现代文学中不多见，但他们并非不喜欢青年文化，只希望有从青年自然地过渡到中老年的成熟稳健的文化。当时绝大多数人确实太年轻化了，《新青年》集团那些健将们不都是一群"老新党"、"老少年"吗？少年和中老年不仅指自然年龄，更指文学和文化品格。现代文学趋向于青年心态，并不意味着现代作家都像青年人那样光有热情而少理智。他们的青年心态类似李泽厚《二十世纪中国文艺一瞥》所谓"开放心灵"，是除旧布新的积极创造、勇敢反叛的亢奋与冲动。现代文学的少年是读过中外古今许多书、有许多真诚而深入的思考、经过大风大浪历练仍然大体不失其赤子之心的老少年。当代文学诚然多为中年人含蓄曲折的表达,但这中年是并没有读过多少中外古今的典籍、并没有怎样真诚而独立的思考、经过大风大浪历练之后往往已经失去赤子之心的文化修养较差而俗世之气较重的中年(包括“少年老成”),其表达的含蓄并非委婉深刻而是扭曲变形,其言说的曲折往往意味着言不由衷。这就恰如鲁迅在谈到刘半农时所说,“不错,半农确是浅。但他的浅,却如一条清溪,澄澈见底,纵有多少沉渣和腐草,也不掩其大体的清。倘使装的是烂泥,一是就看不出它的深浅来了;如果是烂泥的深渊呢,那就更不如浅一点的好。”

造成这种差异,主要有两个原因,一是现代作家生于“王纲解钮的时代”,比较自由,加上自幼饱读诗书,国学基本功扎实,又通过各种渠道广泛接触世界先进文化,自然拥有充沛的创造力和良好的鉴别力;当代作家生于全方位控制的时代,身体不自由,心灵被禁锢,受教育机会又少得可怜,普遍既无旧学根底,更无西学修养,创造力与鉴别力自然不会好。时间上超过现代文学一倍的当代文学,六十多年里没有出现一个像鲁迅那样反抗传统而又批判地继承传统、反抗西方而又勇敢地融入世界、干预现实而又持守着文学本位的集大成者,仅此一点就足以说明现代文学作为古代文学的“终结”又是将来无数个“当代文学”的“开端”的不可替代之处。

“凡一代有一代之文学”(王国维),现代作家写不出当代文学,当代作家也写不出现代文学,现、当代作家根据各自的时代条件努力写出真实呈现各自时代的文化个性的文学,达到自身能力允许达到的境界。理解两种文学的产生背景和基本特征,才能有所比较。大致说来,当代文学尽管某些方面有进步,整体气象还是退步了。

诺奖评委错过现代中国作家而看中当代中国作家,不知道他们是否觉得中国当代文学已经超过了中国现代文学?如果这样,他们对中国文学的整体认识还大可商榷。也不知道他们这次仅仅是因为欣赏莫言作品,还是冲着具有“诺奖情结”的中国和中国人而给莫言发奖?若是后者,文学奖的文学性或通常所谓含金量就要打点折扣了。

这涉及评委内幕，本来不值得去猜测，问题是还真有一些容易激动的人士扬言，莫言获奖的意义在于证明中国综合国力上去了，西方不敢再小瞧我们，也不敢再小瞧我们的文学，国际大奖不把正在崛起或已经崛起的中国人考虑进去，没有中国人参与其中，就要跌价。这种说法的逻辑很单纯，就是认为中国文学价值的高下取决于中国政府和人民口袋的鼓瘪，中国文学一旦搭上中国经济的快车就鸡犬升天，今非昔比，达到世界一流水准，获得了世界承认。因为国家和人种的关系而获得诺贝尔文学奖，又因为获得诺贝尔文学奖而虚荣心膨胀，这不正是鲁迅当年最怕看到的吗？

我听到消息，第一反应也是替莫言和中国文学感到高兴。这是人之常情。一听到别人获诺奖，马上联想起托尔斯泰曾经被错过，甚至联想到海明威、川端康成的结局，这种不可救药的悲观病态的人毕竟还不多。但我高兴的理由很简单，就是获奖作为一个事件，多少总能在短时间里激发中外读者略微关注一下中国当代文学，此外就谈不上别的什么特别值得高兴的事了。

文学奖本来就不怎么靠谱，严肃的作家谁会为了获奖而创作？任何文学奖的价值都不在自身，而在于那些优秀的获奖作家及其优秀的获奖作品，诺奖也不例外。当然，诺奖相对比较严肃，尤其它的持之以恒，百年如一日，还是值得尊敬。但是，在文学的丰年，评委们从优秀作家之林物色一两个幸运儿并不困难，一旦碰到世界范围的文学歉收，比如当下，其标准的犹疑和游移也就不难想象。过去文学奖的颁奖辞一般总要提到"人类理想"这个字眼，这次莫言的颁奖辞里就没有出现。其实，包括诺贝尔文学奖在内的任何一个奖项都是一种博弈，和文学的发展并无本质和必然联系，真正关心中国文学的人实在无需太介意。如果念兹在兹，真的弄成一种"情结"，那和整天"跑奖"的国内文学界的可悲与可笑又有何两样？

比较起来，我倒更加替诺贝尔文学奖评委会感到高兴，觉得他们很明智，在不得不为中国作家颁奖的最后时刻，终于下定决心颁给了一位不算太离谱的中国作家——不管对莫言的具体评价如何见仁见智，其过人的才华是谁也不能无视的。以前因为对中国文学认识不足，又因为种种文学以外的考虑，诺奖评委一直犹豫不决，所以在鲁迅、茅盾、巴金、老舍、曹禺、沈从文、钱钟书、汪曾祺等作家活着的时候，未能及时颁给他们。如果再等下去，等到莫言这代"严肃作家"过去之后，再想颁给中国作家，就只能考虑80后、90后了。对诺奖评委来说，这也许是刻不容缓的最后一次机会，莫言和他所代表的中国严肃文学主流作家群虽然和前辈作家不可同日而语，但总要比后继者们更有实力。"花开堪折直须折，莫待无花空折枝"，再赶不上这个趟，未来相当长的历史阶段，诺奖就真要与中国文学继续无缘了。

尽管如此，对莫言来说，这个奖来得也并非最好的时候。获奖作品《蛙》是否达到诺奖平均水平暂且不论，但这部稀松平常的"小长篇"肯定不是莫言本人的上乘之作。在《丰乳肥臀》之后大举加入"小长篇"市场竞争的莫言，和许多以同样的暧昧与现实媾和的先锋作家一样，都失去了昔日的魔法。或许那是模仿学习得来的魔法，或许这以后他们都陆续走上了独立创造之路，但作为读者，我宁可看他们前期模仿学习得来的魔法表演，也不愿看他们晚近所谓独立创作的稀松平常的"小长篇"。前者还有发展的可能性，后者却陷入呆板、僵化、单薄、封闭；前者带着上升期的稚气和锐气，后者则显出枯槁的暮气——虽然这种暮气（还有愈演愈烈的邪气）也许正是有些人所要寻找的大师气和经典气。

我也怀疑那种认为莫言晚近长篇是向中国经典章回体小说"致敬"的说法。我认为恰恰在经典章回体小说面前，莫言们是没法"致敬"的，因为传统章回体小说绝大多数成于众人之手，历经数百年演化，最后呈现为多种文体复合、多种思想混杂、汇聚漫长年代文化与生活百态的巨型文本（如《三国演义》、《水浒传》和《西游记》），而《红楼梦》、《金瓶梅》等据说是个人创作的长篇小说，因为作者的博学多能与长期积淀，更因为作者的倾尽才力毕其功于一役，呈现为另一种形态的文化汇聚性巨型文本。总之经典章回体小说和90年代以来盛行于中国文坛的“小长篇”有本质的不同，莫言们一定要“致敬”，当代外国不少作家类似的轻型长篇或许倒是合适的对象吧？

瑞典文学院没有在三四十年代中国文学鼎盛期为中国作家颁奖，也没有在八十年代中国文学复兴期为中国作家颁奖，偏偏选择了中国文学的低潮和青黄不接的阶段，也偏偏选择了莫言本人由初期的绚烂天真逐渐走向后来的稀松薄弱的关口，在错误的时间颁给了错误的作品。因此在我看来，这很可能是诺奖评委会为所谓的中国严肃文学唱起的一曲挽歌，何必那么高兴呢？这次不仅我们这里急了，他们那里也急了，大家都等米下锅，因此各让一步，或者放弃文化歧视，或者搁置政治恩怨，这才有了诺奖与中国文学尴尬无味的初吻。诺奖结果公布，许多人最初一刻的愕然倒是很正常的反应。

有人认为这是诺奖对中国作家开启的第一扇窗，预言今后还会有第二、第三乃至无数个“莫言”陆续获此殊荣。当然不是完全没有这可能，因为中国和莫言旗鼓相当的作家确实不在少数，但如果真的要给他（她）们挨个儿颁奖，世界范围内的文学必须从此衰歇，而让中国文学一枝独秀。果真如此，中国文学固然很幸运，但世界文学为此付出的代价也太大了。

诺奖颁奖词提到的莫言的“魔幻”究竟指什么？马尔克斯从来就反感别人说他的《百年孤独》属于“魔幻现实主义”，“魔幻”本来就是站在西方中心主义立场对拉美文学的一种歪曲，现在又把这顶桂冠拿来套在莫言头上，是张冠李戴还是正合适？我不知道莫言是否真的以魔幻的方式描写了中国的魔幻，有一点可以肯定，自从莫言获奖的消息传来，我们这里确实发生了许多只能用“魔幻”一词来形容的新的闹剧和恶作剧。

鲁迅在一篇题为《未来的光荣》的杂文中说，西欧文艺家们喜欢为主顾们贡献“奇特的（grotesque），色情的（erotic）”两件宝贝，他提醒国人注意，不要因为被西欧文艺家写成这个样子而感到光荣，“我们要觉悟着被描写，还要觉悟着被描写的光荣还要多起来，还要觉悟着将来会有人以有这样的事为有趣”。莫言早期小说已经开始而《丰乳肥臀》、《檀香刑》、《生死疲劳》、《蛙》变本加厉的醉心描写肉体和肉体经验的倾向，总是顽强地伴随着他向城里人和外国人诉说乡村知识的冲动，由此展示的中国的一部分形象，是否也属于鲁迅当年所说的那两件宝贝？中国人的身体，或者奇特的色情的中国人的身体经验，是否就是中国的魔幻的一种？花几分钟想想这个问题，应该还是值得的。

鲁迅在另一篇杂文《打听印象》中说，外国名人来中国，总会被中国记者包围，一个劲儿地打听他们对中国的印象。鲁迅说他真希望替那些外国名人们反问中国记者：本人来华只有几天，还谈不上什么印象；您先生们久居中国，对中国总归有自己的印象吧？

真的，我们实在太不会认识我们自己了，我们实在对无论怎样的自我认识太缺乏直面的勇气和信心了。我们总是习惯地转过身来，希望从外国人的评价中确认自己，并且总希望外国人的评价是积极肯定的，这样才推卸了“认识你自己”的任务，才满足了我们的面子文化心理，才总算摆脱了我们最害怕的“虚无主义”。

其实别人的“印象”固然重要，但我们自己对自己的印象，自己的切肤之痛或由衷的欣喜，不更加重要吗？前几年顾彬抛出“垃圾说”，一石激起千层浪，余波未平，这位诡谲的德国汉学家至今还拿着他的招牌式的“垃圾说”在中国到处晃荡。现在诺奖大礼包来了，又激起更大的波浪，不知何时能够平复？但我们自己对自己的文学的印象如何？别人的唾骂或赞美能取代我们自己就近的观察和切身的体会吗？中国人对自己的文学的评价机制，已经到了需要别人代为建立的时候了吗？

据说获奖消息传来之后，莫言的书开始热卖，这也成了许多人大肆庆贺的理由。但获奖之前读者为什么并不爱读莫言？获奖之后为什么立刻趋之若骛？只有两种可能解释：第一，若无诺奖刺激，莫言对中国读者本来并没有什么吸引力；其次，许多中国读者的文学欣赏能力和鉴别能力太差，只有等“洋大人”发下话来，才晓得该看谁的书。用鲁迅的话说，就是我们因为对自己的文学并无“印象”，所以只好急得团团转，向各类的外国人“打听印象”。

当然不能完全不管别人说什么。君子以铜为鉴，可以正衣冠，以人为鉴，可以明得失，闭目塞听，为害非浅。但鲁迅提醒我们：“看了这些（指外国人的评论），而自省，分析，明白那几点说的对，变革，挣扎，自做工夫，却不求别人的原谅和称赞，来证明究竟怎样的是中国人。”（《立此存照之三》）“自做工夫”，无论对创作，还是对阅读与欣赏，都是好的。

莫言获奖后有两段答记者问，大意是说《透明的红萝卜》现在看来还是他最好的作品，再让他写肯定写不出来了；获奖就几天的兴奋，很快会消失，获奖后的路还得靠自己一步一步走下去。举国喧嚣中尚能保持这份诚恳、朴实和淡定，难能可贵。

中国文学倘若还有希望，希望就在于此吧。

大学写作：理论的“自慰”？

孙 苏

我这辈子看来注定要和写作打交道了。先是编辑别人写作，后来尝试自己写作。似乎因为有了这两项资本，现在开始教学生如何写作了。

写作虽说是大学中文类专业的基础课程，但进了大学才发现，大学里教写作的老师和写作课本身处于一个非常尴尬的位置。谁都明白写作是一个集大成的事业，自古以来“文无定法”，陆谷孙先生在《作文难》一文中说，教了三十多年的书，结论是作文这一课最难教。因为写作“是皮相之下许多深沉的主观因素的综合，是一个厚积薄发的养成过程”。所谓主观因素，他认为：“包括独立的人格，善感的情绪，敏悲的资质，素心烂读的积累，对清浊巧拙的判断，独特的手眼以及强烈的表达愿望和快感。”林语堂先生也认为，写作艺术“其实包括整个文学思想、风格、情感和读写的问题”。这是深谙“个中三昧”的人对写作的体会，而这，又如何是一个学期几十课时可以完成的？所以这门课的尴尬是无法避免的了。课上能教得出的只是一些什么主题，材料，表达方式，叙述人称等。文章到了条分缕析有章可循的地步，也就丧失了写作应有的魅力，到了置文章于死地的后八股时代了。所以写作课基本被学生列为必逃课。

教师不爱讲，是大学写作的另一种尴尬。许多年来让教写作的老师极不忿的就是写作“连三级学科都不是，它被排斥于当代学术话语领域之外”！在一个以学术地位决定生存权利与生存质量的环境中，没有学术定位的“写作”的尴尬是不可避免的了。所以从事写作教学的人们掀起了一场学术自救运动，这就是近年来五花八门的大学写作教材层出不穷的原因，而所有努力的结果，是在中国诞生了一门新的学科：写作学。所出的教材，也大多被冠以“学”的名称，诸如：《写作学教程》、《高等写作学引论》、《汉语写作学》、《写作学基础》、《写作学门道》，不一而足。既以“学”名，也必得有一定的理论做根基，所以内中一般都充斥了心理学，哲学，美学，或者文化学，思维学，甚至素昧平生的“智慧学”“措辞学”等字样，这些教材的艰深程度，更甚于著名哲学大师的原版巨著。大师们再艰深，总有个规律可循。即如爬一座山，险则险矣，毕竟有个可望而不可即的目标——山顶在，爬上爬不上，更多地取决于我们个人的能力；此类教材，教人直坠云里雾中。不是我们攀登不攀登的问题，是山存不存在的问题。中国人文社会科学界当下涌出了许多新“学”，较之传统之学，它们共同的特点是让人不明白。唯其不明白，才让人顿生敬意，不敢妄下结论，或者说，不明白正是其价值所在。凡事一冠以“学”，也就有了学术地位的标志。“钱钟书”的研究者和“钱学”专家一听就不在一个档次上。所以发在报纸副刊，意在维持报纸发行量而作的连载小说，而今也登堂入室，成为“金学”了。

写作课能力训练变成了写作学理论试验，成为各种通与不通的理论术语或曰学界行话的演武场，让惺惺相惜者欢呼着一个个“学术里程碑”诞生的一本本专著的出版，是写作界人士自己谋生的需要而非学生学习的必要，说到底，它更像是不甘心被边缘化的业内人士的一种理论的“自慰”，和写作行为本身，完全“不搭界”。被这些写作教材教出来的学生，注定了和写作无缘。也难怪那些有着大学学历的作家，一旦成名，无一例外地痛恨大学对自己的戕害，大学的经历，往往成了他们逆境成才的最好证明。

写作教材的泛滥和对所谓理论深度的追求，实际上是中国大学教育现状的普遍情景。写作教学的现象反映的也是中国教育的本质问题。写作由“作”而“学”，反映的也是我们不务实际的教育风气和好高骛远的学术作风：重理论而轻思想，重知识而轻能力。教材在它的编写过程中，已经丧失了“教材”的本来意义，成为大学教师盲目追求理论制高点的应急手段。当一种理论只成为理论制造者自弹自唱的一场卡拉“OK”，理论还能走多远？我们都知道经济泡沫将会带来的严重危害，我们或许低估了学术泡沫对人的影响。这种现象也绝不只是教材独有教育界独具。唯术语是从，唯理论第一，务虚而不务实，成了当今学界的时尚。看现在的许多教材和学术著作的语言方式，让我总忍不住想起当年莫里哀讽刺他同时代贵族的不流凡俗：“牙齿谓之口之家具；镜子说成是美之顾问；座椅说成谈话的利器。”唯其让人不懂，一般人才不敢轻易置喙。从美学角度来说，距离或者说陌生化是美。从学术角度来说，距离是建立权威的一种必须。所谓理论和术语恰恰是构置这种距离和导致陌生化的最好的手段。这让我们不能不怀疑学界中人的学术自信。以往大师们给人的印象是平易近人，把最难讲授的理论用最妥帖的例子生动准确地传达出来。但放到今天，大师们的学术水准堪可怀疑了，因为内中没有一个需要注释的术语和让人不懂的名词，更没有连篇累牍的引用。他们的文章是为读者而作，课是为学生而讲。而我们今日所谓研究，更多的是为取得话语权，取得学术地位，取得职称待遇，取得大学生存的基本权利。所以推而广之我们发现，理论的“自慰”不独是大学写作的专利，而且是中国当代学界的普遍现象。学术的日常化，而非日常学术化，我觉得这才是学术最后的归宿；教育的最大价值应当体现在它的教育结果上，这正是人类发展的希望之所在。以现在这种大学现状中普遍存在的满足于理论“自慰”和学术成果的情况看来，无论中国的教育中国的学术都令人担忧。

“北大新诗学派”在何方？

曹天歌

古远清是一位敢向名人挑战有锋芒的批评家。在《谢冕编年文集》一片叫好声之际，他在《文学报》上发表《迎接“北大新诗学派”的诞生——兼给〈谢冕编年文集〉挑错》的文章，文笔幽默风趣，又能以理服人。

提起“北大派”，现任《文学报》“新批评”专刊的特聘编审韩石山有可能火冒三丈。上世纪末，当谢冕等人联手编了两本内容不完全相同的《百年中国文学经典》时，一点也不饶人的韩氏从中发现了漏洞而向北大举起投枪，写了连标题均很有杀伤力的《谢冕：叫人怎么敢信你》，引起“谢家军”的公愤，在一家不起眼的杂志《东方文化周刊》抛出“集束手榴弹”围剿“恶人”韩石山，其中火力最猛同时也写得很有学理性的是谢冕的大弟子孟繁华。

古远清所讲的“北大新诗学派”，源自臧克家 1987 年 4 月 18 日给他的书简：

> 就诗而论，言简之有三四个方面：
>
> （一）艾青的方面：周洪兴、周良沛、吕剑、公刘……人数甚多。
>
> （二）“七月派”（胡风同志领导的）：牛汉、绿原、鲁藜、曾卓……
>
> （三）“九叶”派：王辛笛、辛之、唐祈、陈敬容、郑敏……
>
> （四）北大派：谢冕、杨匡汉、匡满、孙玉石……

在香港文学报出版公司 2011 年出版的《古远清文学世界》中，臧克家还有多封信谈及“北大派”问题，并补充了孙绍振、刘登翰等人。无论是哪一封信，臧克家所说的“北大派”，均有很大的随意性，比如与“北大派”并列的“艾青的方面”，其成员不论是周良沛，还是遗漏了的晓雪、骆寒超，文艺观点均不一致，彼此也没有往来，只不过是写过研究艾青的论著而已。因而所谓“艾青派”（尽管臧氏本人未用派字），其实是艾青研究者名录。

至于臧克家谈及“北大派”时，不用引号，似乎非常肯定。他开列的“北大派”名单，倒也很有点像派（宗派？学派？），其成员皆北大出身，观点也比较一致：不是弘扬现代派就是支持朦胧诗，其中骨干成员“匡汉”即杨匡汉，是一位有建构诗学理论体系雄心的学者，且很新潮很现代，他在报刊上发表批判徐敬亚的文章《评一种现代诗论》，如果臧老当时看到了，也许会引为知己呢。“匡汉”的胞弟“匡满”，以创作著称，佳作不少，其诗风却不能简单地以现代派概括，他的诗论主张在诗坛上也无多大影响。

古远清从“北大派”引申出“北大新诗学派”，这其实是缩小了谢冕们的文学成就。谢冕、洪子诚有不少不是以诗歌为主的著作，在学界影响巨大。如果把这两人定位为诗论家，那就低估了他们对当代文学的重要贡献。如果恢复臧克家讲的“北大派”，那似乎应把不是研究诗论著称的钱理群、黄子平等人包括进去。不能说北大中文系鱼龙混杂，但那里“龙”不少，像远离庙堂的钱理群，也是一位可当龙头的人物。他以研究思想史为人所瞩目，不似谢冕、孙玉石、洪子诚主要以纯文学研究为主。另一“青年级”龙头人物黄子平去香港后，在如何看待香港九七回归对香港文学的影响上，曾在 1997 年举办的首届香港文学节上，发表《“香港文学”在内地》的论文，毫不留情面挖苦急于编写类似所谓“文学驻港人员手册”的杨匡汉、孟繁华。可见无论是“北大派”还是“谢家军”，有激进与保守之分，有庙堂与江湖之别，均不是铁板一“派”。

总之，古远清的文章没有将“北大新诗学派”的内涵及外延讲清楚。之所以讲不清楚，不是古远清缺乏理论功底，而是因为巧妇难为无米之炊，正如"北大派"另一成员孙绍振所说，当下的北大中文系大滑坡，需要强有力的人去"摇醒"她，现有的学术体制也不利于建立学派。想当"文学造山运动"预报员的古远清大过超前，要知道，"北大新诗学派"远未成型，或曰那只是一个理论群体，还未构成学派。连当事人都坚决否定古远清的说法，故所谓"北大新诗学派"云云，究其实是子虚乌有的东西。

●【直　言】

“罄竹难书”的李欧梵

古远清

20 世纪 90 年代以后，李欧梵转向现代文化研究，强调不屈从于政治、不附属于历史的“纯文学”才是有价值的文学，强调晚清文学在想象中国都市、创立中国现代性方面所作出的贡献。其著作《上海摩登——一种新都市文化在中国(1930—1945)》，在促进现代派研究的同时，拓展了现代文学的都市文化视角。和夏志清不同的是，李欧梵把现代主义文学进一步吸收到日常生活的叙事之中，再辅之以想象的社群理论、“公众领域”理论，由此建构起一条与众不同的“颓废”文学史叙事策略。在他看来，“颓废”正是审美现代性对启蒙现代性的反叛和超越。他这里说的“颓废”，是指“颓加荡”，它包含文明腐败、解体、变态和“去其节奏”的意识，即“从建立的秩序中滑落”，并以各种混杂观念和形式取代原有的秩序，这是建立新秩序的必然途径。他这些论述，深刻地影响了大陆学者，使李欧梵成为中国启蒙主义文学史叙事不可忽略的外部推动力量。

不过,作为一位海外学人,李欧梵具有某些海外文评家的通病:“外文”能力在增强,“中文”水平在下降。如他不止一次把“始作俑者”、“罄竹难书”当正面词用:

“我的妻子李玉莹其实也是这本书的始作俑者”(李欧梵:《苍凉与世故》小序,香港,牛津大学出版社,2006 年)。

其实,“‘始作俑者’是贬义词,李教授又乱用一番”(黄仲鸣:《不正则鸣》,香港,次文化堂出版社,2009 年,第 5、8 页)。

李欧梵的另一段话更不像话:

“欧洲对我的意义何在?真是罄竹难书”(李欧梵:《我的哈佛岁月》,香港,牛津大学出版社,2005 年,第 80 页)。

这个成语专指罪恶,怎么可以形容好人好事?

李在另一处又云:

“除了召开会议之外,受邀请参加其他会议的次数则多,真是罄竹难书了”(李欧梵:《我的哈佛岁月》,香港,牛津大学出版社,2005 年,第 146 页)。

由此看来,李欧梵是当年周作人自诩的“国文粗通,常识略具”的学者,其语文水平离“院士”还有不少差距哩。

●【回音壁】

期待文学的春天

郭平德

《文学报》满载读者的喜爱告别了2012年,迎来了2013年文学的春天。过去的一年,《文学报》在“文学自由谈”的基础上又增添了“新批评”专刊,深受读者欢迎。许多新批评文章还来自基层的读者,这是以往报刊少见的,一直以来,报刊只刊登评论家和名家的评论,很少刊登读者评论。这是文学批评的新面孔、新气象、新动向,从而开创了文学批评的新纪元。

过去的评论家或者与新批评要画上一个转折号,当然,标点符号里没有这样的转折号,只有句号。那就重新开始,去开创文学批评的新纪元,打破常规,走新路。文学批评也搞公平竞争,不慕名家、学者,只谈读书感想,把你读书的所思所想写出来,与大家共享。报刊上有些评论家把读者引向歧途,卖弄些过去文学理论中没有的新词故作艰深,不知他们在胡说些什么,云里雾里,就像当前要改掉的官话、套话、空话、假话那样令人深恶痛绝。我们不能再容忍那些糊弄老百姓的假、大、空。文学远离人民,也有文学批评的责任。面对文坛恶搞,文学批评没有肩负自己的责任,任其泛滥,甚至推波助澜,使纯文学走进商业文学、功利文学的泥潭。文学批评家们为了谋取金钱利益为功利文学摇旗呐喊,助长它们成为畅销作品,把平庸之作甚至有明显错误倾向的作品吹捧成当下文学的新标本。

“空谈误国,实干兴邦”,文学批评也要实话实说,好就是好,不好就是不好,用不着转弯抹角,遮遮掩掩,更不能卖弄些叫人半懂不懂的词语跟猫与老鼠捉迷藏的游戏。那些从西方贩来的抽象文词应该一扫而空,要像反对“党八股”那样杜绝那些毫无意义的抽象套话及蒙人的朦胧文字。

期待文学批评的春天就是期待文学的春天。简洁、健康的文学批评促进文学的繁荣与发展。同时也建议《文学报》开设纯文学作品专栏，发表反映现实生活的纯散文、纯小小说、传统（有押韵）诗歌，诗歌有押韵就好记能唱，人民大众就会传唱喜爱并记住。文学与人民心心相印，文学就回到了人民中间，文学的春天就会如期而至，春暖花开，百花齐放。让文学的春天永远伴随我们！

●【争　鸣】

批评的矛盾与理论的误区

——兼与唐小林商榷

楚　昆

《文学报》2012 年 11 月 29 日所发的唐小林对陈晓明博士的文艺批评的批评即《评论家的“矛”与“盾”》一文，虽然尖锐地指出了陈博士文艺批评的矛盾，但却没有深入地挖掘这种文艺批评的矛盾产生的理论根源，似乎令人口服心不服。

唐小林在罗列大量的确凿事实后认为，陈博士的文学批评所呈现出来的形形色色的病象表现出当代文学批评最典型的坏毛病，并指出陈博士文学批评的三种病象：一、不顾事实、飚捧浮夸、毫无节制；二、名词轰炸、玩弄概念、故作高深；三、字词不通、逻辑混乱、文字粗疏。这些错误有些是相当低级的，恐怕是那些稍有文学修养的人士都不易集中犯的。而陈博士却是中国当代最优秀的文学研究人才，怎么可能犯这些低级错误？可能有些人不知道陈博士被社会认可的程度，陈博士曾是中国社科院文学所的研究员和博士生导师，现为北京大学中文系教授和博士生导师，2006 年还荣获中国作家协会文学批评最高奖鲁迅文学奖，并以纯粹学者身份担任中国作家协会理论批评委员会副主任。一个能够得到中国在研究、教育和组织等方面的最高文学机构都认可的人物无疑是中国最优秀的文学研究人才（还不是之一）。因而，陈博士的文学批评即使出现了唐小林所指出的这些低级错误，也不能随便质疑其文学批评能力，而是应该另找原因。唐小林的这种就事论事的文学批评不但可能会引起人们对陈博士的文学批评能力的怀疑，而且极大地动摇了人们对中国当代社会至少是文学界人才选拔机制的信任。这是极为不负责任的。

可以说,唐小林对陈博士的文学批评的批评最大的不足,就是这种文学批评仅仅停留在现象罗列上,没有深刻的理论批判。这种事情在20世纪30年代曾经发生过。在1935年12月《中学生》第60期上,朱光潜以"说'曲终人不见江上数峰青'"为题认为"艺术的最高境界都不在热烈"。并以中国晋代诗人陶潜为这种境界的典范,指出"屈原、阮籍、李白、杜甫都不免有些像金刚怒目,愤愤不平的样子。陶潜浑身是'静穆',所以他伟大"。朱光潜对诗人陶潜的这种文艺批评遭到了鲁迅从三个层面上的尖锐批评。一、鲁迅指出朱光潜对陶潜诗歌把握得不全面。鲁迅认为陶潜的诗,除"悠然见南山"之外,也还有"精卫衔微木,将以填沧海,刑天舞干戚,猛志固常在"之类的"金刚怒目"式,在证明着他并非整天整夜的飘飘然。这"猛志固常在"和"悠然见南山"的是一个人,倘有取舍,即非全人,再加抑扬,更离真实。二、鲁迅指出朱光潜对陶潜诗歌把握得不准确。鲁迅认为陶潜正因为并非"浑身是'静穆',所以他伟大"。现在之所以往往被尊为浑身"静穆",是因为他被选文家和摘句家所缩小,凌迟了。三、鲁迅进而指出了朱光潜文艺批评的误区。鲁迅认为,凡论文艺,虚悬了一个"极境",是要陷入"绝境"的,在艺术,会迷惘于土花,在文学,则被拘迫而"摘句"。而朱光潜"立'静穆'为诗的极境,而此境不见于诗"。在这个基础上,鲁迅提出了文艺批评的准则,认为"倘要论文,最好是顾及全篇,并且顾及作者的全人,以及他所处的社会状态,这才较为确凿。要不然,是很容易近乎说梦的"。鲁迅的这种批评不可谓不准确。但是,鲁迅的批评因为没能深入地挖掘朱光潜文艺批评的理论误区,所以至今仍然有人不服。李泽厚就明确地指责鲁迅对朱光潜的这种辛辣批评太过分了。而朱光潜不但从小就喜爱《陶渊明集》,而且唯一的一篇较为系统的作家专论就是研究陶渊明的。如果仅仅指责朱光潜对陶渊明缺乏全面了解,不能知人论世,就难以令人信服。正是这种情形的存在,我们不能质疑陈博士的文学批评的能力,而是应该深入地挖掘陈博士的文学批评犯错的理论误区,即何种理论导致陈博士犯了唐小林所指出的这些非常低级的错误。

唐小林批评陈博士的文学批评出尔反尔，既卖矛，又卖盾。一、陈博士一方面指出，作家阎连科的长篇小说《受活》丝毫不逊色于《百年孤独》，这种作品给人的震撼和冲击是非常强大的，对乡土中国历史的书写是所有中国文学都无法企及的。另一方面认为，贾平凹不管从哪方面来说都是中国乡土叙事在当代最卓越的代表。这是自相矛盾的。既然《受活》是所有中国文学都无法企及的，那么贾平凹的作品怎么又成了“中国乡土叙事在当代最卓越的代表”？难道贾平凹不是中国的作家而是外国作家？二、陈博士认为，贾平凹、莫言、张炜、李锐、路遥、陈忠实等等，都是首屈一指的当代中国乡土文学作家，如果要追究他们与中国现代乡土文学的联系，可能是徒劳的。这是没有搞懂首屈一指的基本意思。在现代汉语成语中，首屈一指就是弯下手指头计算，首先弯下大拇指，表示第一。这将贾平凹等五六个作家并列在一起还能够称得上是首屈一指吗？在这个基础上，唐小林概括地指出，这种思维的混乱、自相矛盾的比附可以说是陈博士文学批评的常见病和多发病。其实，陈博士的文学批评既卖矛、又卖盾不完全是思维混乱、自相矛盾，而是他信奉的理论使然。陈博士是中国当代文学批评界“告别理论”倾向和文学批评多元化理论的代表人物。他曾鲜明地提出：“既然今天中国在文化上步入多元化的时代，那么，文学批评也有必要采取多元化的观念。也就是说，我们不能以某种绝对的、一成不变的、要统摄一切的文学观念和批评标准去理解当今纷纭复杂的文学现实。”这就是说，“批评应该有更广阔的容忍空间，看到文学作品的差异，看到作家的千差万别，尊重新的文学原创提供的陌生化的意义。”（《批评的有效性与批评的自觉》）从这种文学批评的多元化理论出发，陈博士就不得不肯定那些相互矛盾的文艺作品。这些文艺作品的相互矛盾必然反映在陈博士的文艺批评中。因此，陈博士将贾平凹等五六个作家并列为首屈一指并不奇怪。既然文学的表现形态是多元化和多样化的，那么，不同的文学作品就没有价值高下的分别。当这些作家各美其美时，文学批评家认为他们都是“首屈一指”无不可，都是最卓越的无不可，都是无法企及的无不可。遗憾的是，陈博士没有将这种文学批评的多元化理论贯彻到底，即不该在长篇小说《百年孤独》与《受活》之间分出价值高下。唐小林没有深入地把握陈博士的文学批评的“病象”与其理论的内在联系，而是罗列一些陈博士的文学批评的表面“病象”，就难以促进文艺争鸣更深入的发展。

最后不得不说的是，在极为缺乏文艺争鸣和文艺争鸣极难展开的当代文坛，《文学报》近年来集中推出不少带有争鸣性质的文学批评文字，不但令人耳目一新，而且冲击了文学的既得利益集团的潜规则，活跃了文学思维，开拓了文学空间，其功是不可抹杀的。但是，一些文学批评文字却仅仅停留在现象罗列上，不能从理论上更深入地解剖那些文学“病象”，可谓治标不治本，往往是“热闹”过后，又归沉寂。

“假语村言”《红楼梦》
——与《此“村”非彼“村”》一文作者商榷

郭树荣

每个汉字,都有其独特的含义,严格地说,是不能彼此替代的。即使是同义词,在不同的语境,出自不同人物之口,不同的语气,表达同一含义时,也有选择哪个字,表达得最准确,最精当,最传神的问题。例如:“难堪”与“尴尬”,有时用“尴尬”就比“难堪”更传神,更达意。例如:《红楼梦》第四十六四的回目“尴尬人难免尴尬事”中的“尴尬”,就比“难堪”强。

2013年1月10日《文学报》“新批评”专刊,发表的邓牛顿先生写的“此‘村’非彼‘村’”一文(以下简称“邓文”),对《红楼梦大辞典》增订本提出了“商榷一则”。而我却认为《红楼梦大辞典》增订本中对“村”字的解释固然值得商榷,但“邓文”更有大可值得商榷处。

首先,曹雪芹《红楼梦》第一回中,就开宗明义地写道:“我虽不学无文,又何妨用假语村言,敷演出来。”“故曰:‘贾雨村’云云。”又说:“看官:你道此书从何而起?——说来虽近荒唐,细玩颇有趣味。”你看,曹雪芹就明白地说这部书是用“假语村言”“敷演出来”,而且是“近荒唐”的。然而,这里的“村(言)”在下却未见到哪个“本”子有注释。依愚之见,大约是“山野村夫之语,平民百姓之言”。这自然是曹雪芹的自谦之辞。但也说明了此书的语言文字,不是庙堂官话,也不是君子雅言,而是通俗家常话而已。这也是《红楼梦》中,首次用“村”字。这使我想起了孟子对“齐东野语”的解释:“此非君子之言,齐东野人之语也。”

况且,同样一个字,说话时的语境,说话人的性格,人物话语风格不同,说的人与听的人有别,注释也应当不同。林黛玉认为“村”的,焦大、薛蟠就不一定认为“村”。

其次，说“方言”。《辞海》对“方言”的释义是：“一种语言的地方变体。”也就是地方话。然而，在《红楼梦》的开篇中就用的“村”字，而且不是书中某个人物说出的地方话，这“村（言）”，怎么就成了“邓文”中说的“方言”了？

“邓文”中写道：“‘村’，我可以负责任地说，这是一个湖南方言用语。我少年时代在长沙城乡生活多年，对‘村’字的理解有相当的熟悉程度（此句‘相当’的不通——郭）。据我调查所知，现在这个‘村’字尚活跃于群众的口语中，有顶撞、责怪、诘问、反驳等等语意。”对此，我认为“邓文”是“相当”地武断。我的故乡齐国故地淄博市，也常用这个字（这也证明“村”字不仅是湖南方言），其意是有的戏曲、演唱的内容、表演，涉点“黄”，有点“色”，带“荤口”，但不明显更不露骨，百姓便称其为“村”或“粉”。如京剧“游龙戏凤”之类。并称粗野、低俗的话为“村”话，说这种人很“村”。其意与《红楼梦》中“村”的字语义相近。乡贤《聊斋志异》的作者蒲松龄写的俚曲中，有时也用“村”这个字，来表达此意。这也证明，这个“村”字，并不只是“湖南方言”。况且，曹雪芹总称其《红楼梦》为“村言”，也就是说，他是把“村”字作为普通话来用的。当然，也就不是“方言”了。况且，曹雪芹写《红楼梦》，并非是以湖南方言写的，说带“村”字的人物也不是用的湖南方言的字义。因而，“邓文”这段“商榷”的话也便落了空。

其实，“邓文”行文的立足点就错了。“邓文”一开头就写道：“这里仅就其中方言‘村’字的理解奉献一点个人意见。”《红楼梦》又不是用方言写的，“村”字更不是湖南方言之义，你用方言“质疑”非方言乃至是用普通话写的小说，岂不是南辕北辙，缘木求鱼，拽着头发打和尚？风马牛不相及，“不搭界”么。你的“商榷”便成了堂·吉诃德战风车。

那么，《红楼梦大辞典》增订本中，对62、63回中“村”字的解释，就无可商榷吗？非也。

第 62 回中“黛玉自悔失言,原是(打)趣宝玉的,就忘了村了彩云了”。不论各家怎么注释,都应考虑到黛玉说此话的语境、人物关系,前因后果。这里的“村”字,是黛玉有口无心,无意中“(影)射”着因而伤及了彩云,是说者无心,听者有意。彩云就是这么被“村”着的。第 63 回中“你(宝玉)一天不挨他(晴雯)两句硬话村话,你再过不去”。也不管各家怎么注释,就此时的语境、晴雯的性格、语言个性特点而言,这个“村”字,应作“冒犯、娇情乃至小小地放肆”解。至于 26 回黛玉哭道:“外头听了村话来,也说给我听。”注释为“村话,即粗俗言语”,虽然近似,但却不精准,应解作:“粗野、低俗的话。”

影视剧突破的瓶颈症结何在

黄国荣

国产电影票房下跌，参加国际电影节评奖频频空手而返；电视剧收视率下滑，难达预期企望，影视剧投资商生产商困惑多多，提高影视剧质量，已成政府管理部门、观众和影视界的共同呼声。

影视剧难创辉煌，症结何在？制片、剧本、导演、演员、摄影、音乐，哪一方面都可能对影视剧质量产生影响。窃以为，诸多因素中，文学剧本质量是决定影视剧质量的根本因素。剧本剧本，一剧之本，没有好剧本，再天才的导演照样拍不出好电影。

张艺谋可算是我国最富艺术天才的导演，他的《红高粱》、《菊豆》、《大红灯笼高高挂》、《秋菊打官司》和《活着》等作品不仅确立了他中国第五代导演代表和国际级导演的地位，同时也捧红了原小说作家。但他也有《代号美洲豹》、《摇啊摇！摇到外婆桥》、《英雄》、《十面埋伏》和《满城尽带黄金甲》这样一些带来争议和批评的失败之作，分析一下他的成败，不难发现影视剧突破瓶颈的症结。

《红高粱》(1988 年)一举斩获西柏林国际电影节金熊奖，随后还获得十多个国际国内大奖，让他闻名天下。这部作品被称之为“中国新时期电影创作的新篇章”，“中国电影走向世界的新开端”，“犹如一声霹雳，惊醒了西方人对中国电影所持的蔑视与迷幻”。《菊豆》(1990 年)再一次给他乃至中国电影带来巨大荣誉，它是我国第一部入围奥斯卡最佳外语片的电影，并先后在法国戛纳、西班牙瓦亚多里德、美国芝加哥、保加利亚瓦尔纳市等国际电影节获奖。《大红灯笼高高挂》(1991 年)可以说稳固了他国际级导演的地位，该片获第 44 届威尼斯电影节银狮奖、美国 64 届奥斯卡金像奖最佳外语片提名、意大利全国奥斯卡大卫奖最佳外语片奖等大奖。《秋菊打官司》(1992 年)被称为张艺谋的巅峰之作，该片也获得第 49 届威尼斯国际电影节圣马克金狮大奖、法国影评人协会最佳外语片奖以及国内政府奖、金鸡奖、百花奖等十多个大奖。《活着》(1993 年)，是电影界评价最高的电影。该片获得法国戛纳第 47 届国际电影节评委会大奖、最佳男主角奖、人道精神奖等三项大奖，全美国影评人协会最佳外语片奖、英国全国奥斯卡奖最佳外语片奖重大奖项。

这五部电影的成功，首先归功于张艺谋对电影艺术孜孜不倦的追求与努力不懈的创造，展示出他不凡的艺术才能和创造能力，但还有两个重要因素不可忽略：

一是五部电影都得益于小说原著已有的文学价值。《红高粱》根据莫言的小说《红高粱家族》改编，《菊豆》由刘恒的中篇小说《伏羲伏羲》改编，《大红灯笼高高挂》改编自苏童的中篇小说《妻妾成群》，《秋菊打官司》是依据陈源斌小说《万民诉讼》改编，《活着》是根据余华同名小说改编。这些原著是这几位作家的成名代表作，可以说至今都还没见他们超越自身的更好的小说。这些作品也是我国顶尖的优秀小说，改编前已经在文坛和读者中产生广泛影响。小说家们对小说艺术的探索和创造所取得的文学成果与作品所具备的文学价值，为电影的成功奠定了基础，提供了艺术突破的空间与可能。

二是小说家与艺术家的结合，确保了艺术质量。直接参与剧本创作，莫言本人参与了电影《红高粱》文学剧本的二度创作，为剧本的质量提供了保证。《菊豆》是刘恒亲自把自己的小说改编成电影，他对《菊豆》文学剧本创作所做出的贡献，当时并没引起影坛和观众的关注，但张艺谋已经认识了刘恒的创作才能，于是又请他担任了《秋菊打官司》的编剧。苏童和余华也都参加了自己小说改编成电影的剧本创作。莫言、刘恒、苏童、余华，都是我国知名度很高的出色的小说作家，他们的文学艺术修养和造诣，不是一般影视编剧所能达到。

再看张艺谋的失败之作，《代号美洲豹》、《摇啊摇！摇到外婆桥》连他本人都承认是失败的作品，至少一半失败。《英雄》尽管云集了陈道明、李连杰、梁朝伟、甄子丹、章子怡、张曼玉等中国内地和港台众多当红一流明星，照旧败走奥斯卡，观众也只看到了宏大的场面、美丽的场景和高超的特技摄影。《十面埋伏》声势造得很大，实际效果与期望指数反差悬殊。对《满城尽带黄金甲》尽管美国媒体表现出了罕见的热情，国际电影节仍是空手而归，国内观众也认为只有场面，没有内涵。这些作品失败的一个很重要的原因是文学缺席。这几部作品主创人员远离生活、远离社会，根没有扎进文学的现实主义大地，纯粹在闭门造车、生编硬造。

我认为中国现在不缺好导演，也不缺好演员，更不缺投资，缺什么？缺好剧本。缺好剧本也不是缺好编剧、缺好小说、缺好素材，而是缺真正有文学眼光和文学素养的制片商和导演。这一点据说张艺谋已发感慨，说：没有好的文学基础和文学群落，没有层出不穷的优秀文学作品，电影想繁荣，门都没有。或许这是他对自己导演生涯回顾总结后表达的切身感受，事实也已证明，他紧靠文学就成功，离开文学就失败。

现在我们的制片商和导演不是故意排斥抵触文学，而是因他们的影视观念与文学落差太大。过分墨守影视艺术的成规，机械地理解政策规定的一些条条杠杠，束缚自己手脚，忽视或无视文学的真正价值。观念的死板和用心的粗疏，致使他们疏于小说阅读，缺乏与小说家的交流，即使偶有交往，提出的问题常常让小说家啼笑皆非。这方面我感受颇深。我的长篇小说《乡谣》出版已有10年，去年出了修订版，先后有十多家影视公司联系改编，让影视公司产生兴趣是因为小说的获奖、评论家的关注和读者的口碑，有制片称它是中国农民的心灵史。但十多家影视公司都没有购买改编。去年还有一家较有名气的影视公司的老总，跟我是江南同乡，读了《乡谣》后激动无比，当时让我感觉终于遇到了知音。后来也竟石沉大海，是朋友传过话来，说是有人提出小说写到了“土改”、“大跃进”、“三年自然灾害”和“文化大革命”，立不了项。那位同乡老总当时的激动和兴奋竟因此而立即烟消云散。再是我的新长篇《碑》，没在《北京青年报》连载前就有五家影视公司联系购买版权事，其中一家全国闻名的影视公司，编剧与责编都非常欣赏《碑》，但老总说当代边界战争不能写。

对上述老总的说辞我完全不解，小说与影视通称文学艺术，都以写人物，塑造艺术形象，陶冶人的情操为己任，怎么会如此不相融呢？是我不懂影视艺术，还是他们不懂文学？

我以为，文学和艺术，重在写人性和人的命运，而不重写人物的生存环境。如果只写人的生存环境，而让人物从属于环境或事件，那么这种作品肯定不会成功。正如上面那些制片商所言，假如你只一味去描写“土改”中党的干部的人性之恶，只去写“大跃进”中党的干部的利令智昏，只去写自然灾害饿死人，只去写“文革”中打砸抢烧，不只与政治政策相悖，更重要的是作品不可能具有文学艺术的真实性，也不符合历史，我若是政府管理部门的管理人员也不会同意立项，无论图书、期刊还是影视部门的责任编辑都不会通过。但是，文学艺术的历史使命不是记录人类的历史生存环境和历史事件，那是史学家，或所谓纪实文学的任务。文学艺术的使命是表现人性，写各种生存状态下的各种人性。人性是什么？食、色、性耶！生存环境对人而言，不过是写人物在某种时态下如何食色性。写战争，是写人在战争状态下食色性；写“土改”，是写人在“土改”状态下食色性；写“三年自然灾害”，是写人在自然灾害状态下食色性；写“文化大革命”，是写人在动乱状态下食色性。说到底，生存环境对人物而言是无法回避、也无法选择的，但人如何活着，如何为人是人自己选择的，环境仅仅是人物生存的外部条件，而不是内在因素。文学艺术全力要表现的恰恰是人在各种环境中因食色性而形成的命运，而不是那个外部条件。假如把两者之间的关系颠倒或错置，制片商和导演怎么会发现真正的优秀作品，即便发现了，他也会像我的那位同乡老总那样放弃自己的初始感受。按这种论调对待文学艺术的话，莫言的《生死疲劳》和《蛙》都不能出版。因为《生死疲劳》写的是被镇压的地主的生死轮回，《蛙》写的是计划生育。

我认为，国家制定的任何一项政策规定，所做的某种限制，自然有它的必要和道理。但政策规定是人来执行的，无论作家编剧，还是出版商影视制作商，都不能与政策规定相抵触，也没有必要抵触。我认为政策规定的某些限制，恰恰是对作家和编剧提出更高的要求，我们应该把作品写得更精致更科学更文学艺术，而不是跟政策规定较劲。我的《兵谣》写的是学雷锋活动，是对几十年军队政治工作的反思，写之前都说这个题材太敏感，不能碰，也不好写。然小说《兵谣》获了总政一等奖，丁关根部长在全国宣传部长会上给予表扬，电视剧《兵谣》获飞天奖。这得益于时任山东电影电视中心副主任的张宏森是小说家，得益于时任中国电视剧制作中心副主任胡恩的文学艺术眼光。李准先生当时就此发出让更多的小说作家来写电视剧的呼吁。现在都有人说，古义宝是真正的“士兵突击”。

无论小说还是影视剧，根本不在于写什么，而在于怎么写！只有具备高文学艺术素养的影视公司老板才能识小说，识作家，才能拍出不朽剧作。影视剧质量要上去，影视公司老总和主创人员贴文学需近些。

对莫言研究现状与走向的思考

张志忠

■ 莫言荣获诺贝尔文学奖，是2012年最重要的文化事件之一，也是中国文学发展进入新的成长期的重要标志。趁着莫言获诺奖的宝贵的契机，对莫言的文学创作进行全面的深入的研究和阐释，切实地将社会的关注点转向莫言作品和中国当代文学本身，积极地推进全民的文学阅读和文化养成，非常有必要。

■ 莫言是如何将个人体验和历史记忆、不羁想象和乡间传说、民族痛史和农民品格等博采广收，自铸伟辞，在探索民族的心灵史的同时，又对文学自身予以很大力度的变革和创新，以独特的中国方式讲述中国故事，这是我们要予以研究的重中之重。

一、美是难的

莫言荣获诺贝尔文学奖，是2012年最重要的文化事件之一，也是中国文学发展进入新的成长期的重要标志。莫言的获奖,受到中国文坛和文化界的热烈称赞,也引起全社会的关注。一时间,形成了“神州处处说莫言”的热潮。已经习惯于“被边缘化”的文学,也由此再度引起世人的热议。但是,对这一热潮和热议进行冷静观察,就会发现,大量的言论和举措都是“言不及义”,没有切近文学和文化,而是将莫言获奖视为新的商机,或者是传媒对重大新闻事件的“炒作”机会。

还有,对莫言的误读和歧见,也发生在学界内部。一方面,自莫言在文坛上脱颖而出时起,就受到极大的关注和高度的评价,对其作品的研究,是与他的创作同步进行的;一方面,对其作品的批评乃至批判,也时有发生,贯穿其创作的全程而直至当下。前有对《红高粱》和对《丰乳肥臀》的粗暴批判,后有指责莫言的作品是“残酷叙事”、“暴力美学”,这些话题也需要予以澄清,需要从作品的文本和价值取向入手,对莫言的文学成就做出恰切的评价。而且,随着莫言作品的全球性传播,关于莫言作品评价的争议,也在世界各国展开(即如德国学者顾彬对莫言的粗暴批评)。出现莫言,是中国文学界的光荣,阐释莫言,是中国学人的责任。

因此,趁着莫言获诺奖的宝贵契机,对莫言的文学创作进行全面深入的研究和阐释,切实地将社会关注点转向莫言作品和中国当代文学本身,积极地推进全民的文学阅读和文化养成,非常有必要。文学创作和评论研究,是推动文学发展的两个翅膀。研究和评论的意义,一是对重要的作家作品进行深度解读,及时地彰显概括出其独特的禀赋和艺术特色,同时上升到理论高度予以总结提炼,以期对作家和文坛产生及时的有益的启迪和指导作用。二是面向读者,面向社会,对优秀的作家作品予以积极的推介和阐释,使读者和社会能够对作家作品、对文学有较为切近的理解,较为贴切的体验。而莫言有足够时间长度的创作历程,有足够数量质量的优秀作品,理应得到评论研究的更多关注和全面研究、全面评价。

柏拉图说过,美是难的。优秀的文学作品,也许不像浅俗的肥皂剧那样直白易懂，不像网络文学阅读那样轻松愉悦，它的思想情感蕴含和艺术表现方式，都是需要必要的文化素养和阅读准备，才能够进入阅读状态，能够有所获益。尤其是莫言和新时期文学，都是在突破狭窄的思维定势，在不断地创新求变的追求中前行，其作品的前后期变化之大，令人惊叹，颇费猜想，即便是在文坛内部都是评价不一，理解各异，对于社会和普通读者，更是需要做大量的阐释和普及工作，才能够让它走向众多的读者，融入当代文化建构、当代价值观念建构的时代要求之中。以此而促进社会和读者对文学予以更确切的理解，也给予更多的关注，对引导读者的深度阅读，而不是在一时的“莫言热”退潮以后，只留下满眼泡沫，“一地鸡毛”。

举个极而言之的例子吧。有人指责莫言的语言重复、啰嗦、粗糙，也有人认为他写了很多污秽丑陋。举世公认的经典名著《巨人传》，有一段文字是写其主人公拉屎之后如何擦屁股的，拉伯雷不厌其详地让他一口气使用了将近两百种物品，从帽子上的羽毛，桌子上的台布等常见物品，到许多奇奇怪怪的东西，去擦那个“宝贵”的屁股。在中文版的译者那里，这样的罗列显然是庞杂无趣的，他甚至都没有耐心将其一一翻译出来，在此处删去几百字而代之以省略号，而巴赫金在其对《巨人传》的研究中，却颇有兴致地将这近两百种物品予以清晰分类，细致阐释其意义和价值。拉伯雷的赞誉，又使我想到中国的汉赋，那种铺排张扬，固然是作家驰骋才情学识，卖弄文笔所致，在其背后，何尝不是汉代雄放壮阔、气象万千的时代精神作为内蕴呢？

二、莫言的文学经验举要

首先，就个案研究而言，莫言的创作经验，非常可贵。他由高密东北乡走向世界的创作历程，从一个爱好幻想的农村少年，成长为中国特色、中国故事的杰出讲述者，其间经历了艰辛的探索，也积累了宝贵的文学经验。

这从其大量的作品中表现出来，也体现在其文学历程之中：文学理想的建造、迷惘与重构，坚守乡土与拓展故乡，“我”的家族的成长增益与宏大叙事的历史展现，时代风云的铺排与儿童视角的转化，世界文学的启迪与本土文化的传承，感觉贲张的背后是生生不息的生命世界的底蕴，高密东北乡的大地连接着民族命运和人类情怀，以及叙事技巧、叙述语言和故事结构的最大张力的探寻，凡此种种，都是非常具有莫言的创作个性，是其对中国文学和世界文学的重要贡献，这是需要认真总结的。这是中国现当代文学作家研究领域中一个重要的课题，也是中国现当代文学史建构中非常重要的一环。

其次，对莫言创作经验的总结，也会对如何发扬和拓展民族文化创造力和影响力的时代命题予以积极推进。在全球化的语境中，在中国崛起和中西文化对话中，如何与世界文化进行双向交流，在汲取世界文化的优秀经验与向世界讲述中国，向世界展现崛起中的人文中国的形象，是我们的当务之急，也是需要榜样来引领的。莫言的创作经验，在这一点上也会给中国文坛和当下的文化建设，带来新鲜的有益的启示。其在全球化和民族性两者之间流转自如、调谐圆融的经验，也有助于更好地推进中国文学、中国文化的海内外传播，向世界展现中华民族的文化创新的气魄和成就。

其三，莫言的文学创作，具有多方面的成就。概而言之，他一方面很好地表达了20世纪以来百余年的中国经验中国特色，从乡村的角度展现了中国从农业社会向现代社会转型的艰难而执着的步履，传达了民族的苦难与浴火的重生，弘扬着中国农民和中华民族超越苦难和死亡的蓬勃浩大的生命力，一方面又以其创作的探索和实绩卓有成效地推进了中国文学的现代转型，为如何创造具有中国作风、中国气派的新的审美方式、新的审美体验提供了独特的创造。这一创造是如何体现在艺术想象、艺术语言、艺术结构和艺术感觉之中的？这些都需要加以深入解读。

三、研究方法：动态化、整体性与空间探索的自觉

莫言在文坛上崭露头角的时候起，就引起中国和海外学者的关注，成果众多，积累丰厚。但是，就整体性地有深度地考察莫言的全部创作而言，还缺少厚重的研究成果，缺少充分的动态化、整体性以及空间探索的自觉。

所谓动态化。从 1981 年，莫言发表其小说处女作《春夜雨霏霏》，到 2012 年荣获诺奖，30 余年的创作时间长度，他参与了新时期以来的文学历程，体验和见证了它的激情迸发、辉煌全盛和后来的迷惘困惑，体会了它的价值失落与理想重建，并且在这理想重建中再度崛起，成为中国乡土文学和中国当代文学的一面旗帜。就个人的创作心路而言，他经历了个人创作的稚嫩新生、渐入佳境、名满天下、艰难转型和走向辉煌的不同阶段，而且始终保持了不懈地探索与创新的新锐姿态，却又在探索与创新中逐渐地重返本土的文化资源，在文学的现代性与民族化上取得了显著的成就。

所谓整体性。莫言的创作丰富驳杂，涵盖了多个领域，现实与历史，自我与他人，战争与军营，乡村与都市，写过刘邦项羽义和团，也写过反腐败题材，歌颂过改革时代的风云人物。而且，与力透纸背的写实功力一起展现的，还有放纵不羁的想象力的腾飞漫舞：他追随福克纳讲述祖先们的英雄故事，他模仿马尔克斯写过长翅膀的老人，他学习卡尔维诺写过生活在树上的鬼魂，他效法蒲松龄写过潜藏在人间的狐仙水怪，他也从佛教获得灵感写过六道轮回。与残酷、血腥、暴力、死亡纠缠不休抗争不已的，是生命的英雄主义，生命的理想主义，是快意恩仇的放纵，是生命极致的狂欢。在文本构造上，他经常会采用一种自相缠绕的方法，与其内容的解构相互呼应。在语言方式上，他具有多种语料库，日常生活用语和人们的口头语，典雅的书面语，嘲讽或者幽默的讽刺语，民间戏曲的唱词体，五十年代以来

的政治话语,以及欧化的翻译体,都集纳在他的笔下。他的修辞方式,他的意象营造,也都带有泥土气息和生命热力,也从凡·高的色彩运用中得到启迪……凡此种种,都应该列入我们的研究视野,要进行深入的研究。

从空间的向度上,可以分为地域空间和心灵空间两个相互交错的层面。前者是探讨其对高密东北乡世界的建构和拓展,在将时代风云浓缩到文学故乡和将文学故乡纳入全球化视野的节点上调适和开通;后者是探讨其如何将自我投射到作品之中,在讲“自己的故事”、“家族的故事”和“他人的故事”之间,在“童心的想象”、“主观的历史”与“客观的文学”之间,流转自如,涵容内化,并且逐步进入拷问灵魂的更高境地,却又陷入忏悔与无法忏悔、救赎与无力救赎的困顿迷失,从而预示出其今后创作的新趋势。

四、莫言研究的几个关节点

一是莫言的文学资源的丰富驳杂,在梳理上有很大的难度。仅以其对世界文学的借鉴为例,说莫言受到福克纳和马尔克斯的影响,成为一种习惯的思维定势。其实,莫言的阅读吞吐量极大,俄苏的普希金、陀思妥耶夫斯基和肖洛霍夫,日本的川端康成和柳田国男,意大利的卡尔维诺,德国的格拉斯,瑞典的斯特林堡,美国的斯坦贝克、麦卡锡等,他都有所涉猎,而且对他们做过一定的研究。但是这些影响,有的是思想的启示,有的是飘忽的灵感,有的是片断的挪用,如盐入水,要想将其一一落实,非常困难。

二是莫言的思想的丰富驳杂,需要有多方面的理论准备和审美素养,方能窥其大略。仅举一例:今人喜欢用莫言与民间文化的关联诠释其思想背景,而忽略其他,其实,作为建国初期成长起来的“50后”一代,莫言与十七年政治文化的关联,他的长达二十年的军旅生涯,莫言作为部队轮训队马克思主义理论教员的经历,都应该正视,却又缺少足够的实证材料,只能从一些零星的文字中钩沉索隐。

三是审美把握和艺术分析的冒险性。莫言创作出数量巨大的文本，而文学作品的多义性和暧昧性，莫言作品特有的象征性，感性优先，“情胜于理”，只做具象的描述和感觉的渲染而有意地省略了理性分析和评价，又使这数量巨大的作品，增加了解读的困难。莫言的作品之所以引发出种种的争议，除了各位论者在思想和艺术观念上的差异，也和莫言的文本的这种多义性和暧昧性带给阅读者言人人殊密切相关。

还有一个重要的命题，就是现实生活如何转化为精神资源和文学创作资源。中国百余年间的历史转型，从农业文明向现代文明的转型，在一个漫长而又短暂的时段进行——说起漫长，其上端可以追溯到1840年鸦片战争，至今将近两百年，仍然尚未完成；说起短暂，是因为比起欧洲从文艺复兴到19世纪与20世纪的世纪之交近四百年的类同转型，这一时段又是较短的——

从坚船利炮的威胁、瓜分中国的危机到全球化潮流的冲击与古老东方大陆的迭次选择，“后来者居上”和“大国心态”，跨越式发展和历史补课，启蒙与救亡，立国与立人，现代民族共同体的想象与现代民族共同体的建立，等等，构成了现代中国波澜壮阔的艰难进程。辽阔的地域造成的政治经济文化发展的不平衡，更加大了它的丰富复杂性和地域性的巨大反差和内在冲突。可以说，这样的充满了矛盾性和冲突性的、急骤变化的历史嬗变，构成了现代中国的底色，也是世界历史上所罕见的。为了历史的前进和民族的新生，社会和人们都付出了异常沉重的努力和代价，积累了非常丰厚的经验和思考。但是，如何将这些民族的个人的历史经验转化为人文思想的创新资源，如何将其转化成居于世界文化制高点的学术的和艺术的丰硕成果，却是至今尚未实现而很多文化人尚未觉察的重大欠缺。与同样是在20世纪遭遇历史巨变、时代震荡的德国和俄罗斯相比较，中国的知识分子愧对这时代的丰富馈赠，没有产生堪以回报时代和民族的强大的精神文化成果，这是非常醒目，无以推脱的。这恐怕是中国文化人的世纪之痛（钱理群先生对此痛心疾首,反复陈说,可惜应者寥寥)。

就此而言,莫言恰恰在这一命题面前,做出了杰出回答,提供了自己的思考和诉说。莫言个人的乡村生活经验,有其非常惨痛的一面,如其自诉,少年时期的饥饿和孤独是其创作的两大根源。少年失学的痛苦,过早参加农村劳动、过早进入成人世界带来的体力不支与精神压抑,严父管控下的父爱缺失,因为家庭成分是上中农而形成的政治压力,等等,创痛巨深。另一方面,他又在少年时期接受了多种文化的熏陶教育,有中学语文课本的阅读,有乡村间流传的各种文学读物,有民间的神话、传奇和民间戏曲,也在田野间展开与自然万物的对话交流,驰骋少年的想象。加上后来在解放军艺术学院和北京师范大学读书的经历,给他真正开启了通向文学高峰的路径。那么,莫言是如何将个人体验和历史记忆、不羁想象和乡间传说、民族痛史和农民品格等博采广收,自铸伟辞,在探索民族心灵史的同时,又对文学自身予以很大力度的变革和创新,以独特的中国方式讲述中国故事,这是我们要予以研究的重中之重。

●【直　言】

2012 年度“诺奖”《授奖辞》解读(上)

李建军

■ 对 2012 年度的“诺奖”颁奖活动，中国媒体全程跟踪，连获奖者穿什么衣服登场，都有聚焦和报道，简直到了巨细靡遗的程度，然而，颁奖环节中最值得关注的重头戏，即宣读《授奖辞》，却被有意无意地忽略掉了，实在令人一头雾水——既没有对“授奖辞”进行直播同译，也未见平面媒体完整地刊发译文，报端偶有提及，也是闪烁其词，断章取义。

■ 我们完全可以将 2012 年度的“诺奖”《授奖辞》，视为隐含着“西方中心主义”意识形态的典型文本。从这样的文本里，我们看到的，固然有纯粹属于获奖者一人的鲜花和掌声，也有能够满足部分中国人虚荣心的赞美和荣耀，但是，如果站在文化和文明的高度，我们首先看到的，是“诺奖”评委的溢于言表的傲慢与偏见。

一

几年前，在武汉参加“屈原文化节”的时候，有记者问我：“中国作家中谁将获得诺贝尔文学奖?”我的回答是：“应该是个非常差的作家写的非常差的作品获奖。”(2009 年 10 月 12 日《楚天都市报》)记者在报道文章里说我“语出惊人”。其实，我之所以这样说，并不是要故作惊人之语，而是基于我对某些西方人的“东方学”和“中国想象”的了解。有些西方人感兴趣并且赞赏的，就是中国的某些三流作家所写的“很黄很暴力”的作品，因为，这些作品所叙写的混乱生活，所表现的颓废情调，极大地契合了他们对中国的文化想象和“刻板印象”。至于用真正的汉语表现“中国心情”的佳作，他们反倒没什么兴趣。

也是好几年前，有一次，我在书店里乱翻书，忽然看到了印在莫言的一本书上的美国人托马斯·英奇的“权威评价”：“莫言是世界级的作家，可能是鲁迅、老舍以来最有前途的中国作家。但这两位前辈的文学才华却不如莫言。”这句大言无实的话，着实让我吃了一惊：一个汉学家敢说出这样的话，便配得上“气壮如牛”的赞语，而中国的书商敢将它印到封面上，也算得上“勇冠三军”的好汉。那时候，我就知道：莫言离“诺奖”的距离，只剩下3.141 592 6米了。

果然，2012年10月，斯德哥尔摩一声雷响，给中国送来了“诺贝尔文学奖”。瑞典文学院终于弥补了一个空白和缺憾。这是一个“双赢”的结果：一方面，瑞典人在把惠泽施之于中国作家的同时，也将这个东方古国的文学，纳入了自己的“势力范围”，另一方面，中国作家则因为“诺奖”评委们的眷顾，而实现了“零的突破”，而得到了“世界”的“承认”。不仅如此，看目前的情势，这个奖项似乎还将极大地改变中国文学的内在秩序，还将结构性地调整中国作家的座次安排。屈原、司马迁、杜甫、李白、苏东坡、李清照、关汉卿、曹雪芹、鲁迅、萧红、巴金、张爱玲、沈从文、汪曾祺都不曾获过“诺奖”嘛，他们的作品都没有过硬的“国际质量认定证书”和“世界等级鉴定证明”嘛，凭什么还占据中国文学各个时期的显赫位置？尽管马悦然先生，这个经常风风火火而来、风风光光而去的“中国女婿”，这个有勇气说《古文观止》和《唐诗三百首》是“我最不喜欢的东西”的瑞典“汉学家”，这个在山西发现了土得掉渣的乡土作家的“诺奖”评委，曾经很认真地强调说：“我们只是评选出自己喜欢的作家。诺奖得主不是文学世界冠军。瑞典文学院不会劝任何人去读诺贝尔文学奖得主的著作。”(芳菲:《十八个人的阅读,一个人的阅读史》,《文汇报》2012 年 12 月 7 日)“诺奖”评委们也许真的不曾明确“劝”大家来读获“诺奖”的作品,但是,对于全世界的读者来讲,有着百年历史和巨额奖金的“诺奖”,本质上就是一个充满悬念的超级博彩活动,就是神奇的市场助推器和快速印钞机,因而,它的每一个符号,每一个声音,每一个动作,都意味着对读者好奇心的刺激,都意味着对他们的阅读心理的暗示和控制。

对 2012 年度的“诺奖”颁奖活动,中国媒体全程跟踪,连获奖者穿什么衣服登场,都有聚焦和报道,简直到了巨细靡遗的程度,然而,颁奖环节中最值得关注的重头戏,即宣读《授奖辞》(Award Ceremony Speech),却被有意无意地忽略掉了,这就使人难免有了犹未了的感觉,就仿佛参加了一次没有投票环节的选举活动,就仿佛出席了一场没有证婚环节的结婚仪式。要知道,正是在《授奖辞》里,诺奖评委会要向人们说明它最后选择这位作家的理由,要谈他们对获奖作家的理解和评价,要说服人们认同他们的选择。

然而,关于今年的《授奖辞》,国内媒体的态度,实在令人一头雾水——既没有对“授奖辞”进行直播同译,也未见平面媒体完整地刊发译文,报端偶有提及,也是闪烁其辞,断章取义。有的杂志则选择了一种更老实的办法:按外文原样直接发表了事,例如,著名的《名作欣赏》(2013 年第一期)杂志,用了整整一期的全部版面,发表了多篇关于莫言的评论文章与若干莫言的旧作,却只在杂志的最后一页,用排得又小又密的版面,发表了《授奖辞》的英文文本。对许多读者来讲,以这样的形式发表,简直近乎不发表,因为能够完全读懂它的人,实在不是很多。

这个《授奖辞》其实并不长,翻译成汉语,也超不过两千字。那么,在这短短的《授奖辞》里,瑞典文学院的大人先生们,到底说了些什么呢?为什么会让中国的媒体如此犯难呢?他们是站在什么样的文化立场来观察中国文学和中国文化的呢？是用什么样的价值尺度来阐释“中国经验”的呢？是怎样理解和评价莫言作品的呢？

在论及主要问题之前，我们先来解决这样一些相关的问题：“诺奖”是不是没有失误的文学奖？它有没有因为顺应一时的风潮，错误地奖赏过一些不配获奖的作家？

“诺奖”自设立以来，就失误连连，既漏掉了不少伟大的作家，也“谬奖”了一些很差的作家。“诺奖”的获奖作家里面，压根儿不配获奖者，大有人在。例如，1920 年诺贝尔文学奖获得者、挪威小说家克努特·汉姆生(Knut Hamsun，1859—1952)，就很难说是一个值得奖赏的作家。1919 年，汉姆生连续第二年被提名为诺贝尔奖的获奖候选人。霍尔斯特罗姆受命对他的文学成就以及鼓吹战争的“政治主张”进行评估。在二十八页手写的对折纸上，霍尔斯特罗姆宣布：汉姆生不是诺贝尔奖的合适候选人。在他看来，汉姆生的《神秘》是一部“杂烩之作”，“其特色就是‘非同寻常的粗鄙’”，“汉姆生所写的流浪汉传奇是‘粗野的’”。他最终的结论是：汉姆生是“一种鼓吹无政府的力量，他甚至都未能承认诺贝尔奖所寻求奖励的那些理想的合法性”(科伦：《汉姆生传》，人民文学出版社，2011 年 7 月，第 239—240 页)。汉姆生之所以最终获奖，是因为当时的“诺奖”评委会主席卡尔弗尔特更看重作品的“文学价值”，而不是“政治的原因”(科伦：《汉姆生传》，第 249—250 页)。卡尔弗尔特似乎并没有搞清楚，诺贝尔遗嘱里的最重要的“理想倾向”标准，根本就不是一个纯粹“文学价值”的问题，而是包含“政治”等复杂因素在内的价值领域的问题。

汉姆生是一个疯狂的种族主义分子和权力拜物教分子。早在 19 世纪末期，他就表达过对“黑人”的种族歧视：“黑人就是黑人，而且将永远是黑人。他们是来自热带的原始人，是把肠子当做脑子的生物，是社会的白色躯体上的未成熟的器官。”(科伦：《汉姆生传》，第 65 页)在小说《卡伦诺三部曲》中，汉姆生宣扬野蛮的政治理念和粗俗的人生哲学，借人物之口表达了作者自己的尼采式的极权主义思想："我相信天生的领袖、君主和统治者，相信自命的大众统治者，而不是推选产生的人。我相信并期待一件事，那就是伟大的恐怖主义分子和活生生的人权精神代表——恺撒的回归。"他是"纳粹的支持者"和"挪威的卖国贼"。他把自己的诺贝尔文学奖章献给了纳粹宣传部长戈培尔。他是为数不多的始终如一地忠诚于希特勒的欧洲知识分子。在希特勒自杀一周后，他发表了一篇对希特勒的"忠诚宣言"："他是一位勇士，一位为全人类而战斗的勇士，又是传播所有民族权利的福音牧师。他是级别最高的改革者，他命中注定是生活在一个独一无二的野蛮时代，这种命运最终置他于死地。任何普通的西欧人都可以这样来看待阿道夫·希特勒。而我们，他的最亲密的支持者们，则因为他的死亡而鞠躬。"(科伦：《汉姆生传》，第410页)1946年，汉姆生被挪威最高法院判为叛国罪，因其87岁高龄而逃过被枪决的命运。

然而，时间不仅会缓释人们的道德义愤，甚至会使人们用完全颠倒的尺度来评价一个不值得赞赏的人。六十年的岁月终于使汉姆生"浣涤其污，缁素复白"。2009年8月6日，"为纪念汉姆生诞辰150周年，挪威王太子妃梅特·玛丽特揭幕了汉姆生博物馆，今年到明年，挪威还将为汉姆生举行一系列展览、音乐剧活动并为其发行邮票"。("无尽的爱纪念网·挪威作家克努特·汉姆生纪念馆"，发布时间：2009年10月27日15：39)真可谓否极泰来，备享哀荣。然而，对此，人们还是提出了尖锐的质疑："一个人的成就重要，还是他的品格重要？"

乔治·奥威尔在批评用"偏执狂临界状态"的方法来创作的西班牙超现实主义画家萨尔瓦多·达利的时候，说过一段很尖锐但很在理的话："达利做了什么、他想要什么，都可以讨论，但是，在他的世界观和性格中，缺乏人类最基本的良善。他是个反社会的人，就像个跳蚤。显然，这样的人越少越好；假若这样的人能够成功，那么社会一定出了什么问题。"(乔治·奥威尔：《政治与文学》，译林出版社，2011年5月，第237页)然而，大量可悲的事实告诉我们，我们的社会“出了什么问题”的时候，其实并不少见；而汉姆生的获奖，则提醒我们，即使诺贝尔文学奖，也会有完全看走眼的时候，也难免会存在很严重的“问题”——它竟然将高扬人道主义和理想主义精神的文学奖，给了一个几乎完全与之背道而驰的作家。

二

还有一个外围性的问题需要谈论：“诺奖”是不是完全不讲“友情”、完全没有政治目的和文化偏见的文学奖？

“诺贝尔文学奖”评委会声称，在遴选获奖作家的时候，他们只关注作品的文学价值和作家的文学成就，从不抱任何政治偏见和意识形态偏见。在上海访问期间，88 岁的诺贝尔文学奖评委马悦然，“解密”了一些莫言获奖的“幕后新闻”，同时，很严肃地强调：“莫言获得诺贝尔文学奖无关政治、友情和运气，唯一的标准就是文学质量。”（据“新华网上海 10 月 22 日电”）然而，说到“运气”，我宁愿相信《圣经》里的话：“我回来后，看到光天化日之下，赛跑的胜者不一定就是最敏捷的那个，战斗的胜利者不一定是最强大的一方，面包不一定归于最聪明的人，财富不一定属于最能干的人，荣耀也不一定归于技艺最精湛者；一切的一切，都决定于偶然和机缘。”

很多事情，包括文学评奖在内，其实并不那么单纯，通常既与“友情”有关，也与“偶然和机缘”有关，甚至与相关国家的“政治”利益和“经济”利益有关——与这一切全然无关的“文学奖”，恐怕只有上帝才评得出来。瑞典文学院一直声称只奖赏在世的作家，但是，1931 年，曾任“诺奖”评委会主席的瑞典诗人卡尔弗尔特，不仅作为曾经的“裁判员”得了“诺奖”，而且还是在去世后获奖的——这里的情感偏向，已非“友情”二字所能含纳（科伦：《汉姆生传》，第 249 页）；而挪威作家比昂松（1903 年“诺奖”得主）之所以获奖，一个重要的原因，就是因为他“政治正确”——他站在瑞典人主导的

"联盟派的一边",反对挪威从"挪威-瑞典联盟"里独立出来(科伦:《汉姆生传》,第149页)。所以,我们在谈论文学奖的时候,无须否定"友情"和"运气"所起的作用,只须探讨如何将这些因素的消极影响降至最低;不是让自己成为完全不考虑"政治"和"经济"因素的人,而是应该努力让他的判断具有尊重他者的"平等"性质,应该时刻警惕评委们可能会不自觉地表现出来的文化优越感和傲慢态度。相比而言,莫言就显得稍微诚实一些。据"国际在线报道",他获奖之后,感谢了包括翻译家在内的许多朋友,也承认自己运气要更好一些:"我心里也很清楚,中国作家中写得好的成群结队,能够获诺贝尔文学奖的作家也有很多,我是幸运地得了这个奖。"

然而,在谈到文学与政治的关系时,莫言的态度就显得有些暧昧。由于缺乏足够的勇气和鲜明的立场,他的看法和观点,就像秋风中细弱的杨柳,一忽儿摆到左边,一忽儿摆到右边。在2009年的一个专访中,在回答是否看过赫塔·穆勒(当年诺贝尔文学奖得主)的作品时,莫言这样说道:"看过片段介绍,没什么出奇之处,这种东西很多。很多东欧跑到西方的作家都用这种方式写作,像米兰·昆德拉这些。几乎所有从东欧社会主义阵营里流亡到西方的作家,都在用这种笔法来写作,控诉他们母国在政治高压下这种荒诞的现象,控诉人的自由在这种社会中受到的压制,以及人的精神扭曲,基本都是这个路数。我觉得他们都还是在控诉黑暗的政体这个高度上,并没有上升到超越政治的高度,伟大的文学一定是超越政治的,肯定不是把控诉一个政体对人的压迫作为最大的目标。"(《莫言:他人有罪,我也有罪》,《南方人物周刊》,2012年第36期)仅仅根据片段介绍,就信口雌黄,就将别人的作品贬得一钱不值,这足见莫言的傲慢和不认真,而他的鸵鸟式的"文学-政治"观的错谬,也像他的傲慢一样严重,一样值得商榷。

在文学的政治性问题上,莫言的态度是游移不定的,是会随着语境的变化而变化的。所以,时过境迁,谈起自己的作品,莫言便不再唱"超越政治"的老调,而是标榜自己的作品里也有"政治"。2012年12月10日,莫言在斯德哥尔摩大学回答提问的时候，这样说："我的小说里有政治，你们可以在我的小说里发现非常丰富的政治。但是如果你是一个高明的读者就会发现，文学远远的比政治要美好。政治是教人打架，勾心斗角，这是政治要达到的目的。文学是教人恋爱，很多不恋爱的人看了小说之后会恋爱，所以我建议大家都关心一点教人恋爱的文学，少关心一点让人打架的政治。"莫言承认自己的作品里有"丰富的政治"，但没有进一步解释他的"政治"是什么样的"政治"，是什么"路数"的政治，他的"最大目标"又是什么样的"目标"。同时，他的话也缺乏逻辑上的缜密——他没有具体区分并阐释什么是"好的政治"，什么是"坏的政治"；他对"文学"的笼统肯定，对"政治"的笼统否定，也都是站不住脚的，因为，文学并不总是"好的"，并不总是教人"恋爱"的，而政治也并不总是"坏的"，并不总是"教人打架"；世间既存在"比政治美好的文学"，也存在"像政治一样坏的文学"，甚至存在"比政治还坏的文学"，实在不可一概而论的。

总之，"诺奖"从来就不是"无关政治"或者"超越政治"的"纯文学"奖，以前不是，现在不是，将来也注定不是。一个作家，并不是越远离政治，他的精神品质就越纯粹，他的作品的文学价值就越高。否定文学的政治性，这在我看来，是一种不诚实的文学态度，是对文学常识和写作伦理的冒犯。伟大的作家不仅从不否定文学的政治性，不逃避文学的"政治性责任"，而且还积极地介入政治，因为，对他们来讲，政治就是生活本身，就是文学叙事的具有核心意义的内容构成。所以，我们根本无须否定文学与政治的关系，而应该追求能够使文学的精神更加自由和健全的政治性，应该追求能够更内在地升华文学的审美价值的政治性。

《诗经》里有政治，《楚辞》里有政治，《史记》里有政治，"三吏"、"三别"里有政治，《红楼梦》里有政治，《阿 Q 正传》里有政治，汪曾祺的小说里也有政治。所以，从政治文化的角度来观察文学，来评价一个作家，实在是很正常的事情。事实上，"诺贝尔文学奖"既是"文学奖"，也是特殊意义上的

"政治奖"。谁若对"诺奖"的历史有基本的了解,他就会得出这样的结论:政治无疑是"诺奖"评委观察文学的基本角度,是他们评价文学的常用尺度。2012 年诺贝尔文学奖《授奖辞》让人印象深刻的一个特点,就是它的明显甚至尖锐的政治性。

三

"诺奖"评委们在谈论中国文化和中国文学的时候,会不自觉地表现出"西方中心主义"的文化优越感。这种优越感最终会转化成严重的傲慢与偏见。在 2012 年度的"诺奖"《授奖辞》里,我们就可以看见赛义德所说的"东方审判者"的傲慢姿态。

笼统地讲,西方存在两种截然不同的"西方中心主义",分别站在两个极端点上看中国。一种是像歌德那样,将中国看成人人皆君子的"理想国",一种是像赫尔德那样,将中国看成一个缺乏"战斗精神"和"思维精神"的充满"奴才"的国度。这两者其实都是一隅之见。像其他民族一样,中国人的心理和性格,也有着复杂的多面性,而且,随着世易时移,这种多面性也会发生新的位移和转换,从而形成一种与时代性相关的"新国民性"。从国民性与生存境况的角度看,现在的中国人,与 20 世纪二三十年代的中国人迥然有别,与 20 世纪 80 年代的中国人也多有不同。现在的中国人,一方面,因为价值体系的变构、人际关系的紧张和安全感的匮乏,而陷入变革时代固有的道德困境和伦理危机,而承受着前所未有的紧张和压抑,而体验着一种惶惶然的焦虑情绪;另一方面,从来也没有哪个时代的中国人,像现在的中国人这样有更多的现代性诉求,有更强的自我意识和人格尊严感,有越来越强的公民意识和言说冲动,这样越来越热心于介入公共生活和公益事业,越来越不能容忍阻滞进步的社会不公和权力腐败。总之,现在的中国,与六十多年前的中国截然不同,与 1976 年前的中国比起来，则简直可以说“换了人间”。中国人自己真切地感受着这样的变化和进步，西方人也要克服长期形成的“东方学”印象和“西方中心主义”文化偏见，要看得见这些经过艰苦努力才赢得的精神变化和文明进步。

然而，在2012年度的“诺奖”《授奖辞》里，我们看到的，却仍然是一百年前“西方中心主义”的傲慢话语，是对中国文化以及中国人生活的极为严重的“偏见”：“他比那些喜欢模仿拉伯雷、斯威夫特和马尔克斯的多数作家都要滑稽和令人震撼。他的语言属于辛辣的那种。在他对于中国过去一百年的描述中，我们找不到西方幻梦般跳舞的独角兽，也看不到在门前跳方格的天真小女孩。但是他笔下中国人的猪圈式生活，让我们觉得非常熟悉。意识形态和改革有来有去，但是人类的自我和贪婪却一直存在。莫言为那些不公正社会下生存的众多小人物而辩护——这种社会不公经历了日本占领、毛时代的犷戾和当今的物欲横流时期。”(He is more hilarious and more appalling than most in the wake of Rabelais and Swift——in our time, in the wake of Garcia Marquez. His spice blend is a peppery one. On his broad tapestry of China's last hundred years, there are neither dancing unicorns nor skipping maidens. But he paints life in a pigsty in such a way that we feel we have been there far too long. Ideologies and reform movements may come and go but human egoism and greed remain. So Mo Yan defends small individuals against all injustices——from Japanese occupation to Maoist terror and today's production frenzy.)通过明显的意指与朦胧的暗示，“诺奖”评委们处处将“中国”与“西方”作比较，“西方”的高级文化和西方人“幻梦般”的生活，那么优雅高级，那么富有诗意，中国的文化与中国人的生活，却仍然停留在“猪圈式生活”的原始状态。中国的确仍然处于现代文明建构的滞后状态，但是，用如此傲慢的“东方学”态度来审视中国，用如此充满偏见的语言来“阐释”中国，却很难说是一种积极的对话态度和有效的言说策略。

像法国的十三个欣赏《废都》的“女评委”一样，“诺奖”评委更感兴趣的，就是在中国文学里发现纯粹“东方”式的生活图景——愚昧、野蛮、阴暗、龌龊、淫欲、腐败、堕落等人性背面的东西，就像美国人马森(Mary Gerchude Mason)在她的《西方的中国及中国人观念(1840—1876)》(中华书局，2006)“中国社会”一章中所揭示的那样。他们要找到一个与他们想象中的残缺而丑陋的中国“同符合契”的叙事体系。他们终于找到了。这个让他们兴奋不已的叙事体系，就是莫言的字里行间弥散着土匪气和血腥味的作品，就是莫言的一打开来就立即发出粗野嚎叫和凄厉惨叫的小说。莫言在《红高粱》和《檀香刑》中对脔割酷刑的渲染，在《酒国》中对吃“婴儿”的渲染，在《丰乳肥臀》中对恋乳癖的渲染，在《蛙》中对“迫害狂”的渲染，在《生死疲劳》中对“怨怼心理”的渲染，都给人留下缺乏分寸感和美感效果的消极印象。尽管莫言关于仇恨、怨怼、酷刑、施虐和“吃人”的猎奇叙事，夸张逾矩，戏谑失度，既缺乏深沉的悲剧感，又缺乏丰富的社会内容和人性内容，但是，这种极端化的描写，却符合“诺奖”评委们的“东方学”理念，符合他们对中国文化的消极想象。

(后文见下期)

大众文化品位为何低俗化?

肖　鹰

2013 年伊始,“大众品位低俗化”即成为文化界热议的焦点话题。投资不过 3 000 万的电影《泰囧》斩获 12 亿的暴利,成为国产电影票房之最,破了“国产大片英雄”张艺谋的票房神话。令文化人士訾议纷纷的是:《泰囧》不过就是一部简单追求“爆笑”的仿港式“商情”娱乐片,主题平庸不用说,就一个平淡的故事也讲得结结巴巴,大众用钞票热捧这样的电影,品位何其低也?

就市场竞争来看,《泰囧》创造的“小电影大暴利”奇迹,根本原因是 2012 年的中国电影市场实在没有可看的电影。年初张艺谋的《金陵十三钗》,将人性历史灾难南京大屠杀演绎成“秦淮歌女”的“屠城浪漫”,不仅被他的团队“志在必得”的奥斯卡金像奖拒绝,而且也被多年来对张导电影特别慷慨的中国观众冷眼;年末冯小刚的《1942》,映前片方宣传是一部“苦难史诗”巨制,几乎将以“话聊逗乐”为专长的冯小刚导演化装成了“史诗导演”,但该片给公众的观影感受,仍然是“冯氏悲情”的别扭:冯小刚电影挤出来的悲情,总抹不掉侃爷王朔的玩世不恭。

有评论称“演员导演”徐峥初出手就打败了张艺谋们,这样说是不确切的。实际上是自 2009 年以来,张艺谋们就败迹连连,正是这些曾经“辉煌”的一线导演在 2012 年探底的灰色淡出,让生手徐峥不小心第一把就玩了个中国电影的“爆笑”。张艺谋们并不是败在徐峥手下,而是败在他们自己的电影误识。他们不仅信奉“票房才是硬道理”的电影拜金主义,而且把“娱乐观众”作为夺取票房的唯一原则,这导致他们的电影制作,缺少艺术家应有的诚意,装神弄鬼,极尽愚弄观众之能事。

徐峥的“胜利”，不过是让观众在佳片缺席的空场，放松心情看了一个因为稚拙略显“天真”的“爆笑”的串场。《泰囧》的票房奇迹，也是历史向张艺谋们开的一个玩笑：票房不是硬道理，只有真正的艺术杰作才是硬道理。当文化人士今天指责公众热衷于欣赏《泰囧》式的电影，是“品位低俗化”的时候，我们首先应当考察和反省我们的电影家们究竟是否创作了真正值得观众欣赏，而且提升观众欣赏趣味和鉴赏水平的电影？

近日还有一个热议的文化事件，就是赵本山自去年以来，再次“临时”退出央视春节晚会。他连续两年“退出春晚”，去年的理由是“因病”，今年的理由是“自己对作品不满意”。赵本山与央视春晚的关系，不仅因为赵本山创造了无人企及的“连续20年上春晚”的纪录，更因为形成了“看春晚就是看赵本山，离开赵本山就别办春晚”这个谁也不敢打破的“春晚铁律”。多年以来，尤其是自2009年赵本山带其徒弟小沈阳上春晚以来，文化人士和普通观众越来越不满意赵本山的春晚小品，批评他的小品格调低俗、取笑弱势群体的声音逐年高涨，同时，赵本山在春晚舞台追捧自己的徒弟（“指定带谁上就带谁上”），把春晚舞台当作宣传赵家班的帮会阵地的“霸气”日盛。但是以央视为龙头的主流媒体，坚持宣传赵本山，把他吹捧成“人民艺术大师”、“东方卓别林”，在主流舆论阵地制造“大众离不开赵本山”的“民情”。正是在这样的舆论导向下，“赵本山”不仅成为央视春晚离不开的“小品王”，而且成为当今中国公众“唯一认知”、“唯一认可”的“艺术大师”。

我们不得不承认，在公众心目中，今天没有一位艺术家的知名度（甚至认可度）可与赵本山相比。但是，这并不是因为赵本山真正“艺盖天下”，而是因为唯有赵本山拥享了以央视为龙头的中国主流媒体持续不断的追捧和神化。“赵本山神话”，不仅让公众误认为赵本山的艺术就代表小品艺术，看小品就只能看赵本山，娱乐就是赵本山的娱乐，而且让小沈阳这样演技低劣的娱乐演员，仅因为被赵本山带上春晚，就一夜爆红天下，成为代表中国表演艺术新秀的"标兵"。2013年春晚筹备启动以来,一如往年,赵本山就不断通过媒体放风"指定要上春晚",因此,"赵本山退出春晚"多大程度是"自觉自愿"不好妄断。但是,央视春晚终于能以"作品原因"放弃赵本山,这个事件实质就不是"赵本山退出春晚"而是"春晚退出赵本山",它给春晚艺术,乃至当今中国文艺提升品位传达的积极信息应当充分关注。

在反思当下公众品位低俗化现象的时候,我们还应注意到另一个现象,就是一些被主流媒体捧出的"学术明星",他们学问平平,甚至不学无术,顶着教授学者的头衔,打着传承经典、普及高雅文化的幌子,把经典、高雅文化平庸化、庸俗化。2012年11月17日在北大百年大讲堂举办的一场昆曲演出谢幕时,主办方请由央视百家讲坛捧红的北师大教授于丹"代表观众发表感言",被观众轰下台。于丹在央视讲说《论语》、《庄子》和昆曲艺术,错误百出,学界多年来严厉批评的声音不断。但是,在这些年来的舆论宣传中,她却被树立为"传播国学"的功勋,并且因此进入流行文化市场,成为最具市场价值的"学术明星",各种文化活动皆以她的出场为"高规格"的标志。

关于"于丹被轰"事件,现场视频显示的是:当昆曲节目表演结束,进入谢幕时,以10位昆曲界著名艺术家伫立作背景,主持人请于丹上台讲话,身着超短裙、黑色长丝袜和超高跟鞋的于丹在观众喝倒彩声中走上舞台。于丹作为一个文化符号,代表的是市场流行文化,她出席这次昆曲演出的着装明显轻佻而不合场景。为什么主办方不邀请真正对昆曲艺术卓有研究的学者上台"代表观众"呢?根本原因是这些年来,市场经济快速扩张,引导了流行文化的过度发展,乃至于造成了流行文化对高雅文化的侵蚀,直至现在流行文化一统天下的局面。因此,当于丹这样由媒体一手打造的流行文化符号成为"学术明星",不仅风行流行文化活动,而且堂而皇之地成为"经典传承人"、"严肃文化代言人"的时候,我们应当反思的是,在这样的文化生态中,我们怎样期待,又有何权利去要求公众品位摆脱低俗,追求高雅?

然而,在公众品位低俗化的现象中,还有一个不容忽视的问题就是严肃认真、既具现实针对性又具思想性的文化批评的缺乏。在当下社会文化生活中,一方面由于文化生产和传播的市场化运行,另一方面由于文化功利主义的盛行,同时也由于某些舆论控制者的"保守"立场作用,当前的文化是只有宣传,没有反思;只有炒作,没有批评。批评是任何一个健康的社会文化生活不可缺少的净化和升华行为。文化批评不仅为文化活动提供常规运行的正面价值,而且是张扬理想、提升精神和促进创新的必要途径。低俗化的东西,共同的品质就是缺少人文的健康价值,缺少艺术的优美品质,缺少精神的坚毅和节操,缺少创造的生气。文化批评的基本职能,就是要指出低俗化的基本缺陷,要帮助公众培养鉴别力和判断力,进而培养他们的高尚品位。然而,正因为在当今中国,批评没有"市场",才会出现平庸为天才,低俗为高雅,虚伪作纯真,恶俗作性情。

马克思,这位追求现代人文理想,追求每个人都作为"真正的人"生存在这个世界的精神导师,这样表述人与社会的关系:"正像社会本身生产作为人的人一样,社会也是由人生产。"(《1844 年经济学哲学手稿》)作为文化人士,针对当前公众品位低俗化的现象,我们首先应当考察产生这个现象的复杂的社会文化原因,从上面的分析可见:当我们文化生产者没有生产出真正高品位的作品的时候,我们没有理由指责公众品位低俗化;当我们的主流舆论把品位不高、甚至低俗的艺术家标榜为"艺术大师"的时候,我们没有理由指责公众品位低俗化;当我们的公众只能接受作为流行文化符号的"学术明星"的"文化传播"和"学术普及"的时候,我们没有理由指责公众品位低俗化;当我们的文化批评沦为营销广告——批评的原则彻底沦丧的时候,我们没有理由指责公众品位低俗化。"社会也是由人生产",作为文化人士,我们应当思考自己作为一个"生产社会的人",究竟具有什么样的责任,又应当如何"生产社会"——生产一个真正培养公众高品位的文化生活的社会。

儿童文学：无所适从又有适从

普　飞

新年伊始，《文艺报》率先在 1 月 21 日的少年文艺版发表了徐鲁先生文章《类型化童书的新力量》，说原创儿童文学中能够进入畅销书榜单的，大都是被一些评论家命名为通俗儿童文学或商业童书的少儿读物。这类童书有一些共同的特点，如故事性强、节奏明快、具有游戏化和娱乐化、内容上不太艰深、题材适合小读者普遍的阅读口味、文学色彩比较薄弱等等。

没过几天，《光明日报》在 1 月 29 日文学评论版发表了刘绪源先生的《往人性深处发掘——读儿童文学作品集〈地下室里的猫〉》。文中谈到，儿童文学作家张玉清的少儿短篇小说《地下室里的猫》发表于 2010 年第 6 期《人民文学》，并获得当年《人民文学》优秀作品奖。老作家萧平的《海滨的孩子》、任大霖的《蟋蟀》、刘真的《长长的流水》等儿童文学名篇，也都是在《人民文学》首发。那时的成人文学刊物比现在更重视儿童文学，但现在不少儿童文学作品文学性不够强，难以在大刊物上与各路名家一争高下。

两位资深儿童文学评论家，一位赞成迎合少儿读者口味的少儿畅销书，一位坚持儿童文学应有的文学品位。这真让一些从事儿童文学创作的作家无所适从。

然而只要认真一想，还是有所适从。

诚然，儿童文学也是要有读者的，而且需要广大的少儿读者，没有这些读者，儿童文学就失去了存在的意义。徐鲁先生所谈的那类作品既然拥有广大的少儿读者，我们就应该允许那些作品出版发行。不仅在我国如此，国外更是如此，否则无所谓在我国有那么多的少儿畅销书是从国外引进的。刘绪源先生的文章也只是讲儿童文学作品还是要有足够的文学性，并没说不要那些商业气味过重的少儿畅销书。

那么，如果你是仅仅追求拥有大量的读者，如果你是想通过你的作品赚取小读者的钱，或者说你没有文学功底或文学功底不足而又要搞文学，就从事那类所谓少儿畅销书的创作吧。那类少儿作品虽然对少儿并无益处，但也对少儿没有害处，你就写那类作品让大家游戏游戏娱乐娱乐。

反之，如果你是真正意义上的儿童文学作家，就努力于刘绪源文章中坚持的传统儿童文学创作，写出具有文学性的足以与成年人文学各路名家一争高下的少儿文学作品。你不必羡慕那些商业气味过重游戏娱乐色彩过浓而拥有大量读者的所谓少儿作品。要知道，读者众多，并不等于就是好作品。正如吸烟有害，而且烟厂在烟壳上标注了“吸烟有害健康”字样，地球上仍有那么多人要花很多钱吸烟一样。人世间的事情，就是只要有买家，就有卖家生产畅销的产品出售；文字作品也是货品，它有那样的读者群，有的作家和出版家就要发表和出版那样的作品。对于这类作品，无论国内国外，好像历来都是只有赞许而没有人提出批评，这就使这类作品的作者们能够放手创作，让这类作品的出版部门放心出版。但是，作为人类灵魂工程师的作家，不能也去创作那类作品呀！从作家文学家的称号来说，我们是真正意义上的儿童文学作家，应当拿出真正像个样子的少儿文学作品，去满足那些懂得文学应是这么个样子的少儿读者。传统的儿童文学，无论在中国或外国，毕竟是文学而不是商品，也不是游戏娱乐的工具。

文学并不提供任何绝对的东西
——先锋写作及其他兼与李美皆先生商榷之

杨永康

“新批评”版1月10日刊登李美皆《从张纯如自杀想到“嗜血”的先锋》一文(以下简称“李文”),李文主张作家“必须以清洁的眼睛去看龌龊,而不能以龌龊的眼睛去看龌龊,更不能以龌龊的眼睛去看整个世界,否则,他就是一个龌龊制造者”,我很赞同。但李文在论述中把复杂的社会问题、复杂的文学问题、复杂的人性问题一概简单化了,比如作家之死,比如先锋写作,比如人性的善与恶等等。本文仅就李文涉及的几个问题谈谈自己的看法。

关于张纯如之死。李文说:“她曾经以非凡的勇气调查和揭露过南京大屠杀真相,接触过日军大量惨绝人寰的变态暴行,精神上受到极度创伤,并因此而产生悲观厌世。使张纯如悲观厌世的,把张纯如的精神击垮的,同样是人性当中的恶,人性当中的丑陋。面对这种人性恶,张纯如完全被绝望所占据了,所以她选择了自杀。”结论显然是勉强的。关于张的自杀,有张母的说法为证,已无疑可问。张母说:张纯如的死与写南京大屠杀真相无关。身为科学家的张母,从女儿生病后的第一天,就开始巨细靡遗地记录女儿每天的行动能力、用药剂量、行为举止,从而得出无关的结论。李文之所以对自己的结论信誓旦旦,我想还是把复杂的社会问题简单化了。自杀问题是个复杂的社会问题,它应该是霍兰德所说的“现代进步的危机”的一部分,本质上是“现代”的危机,“文化”的危机。霍兰德说:“在接近20世纪末期的时候,我们以一种破坏性的方式达到了现代想象的极限。现代性以解放人类的美好愿望开始,却以对人类造成毁灭性威胁的结局而告终。"这确实是件让人遗憾的事。

在谈到先锋写作的时候李文说："新时期文学对于人性恶的迷恋是从先锋派的残酷开始的。莫言和余华都表现出对于暴虐的欣赏。"在李文看来，"残酷和变态在先锋作家的文本中都是当作亮点出现的，他们愿意以这样的亮点来标志自己的作品"。实际上就是在"以残酷的作秀来赢得读者"。莫言也一样，"对于热气腾腾的暴力场面的病态迷恋也不无骇人听闻哗众取宠的故意"。李文进而质疑，"以酷来媚俗，如同刽子手故意在看客面前做杀人不眨眼状以赢得啧啧之声"？这既是对自杀的误读，也是对嗜血与先锋的误读，更是对复杂文学现象的误读。

20世纪八九十年代，中国确曾出现过一批先锋写作者，其出现既与中国文学的发展有关，更与中国社会的发展有关，在作品形式方面的异端与实验诉求与西方现代主义有某种类似之处，但其实质与西方的现代主义实在是两码事，最多只是一场不彻底的文学运动。格非在谈到现代主义的时候提及到了这一点。格非说："现代主义不仅仅是一个叙事学或修辞学革命，用布努艾尔的话来说，现代主义本身就是一种带有强烈政治意图的意识形态。只是到了20世纪七八十年代，学界才开始逐渐意识到，通过语言学的变革来解决一切问题的尝试，至多不过是某种慰藉而已。但是，文学却被永远地改变了。"是的，"文学却被永远地改变了"。

话说回来，即便莫言和余华真的在嗜血，真的在尝试嗜血，也无法说先锋写作都在嗜血、都在尝试嗜血。显然李文把复杂的、繁复的文学现象与人性问题极端简单化了。李文说："文学不是为了创造人性的地狱，而是为了创造精神的家园；文学不是对于人性的砍伐，而是对于人性的抚慰；文学不是为人们营造黑暗，而是让人们看到光明的出口；文学不是对于恶的放纵，而是对于恶的超度；文学不是围困人们的精神，而是疏导人们的精神；文学不是为人们创造洪水，而是为人们制作方舟；文学不是让人们厌恶这个世界，而是让人们爱上这个世界；文学不是让人类鄙弃自己，而是让人类肯定自己。如果时代在糜烂，文学更应该以一种清洁的精神去打捞沉沦的人性，而不是给这个不健康的机体传播更多的病菌，使其更加恶化。”我赞同。李文主张文学应该抑恶趋善，我也赞同。李文把文学与人性仅仅归结为善与恶，乃至非善即恶，明显有偏颇之处。我们姑且不论伟大作品是否超越了善恶，也姑且不论复杂人性是否非善即恶。如果文学为我们呈现的只是善恶，那文学怎么表现李文所主张的——“文学应该表现人物形象的复杂多面性呢”？李文说：“如果片面地强调恶的力量，过多地阐释卑鄙作为通行证的魔力，而对高尚即便只是作为墓志铭的意义避而不谈，只有功利的较量，没有精神的较量，也看不见善恶冲突，只是一味地恶下去，恶得荒诞，恶得莫名其妙，那就很不正常了。”我想问的是，如果文学作品片面地强调善的力量，过多地夸大善的魔力，那不是同样“只有功利的较量，没有精神的较量，也看不见善恶冲突”了么？

作家应该为自己的作品负责，先锋写作自然也不能例外，只是一味强调作品的道德力量，那会不会重蹈尼采所说的那种责任性消失的谬误呢？文学还怎么像巴尔扎克那样“致力于人性的批判”，像君特格拉斯、托尔斯泰、陀思妥耶夫斯基那样“从终极信仰角度来达到人性的拯救”？艾略特说：“在查泰莱夫人一案中，为被告辩护的证人在为该书辩护时，都在强调作者的道德意图，而不是强调那是一部重要的文学作品。”如果真的出现尼采与艾略特提及的那种情况，那实在是道德之不幸，文学之不幸。

文学真正应该担心的并非“善恶”而是“天真”。作家的“天真”与批评家的“天真”。李文主张文学应该去欲望化，希望作家们走出“人性的沼泽”，希望女作家们禁欲、终成正果，希望爱情作品更多地张扬罗密欧与朱丽叶式的经典爱情，希望反腐小说、现代官场写得别那么阴、别那么狠、别那么可怕，一句话别那么“泛恶”。这些想法确实是无错的，就是“天真”了些。对于所谓的“欲望化写作”我一向持摈斥态度，但任何“写作”的出现，包括欲望性“写作”的出现都有复杂原因，这其中既包括复杂的时代原因、社会原因,及李文所说的人心原因,也包括复杂的文学原因。阿伦特在谈莱辛的时候说:“历史中有许多时代,在其中公共领域被遮蔽,而世界变得如此不确定……生活于这样一个时代并由它们塑造的人们,很可能总是倾向于要么厌恶世界和公共领域,尽量地忽略它们,要么越过它们……在这样一个时代,如果情况非常糟糕,就会发展出一种特殊的人性。”阿伦特在这里提出了一种特殊的人性,就是说李文提及的人性之外还存在一种“特殊的人性”。阿伦特还提到了“非人性”,“他们每个人都按自己的想法去做,只有少数人试图尽自己的最大努力去理解一个脱节时代中普遍的非人性”。其实李文提及的人性也好,阿伦特提及的特殊人性、非人性也好,它们都体现了人性的繁复与复杂的一面。所谓先锋写作的“暴虐的欣赏”、“嗜血冲动”、“病态迷恋”、不负责任等习性,所谓欲望化写作的“泛恶”、“媚俗”、“伪善”、“嗜丑”等恶习即便不是繁复人性的一部分,也应该是非人性及特殊人性的一部分。就是说文学既无法“忽略它们”,也无法“越过它们”。

如前文引李文中所说,精神的家园、人性的抚慰、光明的出口、恶的超度也好,方舟、爱、肯定自己也好,都无法体现文学的独特价值。昆德拉说:“应当承认,简化的蛀虫一直以来就在吞噬着人类的生活……”粗暴与简单包括“天真”的蛀虫也一直在堂而皇之地吞噬着文学的独特价值。人类处于一个真正的粗暴、简单包括“天真”的漩涡之中,文学也处于粗暴、简单包括“天真”的漩涡之中。“生活世界”就这样彻底黯淡了,文学世界紧随其后。文学从来谈不上“拯救世界”,文学的独特价值就是规避粗暴与简单,包括阻止“天真”,包括阻止黯淡。

在李文看来,文学在欲望的洪流中已经游走得太久了。“作家的非道德化倾向使种种不正当欲望失去了应有的难堪而变得当仁不让、堂而皇之,作家在展示自己的欲望甚至堕落时是何等地轻松和坦白!欲望的旗帜猎猎作响,作家在旗下充分享受着刻意张扬的快感,受伤的只有文学。比如婚外恋，许多婚外恋的本质不过是婚外性，喜新厌旧、不忠、放纵、缺乏自制、不负责任本来属于人性的负面，可是在欲望化写作的旗帜下，所有欲望都被认为是合理的，应该得到释放的，包括婚外性欲望。于是，欲望的黑烟恣意地弥漫在文本的上空，存在就是合理的存在主义哲学完全把作家引入了人性的沼泽。”女性写作某种程度上更是构成了“欲望化写作最强有力的一个部分”，都是恶之花，而“恶之花只能炫惑于一时，终难得成正果”。只有沈从文与巴金例外。“沈从文的湘西小说之所以富有艺术价值，就在于它不仅是一种清新明朗的自然美，更是一种和谐健康的人性美。人性的优美比其他一切优美都重要。巴金的作品也许不那么深刻，但它的难能可贵在于它有一种实实在在的人性的审美，那就是爱和真诚。爱和真诚是一种美好的人性，这种美好来源于自律、自觉而不是放纵、放肆。人性有复杂、刺激的一面，也有纯正、安稳的一面，巴金就体现了后一面。”至于张爱玲那就太不足道了，“她只能写病态和变态，她写不了健康的人性和人生。张爱玲敏锐的洞察力往往只体现在对于人性恶的发现上，她对于病态和变态有着奇特的敏感，一眼扫过去，人性之恶必尽收眼底。张爱玲对于人性的洞察令人叹服又令人遗憾，因为，她洞悉的只是人性当中的恶，善基本是她的盲点。还有，因为她是蚌病成珠，以异常看异常，所以那种内在的幽深和张力，生活的逼仄，人性的逼仄，人与人之间看不见的刀光剑影，写来令人窒息。那种生活其实是非常可怕的，可是，以她的冷眼观世，写来却不觉得有什么，超然，冷漠。说到底，她对于人世已经丧失了起码的悲悯情怀。”如果真如李文说的那样，张爱玲将是多么的黯淡？文学将是多么的黯淡？果如其言，被“摧毁”、被“击垮”的应该不是张纯如而是文学了。有一点李文言中了，“对于文学，我们曾经进行过反思，但是，如果反思的结果就是一个简单的逆反，这个反思就是不彻底或未完成的，需要进行反思之反思的”。李文的“反思”不但是不彻底、未完成的，也是“简单”的、“逆反”的。

文学要想不丧失“照亮人心指引人心的那种光辉和力量”，为“人性导航”,为人们“指点迷津,改善和提升人们的精神质量,带领失陷的人心走出泥泞”,首要的不是忙着“照亮人心指引人心”,忙着为“人性导航”,忙着“指点迷津,改善和提升人们的精神质量,带领失陷的人心走出泥泞”,而首先要阻止来自自身及这个世界的粗暴与简单、天真与黯淡。波德莱尔说:“自然并不提供任何绝对的东西。”文学也一样,它并不提供任何绝对的东西,正好与人类粗暴、简单、天真、黯淡的愿望相反。

因文艺批评引发的一场闹剧

项兆斌

自2005年元月至今，为了清洁汉语言文学的生态环境，我在报刊发表真名实姓文章，坚持对文坛丑恶进行无情的揭露和批评。我的批评是纯文本批评，始终沿着摆事实讲道理的轨道前行。但由于被批评者掩盖的丑恶与其名利紧紧相连，导致对我怀恨在心，我知道其对我的打击报复迟早会发生。但我坚信邪不压正，一是不怕，二是对文坛丑恶批评绝不退却。我预料的事果然发生了，2013年元月28日在云南省文艺评论家座谈会上，“著名诗人”于坚，公然用拳头、辱骂、恐吓及污蔑对我进行打击报复，在场约70人全是见证。

事情还得从头说起。

我对于坚的批评，分为两个阶段。头一阶段主要是2005年1月在《艺术评论》发表“韩愈、黄永玉和于坚”和2006年12月在《星星》诗刊发表《趣谈于坚口语诗及其他——兼论中国现代新口语诗的特点和形成》，主要批评于坚作品中的低俗化诗风兼论新口语诗。后一阶段主要是2008年一季度，将于坚获第四届鲁迅文学诗歌奖诗集中的三首淫秽诗歌在《文学自由谈》、《华夏诗报》等报刊曝光，从而引发了海内外读者对于坚脏本诗集获鲁奖丑闻的年复一年的如潮批评。

我和广大读者对于坚低俗诗作的批评，得到了中国作家协会的肯定。2009年3月5日中国作协在呈报全国人大常委会副委员长陈至立的自省报告中说：“一些读者对于坚《只有大海苍茫如幕》中的几首诗作提出了批评，对其得鲁奖提出了批评……读者的批评是正确的，是对鲁迅文学奖的关心和爱护，也是对我们的提醒和警示。现在回忆总结，我们认识到，作为具有崇高荣誉的全国性文学奖——鲁迅文学奖,一定要注重其导向作用,坚持高标准、严要求,不可有丝毫的疏忽。于坚的这几首诗作,的确格调不高,文字粗俗。这件事反映了我们评奖的组织工作有缺欠,主要是在投票前引导评委统一认识方面,工作做得不深不细。这些都需要吸取教训,在今后评奖工作中切实加以改进。同时,我们也真诚地欢迎大家对文学评奖及其他方面的工作进行监督批评。"(见 2009 年 4 月 25 日《华夏诗报》:《中国作家协会对本报批判"于坚骗取鲁奖"作出回应》)。于坚由此对我怀恨在心,近年来不止一次地诽谤我说他的作品"反党反社会主义"、投寄匿名信恐吓他的小姨妹等,因非亲耳所闻,我没有当真。

气急才败坏,无理才取闹。2013 年元月 28 日,云南省文艺评论家协会(以下简称"省评协")召开春节前夕座谈会。"省评协"负责人对我省文艺评论取得的成绩作了总结讲话。在自由发言中我说:"我曾经批评过于坚的低俗诗作和施慧的严重抄袭之作,在全国产生了强烈反响,这应当是成绩。譬如我对于坚的批评,是纯文本的批评,至今我并不认识于坚……"我话音未落,一个光头胖子突然冲到我面前,打断我的话,指着我大吼大骂:"你这个傻 X,你放什么 X,今天就叫你认识我!"原来是于坚!于坚几次挥拳冲上来打我,因隔着张桌子和我的躲闪,加之我座位两边有人,不便施展拳脚,均打空。显然,于坚并非发言,是砸场子,是寻衅闹事。于坚疯狂之举,令台上台下与会者,会场一片混乱,会议一度中断。为顾全座谈会大局,我百般忍让和克制,不与于坚争斗,宣布发言中止。于坚继续发飙,张牙舞爪、肆无忌惮地用极其粗鄙的语汇不停地辱骂我:"你这个傻 X!""你在放 X!""我早就要打你了!"由于与会者上来劝阻,他不得不于心不甘地回到座位。

在此用事实澄清于坚对我的造谣和污蔑。

于坚骂我(大意):"鲁奖是中国作协颁给我的,你这个傻 X,为什么造谣说是我骗来的?"此话属张冠李戴。我 2008 年一季度发表在《文学自由谈》2期的文章《洁本乎？脏本乎?》和同年2月25日发表在《华夏诗报》的文章《是谁往鲁迅文学诗歌奖脸上抹黑》,主要内容是将于坚获奖诗集中的三首不堪入目的黄诗曝光,文中没有一字一句说于坚的鲁奖是骗来的。事实是读者认为于坚骂了鲁迅,但中国作协来调查时他又不承认,因而有人说他骗取鲁奖。同期《华夏诗报》编辑部文章《全国众多诗人痛斥咒骂鲁迅的于坚/诗人们要求把骗取的"鲁奖"桂冠摘下》说得很明白:"《北京文学》1998年第10期登载了由朱文发起并整理的《1998—1999年文学争鸣实录·断裂:一份问卷和56份答卷》……问卷第七个问题为:'你是否以鲁迅作为自己写作的楷模？你认为作为思想权威的鲁迅对当代中国文学有无指导意义?'于坚书面回答:'我年轻时读过他的书,在为人上受到他的影响。但后来想起这位导师说什么"只读外国书,不读中国书","五千年只看见吃人",我就觉得他正是"乌烟瘴气鸟导师,误人子弟啊"!'""于坚臭骂鲁迅,已验明正身,如假包换！特别是欺骗中国作协和鲁奖评委会,欺骗云南有关领导,隐瞒自己骂鲁迅的真相,十分可恶!"

于坚骂我(大意):"你这个傻X,为什么造谣说我反党反社会主义?"此话才是造谣。我在揭批于坚鲁奖丑闻的文章中,从未说过"于坚反党反社会主义"。事实是:当时我在《文学自由谈》《华夏诗报》发表文章将于坚获鲁奖诗集中三首淫诗曝光后,海内外华文读者自发地掀起了揭批于坚黄诗、非诗及鲁奖丑闻的浪潮,且日胜一日,他们的文章信函纷纷发表在《华夏诗报》、《文学自由谈》、《香港文学报》、香港《海岸线》、《诗国》、《银河系诗刊》、《中华魂》、《中华读书报》及《商山诗词》等报刊上(计有限统计,揭批于坚鲁奖丑闻的文字不少于89篇/次),其时间之长,规模之大,涉及面之广,在中国新诗史上罕见。这89篇/次文字,因是对我率先批评于坚文章的强烈反响,我全都读过。我敢断定,没有任何一篇文章(包括我的文章)说过"于坚反党反社会主义"。对于坚创作活动的思想倾向作出尖锐批评的,是李俊的文章:《获鲁奖的于坚是一个怎样的诗人》(见2008年2月25

日《华夏诗报》)，该文也没有说于坚“反党反社会主义”，比较尖锐的文字是“于坚多年来的创作活动，完全违背《在延安文艺座谈会上的讲话》精神……他反对诗歌为时代服务，他的诸多言论直接指向党对文艺的领导，说‘诗是无用的，任何企图利用诗歌的时代，我们最终都会发现，它正是诗歌的敌人’；他攻击改革开放的时代，主张自由化，说‘诗是存在之舌，存在之舌缺席的时代是黑暗的时代’，‘狮子是独来的，只有狼才成群结队’”等。可见，“于坚反党反社会主义”的帽子，是于坚自我编造的，其险恶用心是为了把读者对他的正常批评说成是对他“打棍子”、“扣帽子”，以此博取读者的同情，好让他写黄诗等错误逃之夭夭。

于坚骂我(大意)：“你这个傻 X 太无耻，为什么给我小姨妹寄送恐吓匿名信?”此话更是造谣中伤。我爱真，喜透明，我懂得“人小理大，走遍天下都不怕”的道理，只要揣着“正义”，只要没有私心，我对文坛丑恶的斗争就无所畏惧。我发表真名实姓的文章，指名道姓地进行白纸黑字的批评，从不背后做事。我根本不知道于坚有小姨妹，也不知道他小姨妹姓甚名谁，我怎么会写恐吓的匿名信？完全是一派胡言！

于坚在对我的辱骂中竟以流氓自居：“你这个傻 X，不怕你流氓，我比你更流氓！”所谓“著名诗人”的于坚，满嘴脏话，哪里有一点文化人的影子，哪里有一点“著名诗人”的模样？与会者看到的完全是一个没有文化、没有理智的疯子，看到的是于坚的丑恶灵魂和流氓本性的大暴露。诗如其人，联想他在作品中写黄诗、非诗和庸俗诗，就一点也不奇怪了。

“没有批评就没有进步”。诺贝尔文学奖得主莫言，今日都可以批评，为什么因中国作协评奖工作“欠缺”“不深不细”而错发鲁奖给他的于坚，就老虎屁股摸不得、谁批评他他就要疯狂地咬谁呢？2013 年元月 28 日我受邀“座谈”，批评是我的权利，如果批评错了，我欢迎任何人对我反批评。但于坚没有发言，而是公开耍流氓，影响极其恶劣，给“省评协”带来了耻辱。与会的一位年轻作者，目睹了此次文坛丑恶后，当晚在微博上留言：“看过满口秽言的诗人,从此读诗再也找不到感觉,再也无法把纯洁、浪漫、超凡脱俗的字眼和诗相连,诗从此要淡出视野,不想读诗,也找不到写诗的意境!”

鲁迅说:“辱骂和恐吓绝不是战斗。”于坚此次闹事,形式上是冲我而来,实质上是对近年来海内外读者揭批他获鲁奖的丑闻发泄不满,是对中国作协批评他的黄色诗作“格调不高,文字粗俗”发泄不满。让人匪夷所思的是,自 2006 年 12 月以来,我对于坚的系列批评是写文章公开发表在报刊上的,作为“诗人”“名人”的于坚,既然不服,为什么这些年写不出一篇反驳文章呢? 为什么要在会上大打出手呢? 为什么要对我进行辱骂、造谣、污蔑、诽谤及恐吓呢? 2013 年元月 28 日他反复说的一句恐吓话,透露出了内里原因:“你这个傻 X,今后再写造谣文章攻击我,我见一回打一回!”原来于坚是惧怕批评。人正不怕影子歪,什么人害怕批评? 什么东西见不得阳光? 真理越批越闪光,谬误最怕批评揭露。于坚如果有一丁点儿道理,早就写文章反击了;只有无理的、文化人中的假洋鬼子,才气急败坏,无理取闹!

于坚想靠打击报复来封住批评者之口,绝不可能。我对于坚的批评,始终沿着文学批评的正常轨道进行,我坚持正义,敢于批评,更不惧怕黑恶势力的威胁报复。我不由得想一个问题:我的纯文学批评为什么会遭遇于坚非文学的暴力和诽谤? 为什么得了鲁奖的于坚,敢于无法无天? 于坚对我的暴力和诽谤已涉嫌触犯法律,他却视法律如虚设,举着“鲁奖”的金字招牌不可一世,难道这就是当今文坛的生态吗?

我想起了年过九旬的著名红军作家苏策 2011 年 7 月 12 日在云南省文联召开的《吴德铭散文》研讨会上说:“得奖的不一定都是好作品,坏作品也会得大奖! 如果认为凡是得奖的作品,就一定是中国文学发展的标杆,那么中国文学就不会有希望。”

我想起了原《诗刊》副主编、《诗国》主编丁国成先生致《华夏诗报》总编野曼先生信中说："鲁奖事，不算完。《诗国》拟一直呼吁下去，做到善始善终，以便后人有所依据，否则岂不贻害后世，祸害当今！"

我想起了一位著名的文学前辈对我说过一段极其精彩、极其深刻、极富哲理的话："于坚诗集《只有大海苍茫如幕》得鲁奖比不得鲁奖还要糟糕，他从此被钉在了历史的耻辱柱上。"

太阳愈亮，阴影愈黑。辱骂和恐吓绝不是战斗，任何与缪斯为敌者，尽管猖獗于一时，但绝逃脱不了历史的审判。

（文中所述事实，文责自负）

《西游降魔篇》：PG-13 级的玄奘“奇幻漂流”

张璐璐

周星驰的《西游降魔篇》是 2008 年《长江七号》之后的导演作品，在这一部影片中，周星驰只做导演，不做演员。在 2013 年的大年初一，这部影片揭开了面纱。

影片并没有让我们失望，依旧是周星驰的“无厘头”喜剧片，不同以往的是，这部影片中让人记忆犹新的是影片中重口味的元素运用，不论是水中的怪兽鱼（沙僧为妖的真实面目）的血盆大口、猪刚鬣变身前满脸滴油以及变身后丑陋的面孔，还是孙悟空面无血色的皮肤（黄渤饰演），以致到最后变身孙猴之后的类似“金刚”的造型，无一例外，让整部影片充满了暴力、血腥、恶心等诸多“重口味”的元素，其实说起来，有点不合口味，甚至可以说“少儿不宜”。

2012年，不少影评人、文化研究者和一些导演都觉得中国影片需要跟美国电影一样定级，所以如果让我定级，这部影片可以用美国电影协会的电影分级制度——PG-13，也就是指特别辅导级的意思。当你看到影片中鱼妖吃人的镜头、猪刚鬣恶心的嘴巴与文章饰演的玄奘接吻之时，一定会有一种观影不适的感觉。警告家长一句，这部影片有可能包括不适合13岁以下儿童观看的内容，比如不算严重的暴力、裸体、性感、粗话等等。虽说影片中的粗口桥段并不算多，然而，还是在影片中使得整个剧情显得有些重口。

这部影片就是讲玄奘在西游取经之前，收服沙僧、猪八戒以及孙悟空的故事，而影片中的舒淇饰演的驱魔人是作为电影的爱情元素出现的。跟之前的周星驰电影中的女演员不同，舒淇在这部影片中并没有被变得很丑，一般来说，周星驰影片中的美女演员都会被打造成丑女，像《少林足球》中赵薇扮的丑和光头，《食神》中莫文蔚的龅牙造型等。而在这部影片中，舒淇相比以往的美女扮丑已经收敛许多。在周星驰电影《大话西游》中有一句人人皆知的经典台词："曾经有一份真挚的爱情摆在我的面前，我没有珍惜，直到失去的时候才追悔莫及，人间最痛苦的事莫过于此。如果上天能给我再来一次的机会，我会对那个女孩说三个字：我爱你！如果非要在这份爱上加一个期限，我希望是一万年！"而在这里，影片中的"一万年"桥段依旧感人，当玄奘亲眼看见舒淇死去的时候，舒淇问："你会爱我多久?"文章饰演的玄奘说："一千年，一万年。"在这里，舒淇说："一万年太久，只要现在。"

在这里，暂且不说舒淇饰演的驱魔人与玄奘的爱情纠葛，黄渤一如既往地搞笑出演，也不谈罗志祥突破性地饰演"肾虚"的空虚公子。在影片中，文章饰演的玄奘可谓影片的核心人物，而且几乎每一场戏都有玄奘这一人物的存在，可以说周星驰给予文章的戏份和他自己以前出演的影片中的戏份是一样的。与此同时，我们有理由相信，文章已然成为周星驰全力打造的新一代喜剧天王，然而，文章的戏份并没有与周星驰一样走的“无厘头”路线。相比周星驰在《百变金刚》里的角色，文章虽然是关键一号，但是周星驰的无厘头喜剧表演方式并没有在文章身上出现。文章用他的特有的喜剧方式，将玄奘这一形象通过不同的喜剧形式表达出来，诸如在被误打误撞贴上“符”之后，那一段捧腹的女性化表演，以及在影片中略带傻气的玄奘性格的表现，这一系列表现，都被加上了文章的记号，可以说，既有周星驰的某些特质，还有文章自创的喜剧特征。然而，因为是周星驰的喜剧片，必然会加上一些夸张的演技表现，但是可以看出，文章已经收敛许多，和他之前在《失恋三十三天》里面的喜剧人物“王小贱”的表现不同，一个机智幽默，一个木讷无趣，但是毕竟是一个神话人物，加之一个神话故事，某些夸张的桥段也合情合理。不得不说，文章确实是一个好演员，演什么像什么。

而周星驰也非常聪明，将一个耳熟能详的《西游记》故事，变相化地呈现。比如，在原版的《西游记》中，沙僧并没有那么可怕地是一条吃人的鱼，而且刚开始看的时候，根本就没有意识到这条鱼是沙僧。猪八戒也不是那个被妻子陷害致死而报复的妖怪，当我们听到猪八戒被叫作猪刚鬣的时候，隐约中，才会认为他是猪八戒。而且整部影片可以说是唐僧的一次人生历程，和《少年派的奇幻漂流》一样，《少》是一部有关一个少年在海上成长的故事，而《西游降魔篇》应该是少年唐僧在前往西游取经之前的一次降妖收徒的故事。同样地，唐僧在影片中，在经历多重磨难之后，终于领悟到“佛”的真谛。在影片最后，唐僧在与自己的师傅对话中也有表现。这时的他，已然对人生和生命有了另一番顿悟。可以说，这是唐僧的一次成长。

《西游降魔篇》的片名应该分两部分理解：“西游”是指周星驰用《西游记》改编出他的想法，“降魔”则是这个电影的故事——驱魔人驱魔，唐僧用佛法降魔。可以说是西游的前传，也可说不是。相比之前，沙僧被舒淇饰演的驱魔人降服，猪刚鬣被孙悟空降服，似乎孙悟空必须得通过唐僧的佛法降服,正是佛主之大的本质。要知道,孙悟空再有本事,也逃不出如来佛的五指山,正如影片中孙悟空被如来佛祖的五指压下,皈依佛教,被唐僧收服。

而如来佛用五指打败孙悟空这一片断,和《功夫》里的片段十分相似,同样是一双"如来神掌",最终将坏人打败,可以看作是周星驰影片中一些特定元素的重复使用。而这本就是周星驰的"金字招牌",一贯的无厘头和恶搞,比如这一段如来佛在外太空伸出五指制服孙悟空,之前也有一段在孙悟空被困的山洞里,舒淇与黄渤的一段舞蹈,感觉特别像笑场和花絮——这和周星驰的影片《大内密探零零发》中的"天外飞仙"之前,一场混杀打斗中,周星驰看见罗家英饰演的法印在被无相王多次击中,甚至打出血那时的笑一样,感觉就是花絮和笑场。但是,这些都无伤大雅,因为这是周星驰的电影。

然而,作为一名电影研究者,诚如笔者在之前说叙述的种种"重口味"的段落,尤其是在影片前半段,确实造成了一些观众的观影不适。而对于孩子而言,看见"西游"二字,在他们的印象中(甚至在广大观众的印象中),应该就是吴承恩笔下,或者说是自 1986 年初版和 2000 年续集中那些约定俗成的故事套路,作为一部电视荧屏上的经典之作《西游记》,已然老少皆宜、口味适中。但是,光看到"西游",却远远不够,观众只有在观看中才会发现影片中到底有什么,以至于在影院中,不少孩子被吓哭,一些年轻的女士会觉得视觉不适,甚至出现提前离场的"尴尬",这就不得不值得中国电影界好好思考和反思。自《西游降魔篇》上映以来,票房节节高升,影坛上的纪录一一被打破,甚至直逼《人再囧途之泰囧》的中国票房纪录,然而,原本印象中的"西游"充斥的"重口味"元素过多,影院方也未能及时提醒,使得儿童的身心确实在一定程度上受到影响,这就与中国电影并未分级有脱不开的关系。如果家长在看到 PG-13 的分级之后,那么肯定会减少孩子被吓哭,或者中途离场的尴尬状况,虽然可能会影响影片的票房,但是对于孩子来说也是一件好事。电影作为一种大众文化媒介方式,影片中的内容必然会影响到大众的审美取向和精神享受,然而,并不是所有的内容都适合所有的人群观看,尤其是青少年、儿童,在其价值观和心理构建并没成熟和完善前,接触到一些“不宜”的内容,也会对其今后的发展有一定程度的影响。做好电影,并不是单纯为了票房,对于中国电影来说,需要完善的还远远不够。

《西游降魔篇》是周星驰没有参演的导演作品,舒淇和玄奘的爱情故事却是周星驰一贯的爱情喜剧风格——有情人依旧不能终成眷属。而影片中的内核便是唐僧如何对佛主顿悟、佛主如何将孙悟空制服、之前的驱魔人如何降服妖怪。影片通过 3D 效果呈现,描画怪力乱神、重口味元素堆砌、玄幻特效使用,实则依旧是宣传“佛法无边”,爱情永恒,而且爱是修炼的一个必经之路。与《少年派》相比,还是有一定差距,但是作为喜剧,还能将中国的经典故事改编出新意,已经是一次突破,也是值得肯定的地方。正如笔者所说,影片取材中国经典的文学著作《西游记》,前有 1986 年版和 2000 年版电视剧《西游记》的群众基础和良好口碑,后有周星驰“无敌贺岁”和“周氏喜剧”沉默五年后爆发的金字招牌,影片获得极好的票房收益可谓一帆风顺、十拿九稳。恰逢春节,作为一部贺岁喜剧电影当然可以看看,也不需要花头脑去思考,里面的重口味、暴力血腥的镜头似乎也可能会成为影片的收视噱头之一,然而,观片需谨慎,儿童需引导,单纯地笑笑也够了。

今何在

把它和《大话》去比，就像让周星驰去和年轻时极盛期的自己相比一样，这不公平。没有人能回到他最青春美好的岁月，周星驰说："我的时间越来越少了……"我们也一样。没有人能重现《大话西游》，不论周星驰还是刘镇伟，因为他们都回不去了，我们也一样。我们回不到自己当初那个和哥儿们妹子们一起看着周星驰的电影傻子一般笑和哭的日子里去了，所以也许我们怀念的不是《大话西游》，只是当初的时光而已。

公元1874

《西游降魔篇》本质上是部限制级的惊悚恐怖片，血腥残忍暴力，有些地方连身经百战的我都觉得有点过分残暴了……所以千万别带小孩子看！但，很棒。其实周星驰这样做，却还原了原著《西游记》那不停杀戮的十足戾气，而最后蓝天白云绿草菩提树的画面也有种扬眉吐气的感觉。挺震撼的，星爷厉害。

木卫二

有颠覆、有亮点、有冲击，但实在难以忍受无休止的COS《一生所爱》（有近十遍吧？）、《功夫》……以及张牙舞爪的"这就是爱"，负远大于正。做作的卖笑远多于自然的搞笑，至于三流的特效和布景，那已算是周星驰的通病了。

Grinch

承袭周氏喜剧的无厘头与美学，一条道走到黑的配乐、如来神掌和铁线拳的新瓶装老酒，重复多过创新。从恐怖片到喜剧片，再到特效泛滥假大空转变显示出了剧作的乏力。故事温吞、笑点生硬、特效繁多，感情线缺少一个有效的咀嚼。

大瘦瘦

通篇讲佛性，但却看不到人性：沙僧吃了女孩，八戒的乳猪盛宴，悟空拍死驱魔人；有廉价的笑话和过时的情调（像大月亮下的《一生所爱》，花果山太保的"友情岁月"和功夫的秘籍与妖人），但嫁接不到远去的《大话西游》。如果你看过《白蛇传说》就根本无法代入文章的捉妖师身份。

摩西不夜奔

周星驰是个有童心的导演，但是对于西游这个题材来说，有童心不能成为小儿科的理由。黄渤一出场秒杀所有演员，也让这个片子的表演有了质感。三个妖怪出场设计惊艳，河妖故事张力好，猪妖恐怖设定好，猴妖表演最佳，空虚公子等戏致敬老式剑仙片，整体多处亮眼处令人叹为观止，但剧作过于粗糙乏力。

中国美术乱象考辨

谭根雄

■ 中国美术乱象近年一直困扰着人们的艺术实践和学理分析以及院校教育，不仅表现在借用国外的新艺术观念，也为了顺应经济市场亟需，成了高附加值的优质金融衍生产品，也成了逐利的投资和肆意的狂炒对象，最终导致了艺术全面泛化的特殊商品，其结果必然是被疯狂地生产。

■ 优秀的当代艺术作品不再是作为一个先天失语者的身份介入社会，而是，它以自身的尖锐性、思辨性无情地拷问当下各种严峻的社会问题，其缘由是人为的、自然的，还是人类文明进程不可或缺的组成部分？并且，它以国外的“政治波普”、“玩世现实主义”概念被“中国图像”过滤之后，通过特有的中国话语方式，确立当代艺术的理性批判价值。

一

中国美术乱象近年一直困扰着人们的艺术实践和学理分析以及院校教育，不仅表现在借用国外的新艺术观念，将日常生活废弃品、装置、行为、概念等取代传统油画、国画、版画、雕塑等等，最终消解“造型”。它几乎可以囊括所有的视觉对象。由此，社会各界对它褒贬不一，而且，它还表现在自身语言的探索，包括废黜传统绘画的文学性叙述，且对那些革命“主旋律”写实作品进行有效解构，在此基础上，重塑所谓的文化责任和当代人文立场。另外，今天的美术为了顺应经济市场亟需，成了高附加值的优质金融衍生产品，也成了逐利的投资和肆意的狂炒对象，如同炒地产、炒绿豆、炒概念股、炒冬虫夏草，最终导致了艺术成为全面泛化的特殊商品。全国到处设置艺术家村、文化创业园区、画廊等专司美术创作和买卖的场所。显而易见，当它也成了文化产业链的重要一端，将涉及投入与产出的经济约数。其结果必然是被疯狂地生产。为此，人们讥喻这就是具有中国特色的社会主义美术乱象。

这种中国美术现状宛如作家刘震云笔下的《一地鸡毛》。其不啻是艺术创作、文化产业或艺术教育的悲催，更是理性批判在中国长期缺失所致，或者是社会长期欠下太多的“付出”所带来“反叛”而又必须付出的代价。因为，当人们阅读1949年至“改革开放”前夕的近三十年中国美术史，其政治话语驾驭一切文艺作品，美术终究成了那个时代的红色叙事和左翼意识的形象诠释。在相当长的年月里，它成了许多画家趋之若鹜的利益锁定，最终孵化出了《血衣》、《地道战》、《英勇不屈》、《开路先锋》、《在大风大浪中成长》、《狼牙山五壮士》、《要把无产阶级文化大革命进行到底》、《一往无前》等这类炫耀高度技巧的“红色”作品。俨然，当美术创作寻租政治话语权之后，将缺失卓尔不群的独立思考，其品质和学术价值也就必然坠落。“自由之精神、独立之人格”这一陈寅恪曾诤言的学术自由精神和为人自尊之道也将彻底丧失殆尽。因此，在那个“主旋律”年代中的“工农兵”被塑造成个个捋袖子、眉头紧锁、气宇轩昂的新版“罗汉”，其脸庞似烤脆皮乳猪的锃亮鲜红，坏人却被刻画成猥琐的、咸菜色的鬼脸模样。这就是人们对大肆歌颂和赞美“红、高、亮”美术的集体记忆。这种概念化的创作，日后导致了艺术形式日趋式微和艺术家想象力的枯萎。旅居加拿大华裔画家汤沐黎回忆自己在1972年参加《在延安文艺座谈会上的讲话》发表30周年全国美展的《针刺麻醉》油画作品时称，北京评委让陈逸飞捎话给他：“手术室”画得太阴冷，医务人员的脸也画得太苍白，应该在画面上抹些红油。显然，这种扼杀艺术创作规律的事例随处可见。在徐悲鸿弟子《汪志杰油画作品集》中也有这么一段文字描写：20世纪50年代中期，吴冠中去太原钢铁厂体验生活回来后创作《一朵大红花》的油画肖像。泛呈绿灰色工人的脸庞被映衬于红花之中显得格外晦涩、阴郁和突兀。吴冠中被人告诫，千万不要让社会瞅见这幅画，否则完蛋。那时全国一片风声鹤唳，正是“反右”高潮。讲真话、发牢骚、胡诌乱语、谈天说地的知识分子终日惶惶不安。设想一下，当时的吴冠中敢拿“绿脸工人”晒太阳，以后，在中国美术史上绝不会有他现在这么高的声誉，长安画派著名中国画大家石鲁先生陪绑刑场的悲惨命运也许就是吴冠中人生终点的注解。

追溯历史，20 世纪 50 年代前苏联主管文化和意识形态的日丹诺夫就明确地提出文艺为布尔什维克服务。它对中国文艺政策制定和发展影响甚深。当然，如今在政治概念化的美术日趋臻美之时，表现在这一代画家身上所具有某种后人不可替代的卓越技艺，或者说，学院派的那套东西在不经意间倒也谋合了前苏联斯大林时期文化专制主义下的美术创作法则，在这一点上两者认知与方法几乎是一脉相承，甚至有过之而无不及，抑或说中国学院派美术积极吸纳 19 世纪法国库尔贝，俄国列宾、苏里科夫，西班牙的委拉斯圭兹等人的“写实”精髓。它们看上去似乎都很“美”，在学术上却不乏矫情、虚假和空洞之嫌，且又不能不让人对这种“写实”美术作品产生过度“审美”之疲劳。

二

依据 2012 年《胡润榜》刊载那些身价过亿的画家，绝大多数者的作品由原先几百元、几千元的售价，如今坐上过山车，急剧飙升至七、八位天文数不等。然而，在数十年前绘画作品却少有人问津。除了西方游客或港台地区的黄牛掮客买些中国人作品，捣鼓一番挣钱，但字画价格并不高。例如在 1984 年北京朝阳电影院二楼开了一爿中国最早的私人画廊，一位原中国美协“巨匠”级人物所作“裸女”油画作品仅售 800 元人民币左右。另几张出自当时名遐全国的油画“组画”500 元一幅。荣宝斋曾寄售一位红得发紫的“泰斗”级画家笔下的六尺整张水墨画也只有 1 800 元人民币兑换券。

包括20世纪90年代中期,在中国美术史上被称之与李铁夫并肩齐驱的第一代画家陈抱一《跳拉丁舞的女人》油画拍卖成交价18万,而他的女弟子关紫兰的油画《苏格兰牧羊犬》起拍价4万元竟然流标。还有当时的海派大家关良的大红袍系列"孙悟空"水墨画,在上海友谊商店开价才两三百美元。包括像西安中国画大师石鲁的整张中国画卖2 000美元左右。如今,社会上阿猫阿狗的作品一路翻滚,价格高得令人瞠目结舌。艺术终究被市场之手推演成了资本异化的动人故事。这种黑色幽默般的名人字画,唬人噱头而一路高歌猛进,在普遍缺失商业诚信的社会中,它则成了"忘八戏子吹鼓手"的绣花坐垫,或大雅之堂的贵宾犬。或是为了顺应经济发展和兼之学术研究,它一瞬间造成了左支右绌的困境。许多德高望重的艺术家不惜撕下孔孟颜面,谄媚市场而鞠躬尽瘁。它成了官宦商贾的宠物,也成了金融投机的香饽饽,更为混账的是,即便是些刚出道的屌丝儿随便画上几根线条或方块,碰到高人随意点拨,他可由酸臭的穷光蛋变身衣着鲜亮的绅士。其乱七八糟的例子不胜枚举。早期北京三里屯几乎夜夜演绎着此类"灰姑娘"的感人故事。

在这种疯狂的、金灿灿的诱惑前,中国家长都乐意让子女学美术。据前两年统计,例如山东省报名美术专业学生人数达15万之多。中国美院每年也差不多是这个数的报考生。而近年全国每年招收将近600万左右的本科生,其中艺术生竟达96万,占总数1/6之比。面对如此庞大的注册生源,院校老师怎么教?他(她)们毕业后能去哪儿谋生?罔顾教学规律、拼命扩招、啼笑皆非、滥竽充数的现象比比皆是。问题是,当利益对一个系统适当施以影响,则可能发生"多米诺"骨牌效应。

于是,上述诸多的原因集中聚变,必然爆裂原有的中国美术状态。同时,它也误导艺术"唯美"和媚俗的社会大众倾向。但是,这种现象却在21世纪中国的绝大多数艺术院校仍然视之为一种有效教育和楷模。因为,应试教育仍然是眼下唯一衡量学业和入校的"敲门砖"。

三

相对于传统美术而言，人们揶揄当代美术是“后现代”社会和文化的表征。它常以怪诞面貌出现于众人面前，反证那种“传承”美术失语于社会前行的“反叛”性，即不再迷恋自身曾经厝居荒凉历史的美言传闻之中，从而构建了自身线性发展的学术方向，完成中国美术史接续重任。

然而，当代美术特有的现象受到不少理论家的质疑。其论点是，当代艺术缘于美国二战后为了自身国家利益和文化霸权主义的狡黠目的，居心叵测地实施艺术阴谋策略，在全世界兴风作浪“美术”革命，颠覆以往“经典”艺术认知，创立一种合乎于美国文化价值观的新颖艺术形态。显然，这种结论过于偏颇和简单。毋庸讳言，当代艺术“形态”以“反艺术”、“反经典”的激进口号而蛊惑人心，其核心内容则是取消一切既定的艺术准则，进而全面否定“经验”的艺术，在此基础上，它充分地张扬实验性、前卫性、直面艺术的当下社会任务、意义和价值等问题。其前提是：它对艺术“本体语言”构建，和批判性的艺术表达方式。

俨然，这种批判性的艺术表达方式是通过中国“泼皮”、“玩世”等美术形态，向社会传递一个永不遁去的清晰记忆，表达中国人曾有过的集体荒唐感。试想一下，当人们被浇铸于同一尺寸模具之中制造出来笑靥，我们还能渴望自我精神的独立吗？尤其在“全球化”的国际语境中，当资本主义的无孔不入变为现实之后，艺术家王广义这位东北大汉以“文革”大批判的漫画形式，严厉地鞭打了后殖民化等严峻的“第三世界”现实问题之后，人们可以在中央美院徐冰的《杂交》中寻找答案：一头敲满英文字母的公猪趴在盖戳汉字的发情母猪上进行现场交配。对此情景，它更像是未卜先知的预言——人们吃着肯德基，喝着可口可乐，嘴里 ABC，模仿着韩国鸟叔“江南 style”等所有的发展中国家不能删减的普遍现象。

然而，在当代艺术狂飙的发展态势下，中国前卫艺术也难以独善其身。众所周知，当年南京鼓楼出现的《五月二十八日诞辰》，以及在 2000 年上海双年展外围展的北外滩某家画廊邀请一位艺术家展示的骇人听闻的暴力和恶心的“行为艺术”场景。这些违背良俗公约、挑战人道底线和反社会的艺术现象，当它被乔装以“当代”艺术外衣，却包裹着赤裸裸的与人类文明和人性自律相悖的低劣品格。这种反理性、反人道的艺术，则是依靠自虐性的疯狂、怪戾、病态而博人眼球的低劣伎俩，具有极大的欺骗性。其所谓的新颖、怪诞招数只不过是利用国内外不对称信息，表现出一种黔驴技穷的玩耍把戏而已。它与《费加罗报》曾披露法国一位行为艺术家当众自残的血腥故事几乎同出一辙，是一种低劣的抄袭罢了。更有甚者，去年日本《朝日新闻》一则震惊世界的消息：日本年轻卡通插画家 HC 自宫而后高价出售供他人尝鲜。这究竟是疯子之举还是丧心病狂的人格障碍？如今在艺术界不择手段而甘冒天下之大不韪者却屡见不鲜。近年国内某位屌丝想闯荡江湖，在宋庄美术馆饕餮般地吃屎表演，他一下子蹿红了起来。人不是蠕动的蠹虫，但是这种失范于灵性动物进化史上的退化行为，想必在米兰·昆德拉小说《生命中不能承受之轻》中的托马斯也不敢正视。人们鄙视那种以艺术“观念”名义的反“伦理”、喧嚣“自虐”和宣扬“恐怖”的行为，一时间内它竟然成为极少部分艺术家争相模仿的对象，且在美术界大有蔓延之势。这种低劣、龌龊、血腥、暴力的艺术震怒了高层有关部门，2001 年全国紧急敕令：“禁止行为艺术。”

这种既扰乱社会治安，又亵渎人道主义的疯狂艺术，其粗鄙和不堪入目，究竟是揭示了中国当代艺术在全球文化语境下的发展规律，还是噱头？甚至有人尖刻地嘲讽这种所谓的当代艺术已被送进“国际手术台”，到处是医生，但目的各异，各取所需，这就是当代艺术异化自身和文明的尴尬和混乱，也是造成目前中国美术良莠不齐乱象的重要原因。

四

如果说，在20世纪80年代前的中国美术史试图阐明当时的社会意义和革命任务，以及构建文艺作品的崇高性、必要性等逻辑依据。它诠释“土地革命”以来中国社会所发生的翻天覆地的“改朝换代”内涵。其实，它反映了中国艺术家的生存智慧，竭力地表现波澜壮阔的革命画卷，在创作手法和观念表达上或是艺术技巧驾驭能力等方面，尽管比西方美术界落后百年，但在远东，尤其是在亚洲地区，它却补缺了世界美术发展史，同时也梳理了中国美术史的完整性。

所谓的“新中国、新绘画”就是特指这一时期的美术现状。但是，20世纪80年代是中国美术的重要转型期，俗称“85美术思潮”。它冲击传统美术，所谓的学院派绘画构架开始倾斜和崩塌。人们借助于宽松的政治和逐渐开放的社会环境，大肆利用海外舶来品的西方画册对中国美术进行现代主义和当代艺术启蒙。事实上，国内“学以致用”的美术与欧美相差一大截，它缺少的是严谨的学术研究态度，包括早期“西学东渐”的美术开拓者们尽管做出了现代启蒙艺术教育的贡献，身体力行地贯彻蔡元培先生一贯主张“以夷一技之长”改造落后的中国。中国人懂得了油画可以替代水墨画的表达方式，通过色彩、光影、透视、比例、解剖等造型知识，区别中国传统绘画，明辨其中的“实证主义”量化的科学关系，同时，它汲取中国传统艺术所浓郁“阴学”的思想和意境，涵养灿烂的世俗盛景。从这一点上而言，

“85美术”运动实质上是延续了20世纪30年代上海滩“决澜社”未完成的“现代主义”艺术探索工作，其参与者远比前辈的许幸之、倪贻德、庞薰琹、王济远等画家们更具有社会的广泛参与性和现实意义。无论是在造型艺术语言，还是材质应用上，或是对语境的揭示等方面，“85美术”明显地长足进步，尤为重要的是对现实的批判和愤懑，在其作品上剔除了旧时文人雅士笔下的绚烂鲜花、窈窕淑女等静物和人物这类绘画的小资情调，且绝不回避关乎于中国历来敏感的现实陈述和严峻的社会话题，质疑一切关于“美”、“经典”、1比1.618数理黄金分割法的传统绘画形态。那时在鼓噪一时的“星星”画会年度展上一幅《自在、自为者》命题油画，其凸显“自在”和“自为”的存在主义哲学内涵，明确表达了改革开放初期年代的个人选择和自由表达方式。这种攸关个人与社会对话的“另类”绘画，让艺术家直面现实所亟需承担的个人责任和道德等问题，因此，他们比那些对毕加索、马蒂斯等现代派艺术所膜拜顶礼的“决澜社”同仁们更胜一筹。其大胆泼辣、率真、毫无忌惮的在野风格，成了当时文化体制和抱残守缺人士的一道难以咀嚼的珍馐佳肴。它说明了新时代画家痛恨本该“百花齐放、百家争鸣”的艺术却被长久亵渎为一言堂的表达方式，包括对那种所谓的正统美术自居的“学院派”而本能地不满和反抗。他们开始挪用西方现代艺术观念，进行中国图式的探索。当然，因为是初期的探索，不免生涩、粗糙、简陋，甚至是歪瓜裂枣般的“涂鸦”。有人讥讽这种借助外来的东西则不过是舐痈吮痔，但是，风靡国内的美国艺术家怀斯、斯基米德、波洛克、劳申伯格、安迪·沃霍、英国乔治兄弟等艺术家在那时却对国人影响甚深，包括确立“表现主义”、“照相写实主义”、“冷抽象”、“波普”等艺术语言和学术在国内的地位。换言之，“85美术”的核心价值，是它真正开启了关注西方当代艺术形态的内在学理以及明晰了自身的现实主义语境。它疾风暴雨般地冲击国内画坛，对人们实施了再一次新艺术启蒙，接续过去“决澜社”所倡导的“西学东渐”未完成的现代主义艺术研究的学术使命。这如同哲学家奎·

怀斯所言：当今的物象世界不可能表演出不可量化的，或不可叙述的、含糊不清的事实真相。由此，关于20世纪70年代末的“上海十四人画展”和北京“星星画会”系列展览等，其探索性的学术研究态度，从根本上放弃那些阉割历史真相的“伪艺术”，书写着独立的艺术精神。无疑，这是一个特殊年代，也是新艺术大受社会质疑或追捧的矛盾冲突时期，包括1984年法籍保加利亚艺术家万曼的软雕塑在北京民族宫一经推出，“装置”概念被人排斥之后才开始慢慢地为国人所接受；1985年劳申伯格这位由美国卡斯蒂里画廊推介的威尼斯金奖获得者，其绝大多数作品均采撷于中国农家的铁桶、扁担、车轱辘，甚至是歙县的瓦楞纸板箱等生活废弃品拿来中国美术馆展出，它经历怀疑、猎奇、肯定，直至轰动中国画坛。因为，这些稀奇古怪的艺术，它让中国人开始接受“软雕塑”、“装置”、“丝网”等当代艺术材质媒介和“观念艺术”，也表明了一个现代化的民主国家并不仅仅只是一个享有高度技术化的现代国家，同样需要或发展外来的优秀艺术为我“中用”，修补传统与当下文化对接的裂痕，以此来为“全球化”的当下中国艺术身份认同和融入世界做铺垫。

1989年首届“现代中国美术大展”以从未有过的自身力量，宣告中国当代艺术的崛起。其悬挂于中国美术馆的会标，是刺眼的“禁止掉头”警示符号，旨在喻指中国当代美术发展不可逆转！尽管这个展览没办几天就被查封关闭。原因是在这个展览上所发生的南方女性艺术家肖鲁“开枪事件”（行为艺术作品）震惊了世界画坛。这种任由艺术家探索的作品所涉及的关于“暴力”等敏感话题，顷刻间在国内外激发了媒体的高度关注。从艺术创作方法论而言，“开枪”预示着传统艺术模式被冷酷地消解。同时，它又以自身的独立、完整和学术姿态，在中国这块饱经风霜的艺术大地上，进行了一次认真、有效、戏剧性的“当代艺术”预演。从此，沉重的“工具性”的美术幕布被重重地撕裂开来。

客观地讲，当时的中国人暂且还很难适应这些先锋艺术形态的表达方式。但它毕竟在年轻一代艺术家中获得青睐和不少的拥戴者。当代艺术相随时代发展而无远弗届地疯长，对应了今天快节奏的开放性社会，从根本上诠释了中国改革开放所带来的日新月异的生产力关系。它佐证“新中国、新气象”从原有的农耕文明向工业文明转型的新时代面貌。

不容置疑，当代美术的构建，摧枯拉朽地改写着人们原有品评鉴赏艺术的习惯和思考方式，包括美术格局。

五

2000 年上海双年展被业内人士誉为是国内第一次行使独立策展人制度而迈入国际视野的当代艺术活动，也是当年中国“十大”之首的文化新闻。其主题：海上·上海，试图澄明当下文化多元的价值指向。笔者认为，“文化多元”在学理分析上是不折不扣的伪命题，因为它抽绎了当下文化和现实语境以及揭示社会真相。如果文化“多元”命题存在的话，那么艺术要创新干什么？如果“传承”给予历史遗产，显然，这种给予后人的文化馈赠，只能是回到农耕社会，又何来日后“与时俱进”的艺术？罗兰·巴特认为，多元文化的构建，其使命是关注当代人的思想。或者说，在 20 世纪六七十年代德国法兰克福学派的马尔萨斯和著名学者哈贝马斯就明确指出：在工业社会的进程之中，人类科技文明导致的自我迷失或社会异化现象，必然反映在公共领域各个层面上。因此，作为后现代的艺术形态诉求，它势必具有极大的“公共”效应。正因为如此，上海双年展似乎在一夜之间完成了中国当代艺术迈入全球化门槛。它类似意大利威尼斯双年展、巴西圣保罗艺术展、德国卡塞尔文献展、韩国釜山三年展、澳洲墨尔本三年展这些国际顶尖的重大艺术展示活动。然而，在许多批评家看来，它只不过是由西方话语权主导下的东方版艺术秀。其中参展作品水平参差不齐，鱼龙混杂。许多庸俗之作却被彪炳为不朽。更有甚者，利用市场而哗众取宠，如同野狗叼上骨头活蹦乱跳。换言之，世界既然为中国打开了国际大门，但是，其前景并不令人乐观。问题是，当代艺术向全世界辐射之时，也是把中国艺术家推向世界美术前沿。但是，这种现象是自发的，还是由外国艺术机构或经纪人册封的？或是由诸多社会关系铸就的？人们不得不思考当代艺术肆意妄为的自由表达性，一方面它冲击着传统艺术墨守成规的经典法则，另一方面，它似乎暗示了中国当代艺术发展的内因关系，逼迫中国艺术家站在独立的人文立场思考那种“非经典”、“非法则”、“非同质”化的视觉形象，而不是简单地把它归纳于“民族”身份或“文化”资源利用等范畴中，当然，人们有理由去质疑中国当代艺术家所做尽和做绝的“汉字”、“水墨”、“宣纸”、“家具”、“火药”、“蚕丝”等这类历史给予的中国文化符码功能，并且常以偷梁换柱或错误类比的手法，从美国“波普”、意大利“超前卫”和法国“新现实”以及在德国“激浪”中寻觅嫁接和模仿的手段，抑或生吞活剥西班牙塔皮埃斯、德国基弗、韩裔的白南准、美国罗斯科等人的“材质”媒介或“观念”艺术语言，阐释那些西方人所不懂的一切关于东方艺术的意境。或者说中国当代艺术已被浓郁的西方“禅”化，或被先秦诸子百家神化之后，才是中国艺术走向世界的唯一出路？这本身就是中国“当代”艺术发展的逻辑悖论。

六

当代美术是以人的存在意义为中心点，阐释自身所肩负“文化再生”和“新启蒙”的人文立场与道德态度，其实质上就是回答关于当今“公共知识分子良知”问题，挑衅那些阻碍历史发展的传统艺术的经验，或采取激进手段而塌陷原有美术架构，或以一种刺痛的方法，激活那种僵硬的传统文化思维定势。因此，当代艺术创作与文学创作一样，它既深怀着一种亘古以来的历史或现实的忧患意识，更是一种积极地理性批判和自我反省的形象载体。而绝不回答任何关于“美”的社会常态理解。德国哲学家鲍姆加登早在百年前就认为,艺术从来就无需解答一切关于艺术“美”的问题。因为,“美”是中国特定时期的政治术语,是实现某种政治意识的方法论工具。因此,它是虚假的、掩饰事物本质的形式。这正如世界著名艺术学府美国罗德岛设计学院所言,“培养(艺术家)批评性的思考和研究方式”这比什么都重要。也正因为如此,中国当代艺术“理性批判”的价值性指向,是作为甄别、区分艺术形式与内涵的关键点:对历史遗产重新梳理或真伪考辨,并且主张当下的人文立场,重构文化使命。

因为真诚,人们才感动于优秀的当代艺术作品,也因为人们充满着对未来世界的忧患意识,或对我们生存的荒唐世界作出历史的、现实的反省和批判,尤其是当我们解读国内那些声名鹊起的观念艺术家方力均“光头”、曾梵志“面具”、张晓刚“血缘”、岳敏君“大团结”等系列作品内敛的心灵颤栗所带来的社会震撼,显然,这是一种社会学意义上的中国图像解析,它反映了在中国这方黄土地上,究竟褪色了多少人的黄金美梦?如今,当代艺术不再是作为一个先天失语者的身份介入社会,而是,它以自身的尖锐性、思辨性无情地拷问当下:土地流失、食品安全、雾霾 PM2.5、宗教异化、农民迁徙、贪污腐败等严峻的社会问题,其缘由是人为的、自然的,还是人类文明进程不可或缺的组成部分?并且,它以国外的“政治波普”、“玩世现实主义”概念被“中国图像”过滤之后,通过特有的中国话语方式,确立当代艺术的理性批判价值。

法国著名学者德里达认为，阐释一切关于经验与现象的世界，其意义在于重新构建社会文明的发展。当代艺术的发展前景如同科学的未来发展有可能建立在已为人们所知的经验基础上。其所谓的艺术“创新”并不是无的放矢，违背自然规律而实施悖谬式的艺术发展之道。否则，那种持续攫取观众眼球，不惧后果地践踏公共秩序和普世价值底线，以及把艺术当股票一样操纵，或当做文化产业来捞钱，中国美术的发展前景必将免不了一片乱象。

（作者为原华东师范大学艺术学院美术学系主任、教授）

2012年度"诺奖"《授奖辞》解读(下)

李建军

■ 对2012年度的"诺奖"颁奖活动,中国媒体全程跟踪,连获奖者穿什么衣服登场,都有聚焦和报道,简直到了巨细靡遗的程度,然而,颁奖环节中最值得关注的重头戏,即宣读《授奖辞》,却被有意无意地忽略掉了,实在令人一头雾水——既没有对"授奖辞"进行直播同译,也未见平面媒体完整地刊发译文,报端偶有提及,也是闪烁其词,断章取义。

■ 我们完全可以将2012年度的"诺奖"《授奖辞》,视为隐含着"西方中心主义"意识形态的典型文本。从这样的文本里,我们看到的,固然有纯粹属于获奖者一人的鲜花和掌声,也有能够满足部分中国人虚荣心的赞美和荣耀,但是,如果站在文化和文明的高度,我们首先看到的,是"诺奖"评委的溢于言表的傲慢与偏见。

"诺奖"评委试图按照自己的意愿和想象来界定莫言。他们把莫言界定成意识形态领域的无畏斗士,把他包装成中国的掀天揭地的索尔仁尼琴。在《授奖辞》里,"诺奖"瑞典文学院诺奖委员会主席瓦斯特伯格一上来,就称赞莫言的作品"扯下了那些千篇一律的宣传广告"(tears down stereotypical propaganda posters),就称赞他"用嘲笑和尖锐讽刺的笔触,抨击了一个荒谬的中国近代历史,那是一个人民生活和思想贫乏,政治制度虚伪的时代"(Using ridicule and sarcasm Mo Yan attacks history and its falsifications as well as deprivation and political hypocrisy),就称赞他"揭露了人类本质中最阴暗的一面"(reveals the murkiest aspects of human existence)。仅仅将"高密"视为中国之特殊的一隅,或者,将"高密"的文化当做小说家自己的独特"心象",这对"诺奖"评委来讲,是远远不够的。他们更愿意借助莫言的作品对"中国"和"东方"说话,所以,他们便自然而然地将莫言创造出来的由驴、牛、猪、狗构成的“动物世界”，将那个封闭偏僻、虎狼当道的“高密”，当做整个“中国”的象征：“高密东北乡包含着中国的传说和历史。在几乎没有外人来过的高密，驴与猪的叫声盖过了村干部的声音。在那里，爱与邪恶都被赋予了超越自然的力量。”（North-eastern Gaomi county embodies China's folk tales and history. Few real journeys can surpass these to a realm where the clamour of donkeys and pigs drowns out the voices of the people's commissars and where both love and evil assume supernatural proportions.）他们将20世纪的中国人看成“野蛮人”（the brutality of China's 20th century）。他们从莫言的作品里，看到了支持他们这一判断的叙事体系，所以，他们高度评价莫言的写作：“他展现给我们的，是这样一个世界，在那里，没有真相，没有常识，也没有怜悯；他展现给我们的，是这样一个世界，那里的人们既鲁莽，又无助，又荒唐。”（He shows us a world without truth, common sense or compassion, a world where people are reckless, helpless and absurd.）显然，这样的判断，既是“政治”性的，也是“文化”性的，显示出的是一种“东方学”意义上的傲慢与偏见。如果说莫言的叙事态度是极端而任性的，那么，“诺奖”的阐释和评价就是简单而片面的；如果说作家的极端的态度，总是意味着对生活的歪曲和对人物的轻慢，那么，“评委”们对它的认同和赞赏，则意味着对一种消极的叙事伦理的不负责任的纵容和鼓励。

瑞典文学院诺奖委员会主席在面对莫言和全世界宣读的《授奖辞》里说：“在小说《酒国》中，人们最喜欢品尝的美味佳肴，是一个烤熟的三岁男童。男童沦为食物，而女童因为被歧视得以幸存。讽刺的锋芒直指中国的家庭政策，因为计划生育，无以计数的女胎被堕。莫言写了一本小说《蛙》专讲计划生育的事。”（In his novel *Republic of Wine*, the most exquisite of delicacies is a roasted three-year-old. Boys have become exclusive foodstuff. The girls, neglected, survive. The irony is directed at China's family policy, because of which female foetuses are aborted on an astronomic scale: girls aren't even good enough to eat. Mo Yan has written an entire novel, *Frog*, about this.)许多极端的事情,包括多种样式的"吃人",在中国确曾发生过;既然发生了,就不存在"能不能写"的问题,只存在"写得如何"的问题,或者说,只存在写得是否具有美感和意义感的问题。虽然莫言关于"吃婴儿"的叙事并不成功,但却让"诺奖"评委兴奋不已。遗憾的是,他们只满足于看见那些浮面上的东西,即"吃人"的野蛮和残酷,而没有兴趣从美学和逻辑的角度,分析莫言的叙事是否美好和深刻,这样,他们延伸出来的高论宏议,也就不怎么可靠:"莫言的故事有着神话和预言的意味,将所有的价值都彻底颠覆。在他描写的中国社会中,我们从来没有遇见毛时代的合乎标准特征的理想公民。他笔下的人物充满活力,甚至用最不道德的手段来实现自己的生活目的,并试图打破命运和政治强加给他们的牢笼。"(Mo Yan's stories have mythical and allegorical pretensions and turn all values on their heads. We never meet that ideal citizen who was a standard feature in Mao's China. Mo Yan's characters bubble with vitality and take even the most amoral steps and measures to fulfil their lives and burst the cages they have been confined in by fate and politics.)就这样,莫言的叙事被"诺奖"评委赋予了尼采式的"颠覆一切价值"的反叛精神,而他塑造的"充满活力"的人物,则被当做颠覆过去的"标准特征"(standard feature)和"理想公民"(ideal citizen)的非凡成果,被当做突破成规和"纠正"历史的巨大成就。由于先入为主的偏见,他们却忽略了这样一个最基本的事实,那就是,莫言作品里的人物,几乎全都是一个模子里倒出来的——他们盲目而愚昧,粗俗而幼稚,既缺乏个性,也缺乏思想,几乎全都具有心智不健全的特点,几乎全都是些缺乏鲜活性和真实性的虚幻人物。外表上看,他们像马尔克斯笔下的人物一样诡异,像福克纳笔下的人物一样愚妄,但是,从本质上讲,他们与法国"新小说"中的"机器人"更为相似,更像是罗伯-格里耶小说中泥塑木雕的人物的近亲。

赛义德在批评"东方学"的"危机"的时候,说过这样一段话:"作为东方的审判者，现代东方学家并不像他自己所认为甚至所说的那样只是将其作为研究对象，与其拉开距离。他的漠然处之的态度——其标志是用专业知识将同情心包裹起来——深深地打上了我一直描述的那种东方学的正统态度、视角和心绪的烙印。”（《东方学》，三联书店，2011 年 7 月，第 136 页）所谓“正统态度、视角和心绪”，就是作为“一种文化和政治的现实”，“东方学”总是把人们的注意力“引向东方或东方人所处的劣势地位”，就是选择那些能显示“东方”的“劣势地位”的“东方文本”来阐释“东方”。在解读 2012 年度的“诺贝尔文学奖”《授奖辞》的时候，我们应该意识到这个问题的存在及其严重性。只有这样，我们才有可能摆脱赛义德所批评的成为“东方学的附属物”（《东方学》，第 415 页）的可悲处境。

四

我曾在好几个地方说过，莫言的写作，是“西方”的“现代主义”叙事经验影响下的写作，也是最符合西方人的“东方”想象的写作。“诺奖”评委在《授奖辞》中评价莫言的时候，也强调了莫言的写作与“西方”的因缘关系——从拉伯雷到斯威夫特，从马尔克斯到福克纳，他们处处都将莫言纳入他们熟悉的西方文学体系来比较。我们由此可以看见“诺奖”评委们视野的狭窄和评价尺度的单一，也可以看见他们会不自觉地深陷其中的“东方学”思维的误区。对此，林培瑞这样质疑道：“莫言真的是以狄更斯开始直至哈代（Hardy），最终演进为福克纳（Faulkner）、加西亚·马尔克斯（García Márquez）这一流派中的一员吗？为什么他应该是其中之一呢？为什么他的‘幻觉现实主义（hallucinatory realism）’就不能植根于山东的民间故事？”（《再谈莫言：政治以何种方式影响这位作家》，《纽约时报》2012 年 12 月 26 日）其实，“诺奖”评委对莫言的写作与西方文学的“影响比较”的判断并无大错，错的是他们的“西方中心主义”文化心态以及在此心态影响下形成的"东方学"文化偏见。

像所有那些夸张而极端的叙事一样,莫言的小说缺乏中国文学的"温柔敦厚"的美学精神,缺乏司马迁在评价屈原时所说的"好色而不淫"与"怨诽而不乱"的内在节制。在写作过程中,他缺乏最起码的自我约束和朴实态度,有一种刻意为之、故意卖弄的倾向;他更喜欢天马行空的臆想,而不是脚踏实地的体验和观察;他陶醉于浓墨重彩地渲染和描写包括色彩、气味在内的感觉性的内容,喜欢一刻也不安闲地叙写紧张的情节和夸张的动作;他总是想用可怕的画面和极端的事象来吓唬人,总是想给人留下心惊肉跳的恐怖感觉和深刻记忆。莫言对人性中凶暴而狰狞的一面特别迷恋,这便使他在自己的叙事中,过多地渲染了人性的黑暗,过多地叙写了生活的腥秽——他以夸张而简单的方式,以令人惊悚和不快的效果,塑造了一系列冷酷无情、恣纵无忌、心智残缺的人物形象,展示了一系列愚昧野蛮、畸形变态、匪夷所思的生活事象。如此一来,他的那些大模大样、大呼小叫的小说,就像别林斯基在评价杰尔查文时所说的那样:"他的全部作品基本上都是一些仅仅在细节部分镶嵌着珍贵发亮宝石的不成样子的粗笨玩意儿。"(《别林斯基选集》,第五卷,上海译文出版社,2005 年 12 月,第 39 页)

然而,由于未能洞察莫言小说的严重缺陷,由于不了解现代中国文学发展的整体状况,"诺奖"评委在评价莫言的时候,就显得少见多怪,常常噬指而惊,掩口而笑,说了不少"虚誉欺人"的赞词:"在莫言的笔下,吃人肉象征着放纵、挥霍、龌龊、淫欲以及无法描述的欲望。只有莫言才敢突破禁区对此大加描写。"(In Mo Yan, it stands for unrestrained consumption, excess, rubbish, carnal pleasures and the indescribable desires that only he can attempt to elucidate beyond all tabooed limitations.)事实上,敢于突破禁区的,并不只有莫言。早在上世纪初期,鲁迅就发出过"吃人"的尖锐声音,就写过吃"人血馒头"的事象;在二三十年前的"新时期"以及最近十多年,也有叙写"吃人”悲剧的作品问世,例如杨显惠的获得普遍好评的《夹边沟记事》与《定西孤儿院纪事》——莫言的叙事,既没有鲁迅的深刻,也没有别的当代作家笔下的细致和真实,所谓“只有”,从何谈起!

也许是莫言的小说给“诺奖”评委提供了“发现”中国和“认识”中国人所需要的信息,引发了他们的“东方学”意义上的“共鸣”,所以,在《授奖辞》里,“诺奖”评委们在褒赞莫言的时候,便“横空盘硬语,妥帖力排奡”,显示出一种无限慷慨、无限热情的修辞态度:“莫言的想象飞跃在整个人类社会的存在之上。他妙不可言地描绘了自然。他知晓所有中国人过去挨饿的事情。”(Mo Yan's imagination soars across the entire human existence. He is a wonderful portrayer of nature; he knows virtually all there is to know about hunger.)莫言的想象力怎么可能“飞跃在整个人类社会的存在之上”?他怎么可能“知晓所有中国人过去挨饿的事情”?莫言对生活和人性的观察和叙述,片面而狭隘,尤其缺乏“普遍性”与“人类性”的内容。然而,“诺奖”评委似乎看不见这些问题,他们只想通过不切实际的评价,将莫言指派为中国历史和中国现实的无所不在的见证者,无所不知的洞察者,无所畏惧的叙说者。“在莫言的作品中,一个被人遗忘的农民世界,生机勃勃浮现在我们眼前,即便是最刺鼻的气息也让人心旷神怡,即使极度的冷酷无情也充满了快乐的无私。他的笔下没有一刻是枯燥乏味的。这个作家无所不知,无所不能,有能力描绘一切——各种手工艺、铁匠活、建筑、开沟、畜牧和土匪的花招诡计。他用笔描绘了整个人类的生活。”(In Mo Yan's, a forgotten peasant world arises, alive and well, before our eyes, sensually scented even in its most pungent vapours, startlingly merciless but tinged by joyful selflessness. Never a dull moment. The author knows everything and can describe everything——all kinds of handicraft, smithery, construction, ditch-digging, animal husbandry, the tricks of guerrilla bands. He seems to carry all human life on the tip of his pen.)

作为一个阅历很有限、视野很狭窄的作家，莫言怎么可能"无所不知，无所不能"？莫言的作品芜杂而又冗长，很多章节读来很是乏味和沉闷，怎么能说"他的笔下没有一刻是枯燥乏味的"？即便你所读到的是经过翻译家改头换面的"象征文本"，那也不至于"一刻"的"枯燥乏味"都没有。事实上，《授奖辞》里笼统粗率的判断，与个别"诺奖"评委的具体阅读经验，是迥乎不同的，例如，作为"诺奖"评委里唯一的"汉学家"，马悦然就不认为莫言的作品"没有一刻是枯燥乏味的"："对于莫言的文学作品，马悦然唯一'不满'的是莫言的长篇小说写得太长，相形之下他的短篇往往更加精彩。他幽默地评论说：'例如，他的《生死疲劳》写得太长了，读到后面读者可能也有些疲劳……'"（据"新华网上海10月22日电"）

尽管几乎所有的"授奖辞"都难免有"好话说尽"的特点，但2012年的"诺奖"《授奖辞》似乎超出了"说好话"的底线伦理，将"夸大其词"当成了一种没有边界的"话语跑马"游戏："不同于广告宣传的共产主义幸福欢乐史，莫言通过他的夸张，恶作剧般的戏仿，借用神话和民间故事，对那个宣传出来的五十年（引者按：指20世纪40年代到90年代），做了令人信服的严厉的纠正。"（Instead of communism's poster-happy history, Mo Yan describes a past that, with his exaggerations, parodies and derivations from myths and folk tales, is a convincing and scathing revision of fifty years of propaganda.）这里的判断，显然是靠不住的；"诺奖"评委将自己的愿望和想象，强加给了莫言和他的作品。莫言的作品固然以夸张的方式叙述了生活的悖谬和人物的奇遇，甚至记录了作者自己的早年屈辱经历和伤害记忆，但是，从总体上来看，他的小说叙事与中国的历史和现实，始终保持着一种近乎"相安无事"的安全距离。通过一种玄虚而夸诞的叙事方式，他的小说浮游于沉重的现实和严峻的历史之上，并消解了文学与"历史"及"现实"之间的紧张感和冲突性。他没有"纠正"历史的野心和抱负。表面上看，莫言的叙事，赫然武怒，威风凛凛，刀砍斧劈，血肉横飞，但是，深入内里，你便可以发现，他的写作更为内在的本质——气昏志堕，莽撞颟顸，浅衷狭量，粗枝大叶；具体地说，他敢于用尽蛮力来写近乎荒诞的极端事象，有时甚至敢以“二丑艺术”的方式调侃一下，但是，由于与时代生活相关的背景性因素的阙如和细节描写真实性的匮乏，他的叙事和调侃，并不具备真正的现实主义文学才有的可信度和亲切感，也很难产生强大而久远的影响力。

五

在结尾的部分，《授奖辞》最后这样说道：“那些来到莫言家乡的人，可看到丰裕的美德与令人厌恶的残忍的斗争，等待他们的将是一次使人眼花缭乱的文学冒险。可曾有过如此壮观的春潮席卷中国和世界吗？在莫言的作品中，世界文学发出的咆哮，能够感染同时代的几乎所有人。”(For those who venture to Mo Yan's home district, where bountiful virtue battles the vilest cruelty, a staggering literary adventure awaits. Has ever such an epic spring flood engulfed China and the rest of the world? In Mo Yan's work, world literature speaks with a voice that drowns out most contemporaries.) 这几句话，惺惺作态，大而无当，往而不返，“吾惊怖其言，犹河汉而无极也”。我原以为，狃于特殊的文化陋习，只有中国的批评家在吹捧作家的时候，会曲体胁肩、摇唇鼓舌地说好听话，没想到，有些外国人说起漂亮话来，也一样舌灿莲花，也一样天花乱坠，更没有想到“诺奖”的《授奖辞》，竟然也像中国的某类报告会的赞语和颂词一样不靠谱。

其实，细究起来，在评价“东方”作家和“西方”作家的时候，“诺奖”评委的态度与尺度，是有着微妙差别的——他们用更具“正极性”的尺度来评价西方作家，而用更具“负极性”的标准来评价中国作家。美国学者林培瑞(Perry Link)发现了这个极为隐秘的问题，并向“诺奖”的评委们发出了这样的质疑：“假如索尔仁尼琴，不是去揭露古拉格，而是对它去开玩笑呢？

那么我们还会为他的'艺术'唱赞歌,并且也欣赏他的黑色幽默?或者,令人悲哀的是,只有非白人才能以这种方式赢得诺贝尔奖?"(林培瑞:《再谈莫言:政治以何种方式影响这位作家》)在他看来,"诺奖"评委"如此"欣赏莫言对历史和现实"开玩笑"的"黑色幽默",又"如彼"欣赏索尔仁尼琴庄严的愤怒和严肃的批判,于"此"于"彼",显然是区别对待,而非一视同仁的——这说明在他们的评价里,隐含着对中国文学和中国作家的傲慢和歧视,内蕴着"诺奖"评委的几乎难以为人察觉的"西方中心主义"意识。这也提醒我们,只有积极意义上的奖赏才意味着荣耀,而那种"宜戒反奖,应呵反笑"的奖赏,则实在是近乎讽刺和羞辱的——对一个自尊心很正常的人来讲,获得这样的奖赏,无论如何都是一件让人觉得窝囊和尴尬的事情。

那么,对于"诺奖"评委的如此这般的"中国想象",我们的作家是不是也要承担一些责任呢?假如我们的文学叙事,能像司马迁的《史记》那样"大义炳如"、"雄深雅健",能像《红楼梦》那样赋予感伤和悲凉以诗意的情调,能像鲁迅那样寓尖锐的反讽于博大的同情,那么,某些"西方中心主义者"虽欲有所言,则无所置其喙。我们还可以拿莫言跟川端康成做一个比较,川端康成也曾经历过日本的毁灭与黑暗、疼痛与绝望,但是,他感伤而不颓废,依然用充满眷恋与挚爱的诗意笔触,来写日本文化和日本人的生活。通过优美而精致的作品,他将一个"美丽"的日本展现在了"西方"面前。当时的"诺奖"评委主席安德森·奥斯特林在《授奖辞》里,这样肯定他的文学成就:"川端先生经历了日本最终的失败,他知道要振兴日本,必须有进取精神、生产力和劳动力。然而,面对日本战后全面接受美国影响的现实,川端却在自己的作品中以沉稳的笔调呼吁:为了日本,必须保留古老日本民族的美与个性。"川端康成站在"诺奖"的领奖台上,讲的是《我与美丽的日本》,讲的是日本的"哀愁"与"美丽",讲的是日本的诗人和诗歌——"春花缤纷兮杜鹃夏啼,秋月皎洁兮冬雪寒寂",他的演讲禅意幽妙,诗意盎然,令世人对日本和日本文化刮目相看。然而,比较起来,莫言的小说缺乏塑造“优秀人物”的小说伦理自觉，缺乏严肃地探讨道德主题的能力，缺乏用朴素的方式表达美好情感的技巧。作为“讲故事的人”，莫言站在“诺奖”的颁奖台上，喋喋不休地讲述的几个真实性和真诚度大可怀疑的琐碎故事，是纯粹属于自己的“个人话语”，压根没有“中国”的痕迹，更没有对中国伟大文化的深刻理解和热情赞美。

与这种文化上的迟钝感和目光短浅相关联的，是真正的现实主义文学精神的匮乏。莫言的思想和勇气都不足以支持他与现实建构一种积极的批判性关系。在严峻的生活面前，他的“魔幻”作品所发出的声音显得空洞而虚怯，缺乏更加明确的“及物性”和更加充分的现实感。他对“伤痕文学”和“右派文学”都很不买账，认为它们都只在“诉苦”和“控诉”——“控诉政治、控诉坏人”，但缺乏对“自我”的反思，“没有从反面来忏悔”，“灵魂拷问依然不够”。他这样批评索尔仁尼琴：“我觉得索尔仁尼琴依然缺少拷问灵魂的精神，他也一直在控诉，他写那个《古拉格群岛》，写那个《伊万·杰尼索维奇的一天》，他敢于和当时苏联巨大的反派政治抗争，但他也没有拷问他自己。”（《莫言：他人有罪，我也有罪》，《南方人物周刊》2012 年第 36 期）莫言关于“忏悔”的见解，尤其是他对索尔仁尼琴的否定，是极不公正的，也是站不住脚的。在俄罗斯，索尔仁尼琴通常被当做陀思妥耶夫斯基文学精神的继承者，正像“前苏联”著名作家和编辑家特瓦尔多夫斯基评价索尔仁尼琴的小说时所说的那样：“叙述强烈有力，继承了陀思妥耶夫斯基……”（索尔仁尼琴：《牛犊顶橡树》，时代文艺出版社，1998 年 2 月，第 95 页）莫言对索尔仁尼琴的严重误解，既反映着一个中国当代作家与俄罗斯伟大作家之间的差距，也反映着中国当代文学与伟大的俄罗斯文学之间的差距。索尔仁尼琴说自己“为无声的俄国写作”（《古拉格群岛》，中册，1996 年，第 303 页），这样的话，莫言是不可能讲的；经历了炼狱体验的索尔仁尼琴说自己的写作是“从里面来描写”，这样的话，莫言也未必能深刻地理解。所以，我们可以从索尔仁尼琴的《第一圈》里读到对斯大林形象的入木三分的刻画，而在莫言的作品里，你却不可能看到这种用“从里面来描写”的方法塑造出来的人物形象。

在谈论“控诉”和“忏悔”的时候，莫言混淆了两个性质完全不同的问题：站在正义的立场，作为见证者和抗议者来控诉罪恶，这是一回事；站在宗教的角度，作为同样负有责任的人，反省自己的罪孽，审判自己的良心，则是另外一回事。前者属于外倾化的姿态，是现实主义文学面对社会犯罪和人道灾难的基本态度，后者属于内倾化的姿态，是拯救性的文学面对人性残缺和人类罪孽的基本态度。因此，要求奥斯维辛和布痕瓦尔德集中营的幸存者在写作中忏悔，是不人道的；要求布拉格群岛的幸存者在写作中忏悔，是不人道的；要求夹边沟的幸存者在写作中忏悔，也是不人道的。不能用“控诉”代替“忏悔”，也不能用“忏悔”遮蔽“控诉”。在一个存在大量人道灾难和政治迫害的生活场景里，最为重要的，首先是替无数受害者发出“控诉”的声音，说出容易被忽略和遗忘的“真相”。很多时候，这种直面现实的“控诉”的外倾化写作，远比那种“忏悔”性内倾化写作要艰难，因为，它意味着更大的风险和考验，意味着威胁和恐惧、迫害和折磨。“忏悔”可以故作姿态，可以成为一种道德作秀，但是，“控诉”和“抗争”却必须与对象世界发生直接的冲突，其中容不得一点虚假的东西，容不得你在“现实”之上玩“魔幻主义”的话语游戏。我们现在迫切需要的，不是让无辜的受害者和写作者来忏悔，而是把真正有罪的人和可怕的罪孽发掘出来，诉诸文字，使它无所遁形。

莫言不仅不是一个“抗争”型的现实主义作家，不仅缺乏那种超越现实的勇气和精神，而且，还常常像吕坤在《呻吟语》中所说的那样“奔逐世态”，接受那些本该“纠正”的价值观，甚至接受那些与现代性背道而驰的诡异现实——这一点，你只要读读他的“丹崖如火照嘉陵”的打油诗句，就全都明白了。从这里，我们不仅看见莫言“瞬间的姿态”（刘再复语，见《明报月刊》2013 年第一期），也可以看见他的“本质”，因为，一个人的“本质”通常就见之于这些似乎无关紧要的“瞬间的姿态”里，正像西美尔所说的那样：“我们可能都体验过强烈的激情和闻所未闻的突发奇想，但是它们的最终价值还是依赖于其对于那些平静、普通和正常时刻的意义，每一个真实的、整体的自我就生长在这样的时刻。”（西美尔：《货币哲学》，华夏出版社，2007 年 7 月，第 206 页）正是这样的“本质”制约着莫言的写作，在赋予他的小说“语出卓特，非常情可测”的夸张风格的同时，却没有同时使之成为一种能够像索尔仁尼琴的作品那样令人震撼的伟大作品。在莫言的作品中，“世界文学”其实并未发出值得倾听的“咆哮”，也很难“感染同时代的几乎所有人”。

关于莫言小说写作的问题，我们过去一直就批评得不够充分。我们为数甚夥的早就被“削掉了棱角”的学者和批评家，本来就像赛义德在《文化与帝国主义》中所批评的那样：“他们的风格充满了令人生厌的套话。后现代主义、话语分析、新历史主义、解构、新实用主义等套话崇拜把他们送上了九天；对于历史与个人责任重要性的惊人轻视，销蚀着他们对公共事务与公共话语的注意。结果是一种让人气馁的错误的言行，同时整个社会也在无固定方向地、不和谐地漂流。”（《文化与帝国主义》，三联书店，2003 年 10 月，第 432 页）而在莫言获“诺奖”之后，一些批评家和学者，顿时像打了鸡血一样亢奋起来，陷入了疯狂地说废话和漂亮话的超级狂欢里。“从鲁迅到莫言”，我们的学者和批评家，有着比超级魔术师克里斯·安其尔更高超的本领，他们一下子就将莫言的劣币兑换成了鲁迅的黄金。虽然他们的灵感和勇气来自诺贝尔的故乡，但是，劣币兑黄金所造成的严重的文化亏空，文学上的“格雷欣法则”（Gresham's Law）所造成的巨大损失，却只能由中国人自己来补偿和埋单，瑞典人不仅毫厘无损，而且还优雅地显示了自己文明的“先进性”，并成功地实现了对“东方”的“弱势文化”的强大影响和彻底征服。

总之，我们完全可以将 2012 年度的“诺奖”《授奖辞》，视为隐含着“西方中心主义”意识形态的典型文本。从这样的文本里，我们看到的，固然有纯粹属于获奖者一人的鲜花和掌声，也有能够满足部分中国人虚荣心的赞美和荣耀，但是，如果站在文化和文明的高度，我们首先看到的，恐怕就不是那些像马赛克一样闪光的东西，而是“诺奖”评委的溢于言表的傲慢与偏见。

●【争　鸣】

荒唐的逻辑只能得出荒唐的结论

——对楚昆先生商榷的质疑

唐小林

拜读2月21日《文学报·新批评》发表的《批评的矛盾与理论的误区——兼与唐小林商榷》一文,我不禁感到非常的吃惊。我从来就没有想到,我的一篇批评北京大学著名学者,当红文学批评家陈晓明先生的文章,居然会犯下"极大地动摇了人们对中国当代社会至少是文学界人才选拔机制的信任"这样十恶不赦的罪行。

楚昆先生的文章,与其说是在与我商榷,倒不如说是在居高临下,像正义在手的法官一样,在对我进行愤怒的声讨,并直接对我下判词,强行逼我就范。其字里行间哪里找得出半点在学术上与我商榷的语气?在《评论家的"矛"与"盾"》一文中,我曾对陈晓明先生在文学批评中呈现的诸多病象提出了尖锐的批评。对此,楚昆先生不顾事实,强词夺理地说:"一个能够得到中国在研究、教育和组织等方面的最高文学机构都认可的人物无疑是中国最优秀的文学研究人才(还不是之一)。因而,陈博士的文学批评即使出现了唐小林所指出的这些低级错误,也不能随便质疑其文学批评能力,而是应该另找原因。唐小林的这种就事论事的文学批评不但可能会引起人们对陈博士的文学批评能力的怀疑,而且极大地动摇了人们对中国当代社会至少是文学界人才选拔机制的信任。这是极为不负责任的。"

看了楚昆先生上面这段与我"商榷"的文字,我们就可以知道,什么叫做自以为是和荒唐透顶。按照楚昆先生的逻辑,陈晓明博士"无疑是中国最优秀的文学研究人才(还不是之一)",换句话说,陈晓明就是当代中国文学批评界的"昆仑"和最高峰。中国的文学批评家都只有仰视的分,哪里还有资格去怀疑和批评陈晓明先生？在此我想说的是，楚昆先生在这里所犯的错误，与陈晓明先生在文章中常犯的错误可说是同样一种毛病。这就是，“不顾事实、飚捧浮夸、毫无节制”和逻辑混乱。尤为可笑的是，楚昆先生所说的“即使出现了唐小林所指出的这些低级错误，也不能随便质疑其（陈晓明）文学批评能力，而是应该另找原因”。请问楚昆先生，陈晓明先生在文学批评中所犯的那些低级错误，究竟是不是事实？如果是事实，我们为什么就不可以质疑陈晓明先生的文学批评能力呢？难道因为陈晓明是一个文学批评界的顶级人物，我们就应该把陈晓明像神一样供奉起来顶礼膜拜，俯首帖耳地将其在文学批评中出现的红肿之处，一律说成是艳丽无比的桃花？据笔者所知，李欧梵先生在学界，尤其是在海外的影响，丝毫都不亚于陈晓明先生，然而在该期的“新批评”上，古远清先生不是照样指出其闹出了连常用成语“始作俑者”和“罄竹难书”的基本含义都搞不清楚的笑话吗？按楚昆先生的说法，古远清先生这样批评李欧梵先生也是极不负责任的，他极大地动摇了国内学者对于海外学者学术水平和文字功底的信任。

在二十世纪初的法国，当时名不见经传的文学青年普鲁斯特，尖锐批评过文学批评界的顶尖人物圣伯夫。数十年前，还是清华大学学生，初出茅庐的李长之连鲁迅先生都可以批判，其《鲁迅批判》一书还得到了鲁迅先生的首肯。在当今的中国，陈晓明先生在文学批评中出现了如此之多的病象，其文学鉴赏水平和文学批评能力为什么就不可以受到怀疑？楚昆先生也许不知道，笔者不但对当红批评家陈晓明进行过批评，甚至对诺贝尔奖文学奖获得者莫言先生的小说也提出过批评。按楚昆先生的说法，批评陈晓明就是动摇了“人们对中国当代社会至少是文学界人才选拔机制的信任”，那么笔者批评莫言的小说，是不是也就是动摇了全世界人民对于中国文学的信任呢？如果说诺贝尔文学奖代表的是世界文学的最高水平，那么，笔者批评莫言的小说，不就是否定了整个的世界文学吗？作为一个文学工作者，我以为楚昆先生至少应该懂得和牢记鲁迅先生所说过的一句话：“批评必须坏处说坏，好处说好，才于作者有益。”而绝不应该是和稀泥，为名人打圆场。倘若我们的文学批评家都像楚昆先生那样，千方百计为名人的毛病开脱，动辄从一些所谓的“理论”上去找原因，将其文章中出现的病象无条件归咎于别人和社会，这样的文学批评才是真正对社会的不负责任。

荒唐的逻辑只能得出荒唐的结论。楚昆先生认为：“陈博士将贾平凹等五六个作家并列为首屈一指并不奇怪。既然文学的表现形态是多元化和多样化的，那么，不同的文学作品就没有价值高下的分别。当这些作家各美其美时，文学批评家认为他们都是‘首屈一指’无不可，都是最卓越的无不可，都是无法企及的无不可。”我以为，文学作品的多元化和多样化与文学作品的艺术性难道是一个意思吗？照楚昆先生的说法，《肉蒲团》和《红楼梦》就没有价值高下之分？一个满脸天花的女人，只有在那些别有所图的媒婆嘴里，才会被说成是像西施一样貌若天仙。

“《泰囧》事件”：谁的趣味谁做主

李　卓

《人再囧途之泰囧》(以下简称《泰囧》)无疑是2012年国产电影的一朵“奇葩”。一部中小成本电影创造的国产票房新纪录引起了轰动性效应,媒体跟踪报道,网上大量评论。可以说《泰囧》及其所带来的社会效应已经远远超越了电影本身,而成为一个饶有意味的文化事件。正如徐峥所言“我觉得这部电影已经不属于我,它像是脱缰的野马一样,它变得不仅仅是一部电影,而是变成一个事件”。电影《泰囧》之所以能够上升为一个文化“事件”,我觉得主要有两点:一是社会大众对其高票房原因的追问,使《泰囧》一时成为舆论热点;二是社会大众围绕电影进行的言论对峙——网络空间上围绕《泰囧》展开了大讨论,爱之者高喊“好笑”、“感人”,厌之者直言“三俗”、“趣味低下”,两拨人马大有水火不容之势,趣味判断悬殊。

解读这一文化事件,我们需要借用法国社会学家皮埃尔·布迪厄的一个重要概念——文化“区隔”。布迪厄对法国社会的趣味判断做了批判,他指出文化实践中存在的趣味,实际上并不是与生俱来的。俗话说,萝卜青菜各有所爱,而布迪厄却进一步调查出这种趣味差异的原因——教育水平和社会出身。我们在文化实践中的趣味分野,实际上与我们的社会等级密切相关。不同阶级、阶层对于文化产品的选择与判断并不是个人完全自由的选择,而是由个人所拥有的经济资本、文化资本共同作用的结果。具有批判力的是,布迪厄将文化资本与经济资本相提并论,并且一针见血地指出,这种文化资本所培育出的趣味分野反而加固了社会阶层间的差别,并被上层阶级用作与下层阶级分界的门槛,从而保护了自己对社会的支配权力。

由此,我们可以回应上文所说的“《泰囧》事件”的两个问题。其一,《泰囧》何以能够票房大卖?笔者认为,在偶然性因素之外,很重要的一个原因是,《泰囧》定位出了当前中国电影市场上那个最大的具有共同趣味的消费群体。布迪厄关于文化趣味划分的论述,启发我们可以这样解释《泰囧》的票房奇迹——《泰囧》把握住了能够团结文化趣味相异的各种阶层,团体的那些关键因素,从而制造出一个最广大的观影群体。这些关键因素,我认为主要有以下三点:

第一,《泰囧》坚持喜剧风格,而且做到了喜剧元素与故事情节相和谐。喜剧一直是中国观众喜闻乐见的一种电影类型,无论是90年代风靡内地的以周星驰“无厘头”为代表的港式喜剧,还是开启内地贺岁档的冯氏喜剧,还是以《疯狂的石头》为代表的小成本喜剧,它们都透露出中国观众对喜剧的情有独钟。

第二,《泰囧》大量借用网络文化元素,切合当下年轻人的文化心态。《泰囧》大量借用了网络用语,就拿片名“人再囧途之泰囧”来说,“囧”字是近几年网上流行的新造字,它好像一张哭丧着的人脸;“泰”即可看作谐音“太”,又可看作“泰国”,还可解读成“否极泰来”之“泰”,词义含混;“再”字应为“在”,在这里却表示“第二部”之意。影片的命名明显体现了网络用语去规范化的特点。再如“你真是朵奇葩”、“二到无穷大”、“纯天然扫把星”、“我妈是冰冰棒”、“电梯里有俩2B”、“你是观世音派来折磨我的吧”、“泰国传奇”等一系列的搞笑台词,都来源于网络语境。此外,时下流行的微博在影片中被用作推动情节发展的一个关节点,非常切合当下的互联网舆论生态。

更重要的是,《泰囧》将一种流行于网络文化语境中的虚拟身份——“屌丝”/“2B青年”搬上了银幕。时下80后、90后年轻人在网络上经常以这一称谓嘲讽自己和他人,但在现实世界中很少有人以这种身份来定位自己。网络文化语境中的这种身份认同只是一种虚拟状态,而《泰囧》却将它现实化、形象化，可以说，正是这种反差大大增强了影片的喜剧性。

第三，《泰囧》传递出温情的正能量。回顾近几年的国产电影，与负载一定意识形态烙印或者呈现一种国家、民族、历史大视野的国产大片不同，一些中小成本电影往往注重诉说个人情感体验，真切感人，从而在市场上脱颖而出，诸如《失恋 33 天》、《那些年，我们一起追的女孩》等。《泰囧》取得高票房的原因之一也正是因为它的关注梦想、孝心、家庭、友情等小视角的影像叙事。

以上就是笔者以为《泰囧》之所以能够制造一个最大的观影群体的三点重要原因。下面，我们再来谈谈"《泰囧》事件"的第二个问题——大众围绕《泰囧》的言论对峙。

随着豆瓣网、时光网、微博、贴吧等各种影评平台的出现，观众对电影的认可与评价越来越影响到电影的市场票房。在这种情况下，出现了一种基于网络口碑的营销战。其实，在笔者看来，这种激烈的言论对峙正说明当下大众观影趣味的差异越来越大，也就是一种布迪厄所说的文化"区隔"正在逐渐形成。不同阶级、阶层、团体，有着不同的审美趣味，而网络平台无疑将这种趣味分野彰显并放大。

每个人的喜好不同，趣味分野现象本无可厚非，但现在的问题是，在互联网平台上，这种对电影的品评已然发展为对他人趣味的评判。知识精英阶层批评普通民众的欣赏水平低，普通民众讥讽知识精英假装高雅。更甚者，《泰囧》好不好笑也成为趣味不同者争执的话题。其实，每个人的品评只有是否忠实于自己的感受之分，没有对错之别。如果以自己的审美眼光去限定他人，强迫他人认同自己的欣赏趣味，那不正是一种文化法西斯吗？回顾中国现代文学史，文化法西斯给我们留下了深刻记忆。君不见，对"小资产阶级趣味"的批判曾对中国现代作家造成了多大的创伤！

其实，不同的社会阶层有不同的文化品味，即使同一阶层的社会成员，他们的文化品味也有差异。我们需要的不是固守自己的文化区隔，不是借批评他人审美趣味低级而维护自己的话语权，也不是借指责他人虚伪而确立一种人格优越感，我们需要的是，时时跳出既定的圈子、固有的视域，多从他人的角度去理解，坚持一种文化多元主义的立场，保持一种宽容心态。这或许正是“《泰囧》事件”应该引起我们反思的地方。

中国故事需要靠美国了吗？
——从李安获奥斯卡奖说起

郑周明

■ 当下中国观众没法接受现实，更无法忍受过于非现实的“纯洁”，如果前者还只是刺激观众认清现实的话，那么后者就是在赤裸裸地嘲笑观众，蒙骗观众。这样一来，如今能够流行的影视剧，也就剩下幻想抽离现实的喜剧、武侠剧、穿越剧这区区几类了。

■ 本国编剧所拥有的故事有多么丰富，现当代文学创作有多少资源，要性格有性格，要心理有心理，要意识流就有意识流，要什么就有什么，问题无非出在制片人和导演身上，阅读面不广，不懂得筛选，对当下文学文本充满了偏见和浅见，跟着观众趣味走，又看不起观众趣味。

从李安获最佳导演奖到剧本大赛

最近电影界有两件事引起了大家关注，一是华人导演李安获得了第85

届奥斯卡最佳导演，此前凭借《卧虎藏龙》获得的最佳外语片以及之后所拍影片横扫欧美各大重要奖项，这位华人导演在美国所取得的成就已经令其本土导演们震惊，也让华人沸腾不已。他在奥斯卡颁奖礼上发表致谢感言时，首先感谢了电影《少年 Pi》的编剧，然后是家人和电影公司，这一举动顿时让国内电影人士感慨不已，从编剧起家的李安深知剧本对于一部电影的重要性，他在美国的拍摄经历更让他感受深刻，如果说导演都期待能顺利得到"电影之神"的眷顾的话，那么剧本则是通往此神的路径。

另一则消息的出现恰好是李安获奖几天后，有了那么几分趁热打铁的味道。3 月份北京将举办北京国际电影剧本大赛，面向美国征集剧本，唯一条件是：所有故事必须关于北京。故事片的最终入选者随后将进入剧本阶段。所有入选者将在 6 月被接到北京，届时颁发超过 10 万美元奖金。这则消息在网络上引起了哗然，一是让美国编剧来写中国故事的"奇思妙想"，二是给予美国编剧的奖金之高——虽然在美国本土，这并不是多高的编剧费用——在中国市场，靠一部电影剧本拿下百万酬劳的屈指可数，这显然是"外来的和尚好念经"，且不说美国编剧是否真能够拿出优秀的中国故事，仅仅是这则消息透露出来的某种趋势，就足够让国内编剧们感到沮丧了。

这两个消息看似没什么联系，实则大有意味。如今在大唱故事重要的舆论下，终于电影界制片方投资方承认故事太重要了，研究无数遍好莱坞电影之后，瞧见那些编剧们受到的重视以及金光闪闪的剧本背后的成功案例，让国内玩票电影的总算勉为其难地承认码字看来也是需要重视的，再瞧瞧网络上那数以亿计的文学作品，不禁皱起了眉头，怎么着都不情愿将剧本的费用提高到比"盛大网络文学"之类更高的层次，更为苦恼的是，一想到除了高价请来的名导演，名演员之后，还要花费在剧本上，那岂不是太傻了么，我们这社会讲究的是"人情有价字无价"。这钱总还是要花的，花在谁身上倒可以商榷，那不如花在老外身上吧，洋编剧不懂中国故事，但懂市场经济啊,美国大片雄踞中国每年票房市场一大半,这口气怎么能忍呢,那就请洋编剧来弄剧本吧,正巧美国那边编剧工会老组织闹罢工,嫌好莱坞给的工资太低,待遇太差,说句公道话,我们很可以怀疑美国编剧是拿自己待遇跟外星人比吧,全世界还有哪里的编剧会比美国的更好过呢?不过罢工也好,不耽误来赚中国的"外快",请他们一来,不信治不了国内观众,唬唬也好。这种思维不叫恨铁不成钢,也不是崇洋媚外,说到底还是有那么点自轻自贱的意思,改不了的习气。

网友们开玩笑评论说,美国编剧也有今天啊。其实这用不着羡慕,美国编剧早有"今天"了,只是以前羞羞答答,藏得深,现在是直来直往,不请自来了。

那些"进口"的中国故事

到现在,电影评论圈里还在回味着那些"经典"笑话。当年张艺谋花好几百万美元去购买了美国科恩兄弟的剧本《血迷宫》回来改编,大家一瞧这阵势,都被吓得"退避三舍",期待不已。

结果,影片上映了,一东北味悬疑片,大家都蒙了,能把这剧本拍成"二人转"悬疑大片,果然是力道深厚。在众人纷纷可惜那付出去的剧本费后,电影方又说人家老外还参与全球票房分成呢。众人大惊失色,感慨老谋子是被国内观众逼得走上这条不归路,明眼人说,还好还好,外国哪会对这片子感兴趣,华人区唐人街也许会放放,分不了多少账。得,顺带着又伤了回观众的心,中国电影不光国内不受待见,外国也没戏唱啊。又没过两年,老谋子新片《金陵十三钗》上映了,本以为是部民族苦难大戏,用的至少是美籍华人作家严歌苓的小说,总归还是了解中国故事的吧,结果又震惊了一下观众,当然这次跟上次还是不一样,上一次是惊吓,这次是惊艳,这是巨大进步,不过用在了"南京题材"上,效果就不那么可观了,以为国内观众低俗吧，拿"秦淮河十三女子"来吸引，的确有效果，但这效果是一时的，关键是遭了骂名，透支了自己，得不偿失。拿张艺谋当反面例子的确不厚道，客观说，张艺谋也是个希望自己天天向上得观众缘的好导演，也是可了劲地到处找剧本，偏偏在国内只看得上当年的"中国红"视觉系故事，还有那革命年代纯情故事，前者国内观众都看腻了，怕是国外观众也看腻了，总看到马可·波罗时代的中国"奇观"，再到中国旅游一番，哪是哪啊，根本一个是奇幻世界，一个是悲惨世界嘛；至于后者，套用一句俗语，骗小孩呢嘛？最近一部纯情电影上映了，据说诸多城市零票房，没人去看，一部电影能冷落到这种地步，简直匪夷所思，那部电影名字叫《青春雷锋》。意思很简单，当下中国观众没法接受现实，更无法忍受过于非现实的"纯洁"，如果前者还只是刺激观众认清现实的话，那么后者就是在赤裸裸地嘲笑观众，蒙骗观众。这样一来，如今能够流行的影视剧，也就剩下幻想抽离现实的喜剧、武侠剧、穿越剧这区区几类了。

不光是张艺谋，国内许多导演也无法鉴别眼前的大量同质化严重的剧本，索性不看，直接问国外买，欧美有发达的制片人选片程序，有大量剧本筛选流程，最后总能买到不错的剧本，即便买来的故事跟国内某些故事分不出高下，而花出去的费用几乎又可以拍一部电影，但出于多种怪异的现实情境逼迫，硬生生拍出了戏，关键还是不知道是否对观众胃口，又是找噱头又是煽情忽悠的，最后免不了又是一阵冷嘲热讽，让人不禁感慨这拍电影和看电影的，本是同根生，相煎何太急。

去年好莱坞编剧大师级人物麦基被请来中国，开售了几堂课，这里的"开售"绝不是笔误，是开授，但更是开售，麦基和他的学生的确成就斐然，但他的经验给不了中国，也救不了电影现状，所谓几万元一堂的大师班课程，无非是圈内人去凑个热闹，顺便问麦基手头有没有好剧本卖，打个折呗。在一场对话中，国内影评人对麦基说，其实中美两国影片差距没那么大，都想要好技术，好故事，但偏偏最终表达出来的却是那么迥异的两回事。麦基回答说："中国的编剧特别注重人物性格，而美国更注重人物心理，中美两国在审美、人物各个方面塑造过程当中还有不同，如果中国电影想进入世界就要在这一方面有所改进。目前世界上大部分成功的片子来自美国，美国的编剧更注重人物心理层面上的塑造、描述。我将会帮助中国编剧在更多层面上塑造人物，让更多的国际观众接受的。"这话乍一听还挺对，其实跟没说一样，麦基根本不了解，本国编剧所拥有的故事有多么丰富，现当代文学创作有多少资源，要性格有性格，要心理有心理，要意识流就有意识流，要什么就有什么，问题无非出在制片人和导演身上，阅读面不广，不懂得筛选，对当下文学文本充满了偏见和浅见，跟着观众趣味走，又看不起观众趣味。老话说得好，千里马常有，伯乐不常有。当然，导演心理是另外一种感受，是天下皆醉我独醒的味道，是老当益壮却怀才不遇的伤感。

编剧须受到导演尊重

导演和编剧的关系在国内有些微妙，最近也吵得凶猛，一些编剧忍无可忍跳出来指出行业病症的情况也常见，这样也好，说明白了外界才知道到底问题出在哪。中国做导演的有种唯我独尊形象，制片人不放眼里，编剧不放眼里，演员不放眼里，就那个投资人放在眼里。如今电影，监制、制片人、导演、编剧集于一身的片子时常可见，不明就里的观众都以为这导演是才华横溢，十足"万金油"，哪知这明明就是横刀掠美，是潜规则一大件。导演中心制这种发育不完全的机制不知害苦了多少电影人，从这点上来说，还真该学习好莱坞的机制，制片人为中心，找导演，找编剧，编剧完成的剧本导演爱改不改，但影片里绝不能说这就是某导演作品，这是集体作品，编剧是第一位的，导演是视觉化的创造，何况如今这每年的影片生产量，你也创造不了多少新东西，一个类型导演，每次影片只有故事的不同而不同，拍摄手法、美术、剪辑处理等等都已是鲜明的标签,改也改不掉。有人会说这样拍电影太死板,扼杀了导演才华,这话成立的基础是导演太有才华了,气势逼人得才华挡都挡不住,国内是不讲究这些机制啊,倒是自由发挥才华啊,结果呢,才华掉坑里就成了笑话。

就说导演如何不尊重编剧吧,这虽然不是完全导致国内剧本问题的原因,却也是主要所在。比如电影《白鹿原》,众所周知,这部影片当初一大看点就是编剧芦苇操刀改编,要说芦苇,在编剧界也是人所敬重的前辈人物了,《霸王别姬》、《活着》这样的经典电影都是他编剧的,当年若不是导演尊重芦苇改编,而是像今天这样随心所欲按自己想法干预,《霸王别姬》和《活着》就不会被记住,这是文学素质问题,不是什么导演功底能左右的。《白鹿原》就是晚生了几年,结局就是芦苇退出影片,剧本被王全安导演重新修改,上映了大家一瞧,嗯,拍成了"田小娥传",白瞎了原著那么经典的创作。编剧芦苇也是个有自尊心的人,本可以像大多数编剧一样,署名上去,即便是被远远摆在名单后头,作个陪衬,但他拒绝了。在一次访谈中,他评价说,"中国电影界实在是一个文盲居多的地方",这话没说错,他用了半辈子观察出这一点,但国内电影界不会承认这点。同样明显的例子,比如前段时间火热播映的《楚汉传奇》,网络上对某些穿越情节一片调侃声,质疑编剧的历史常识,结果逼得编剧汪海林跳出来撰文指责导演修改了自己大量剧本,让自己惨背"黑锅",再之后他"破纪录"地贴出了这部戏的剧本让观众自己去比较,结局当然是喜获观众夸赞并同时"得罪"了导演。国内电影界被这种傻子做久了"替罪羊"猛跳出一个正常人的情况还真不习惯,竟然还有人指责编剧不该贴出剧本,这又涉及了可怜的编剧们还没获得著作权法的庇佑呢。实在荒唐。

编剧的地位得不到尊重,编剧的创作得不到尊重,要想改变如今电影圈喊"故事荒"的局面就不可能实现。优质的中国故事在本国比比皆是,挂一漏万,何必去美国找,美国的故事是美国的眼光,是各种角度对中国的睥睨，恰恰没有平视的用心。除此之外，未来高校介入的创意写作学科对编剧的支持，也可以让更多有文学素质的专业编剧进入行业——以往编剧仅从影视学院培养出，今后文学院的写作训练也将参与其中——承担起大量筛选故事创造故事的责任。当然，前提是尊重自家故事，尊重自家编剧。没有共识，仍是妄谈。

媚俗让《萧红》败走影城

周思明

报载：上映之前备受期待的霍建起新作《萧红》票房惨淡，要么“没被排”，要么在个别影院“一日游”。以深圳为例，50 多家影院里，《萧红》总共才有 12 场，约有 10 家影院排了该片，其中有金逸深圳沙井店、华谊兄弟深圳影院、深圳中影今典影城，但大多在上午时间段。而同一天里，《爱神》在深圳各大影院的排片共有 197 场。无独有偶，《萧红》在其他城市也遭遇类似境况，上海当天仅 3 家影院有排片，且多数在比较偏远的地区。当影院工作人员被询问《萧红》排片信息时甚至说：“没听说过这部电影。”

院线不行了，口碑又如何呢？不幸的是，在国内各大电影网站、论坛、微博中，电影《萧红》的口碑贬多于褒。在电影时光网上，《萧红》评分为5.9 分，低于同日上映的电影《爱神》(6.8 分)。有网友留言戏讽影片的爱情戏份，“导演不去拍琼瑶剧简直对不起琼瑶，电影缺乏高潮，比较平淡”。也有观众发微博,“看过《萧红》,传记不像传记,文艺又不太文艺,一个东北姑娘变成了矫情的小资太太,看得出场景和镜头都用尽心思,但还是拍成了四不像”。在《萧红》官方新浪微博上,宣传方的推介字眼引来学者质疑,认为“民国时代女性学习的标杆”的说法不仅可笑,简直荒唐。《萧红》的故事情节主要围绕萧红的爱情故事展开,对其中部分内容,有很多处被指与史实不符。对历史人物稍有了解的学者认为,片中萧红与萧军、端木蕻良同床共眠之类的情节纯属主观臆断、胡编乱造,简直太恶俗。

由于主创方没有按照历史的真实加以适度艺术发挥,而是像电影《白鹿原》等的模式,迎合一部分观众的娱乐消费心理,甚至用当下影视流行的下半身思考方式来塑造现代优秀女作家萧红的形象,所以电影《萧红》尽管在庸俗“看点”上用心良苦、煞费心机,但还是做了一锅不咸不淡不伦不类的夹生饭,负责在全国地区宣传和发行的无限自在公司“已经尽了最大的努力,还配合艺人跑了北京、上海等地的见面会”,但最终还是处处遇冷,铩羽而归。《萧红》的导演霍建起近年很少接受媒体采访,此番为了《萧红》破例发了很多通告,接受很多访问,跑了不少城市,目的是更好地推销这部电影,岂料在深圳这个全国票房重镇、文艺片的“沃土”,《萧红》却遭遇如此之冷!

让主创方尴尬和纠结的是,此番《萧红》的遇冷,居然是老鼠钻进风箱里——两头受气。一头是市场不待见:据嘉禾影城市场部一位工作人员称:“之所以没给《萧红》排片,是因为上映当天有很多电影扎堆,影院的排片主要以市场为主导,一般会倾向于商业化一点的片子。”换言之,《萧红》属于文艺片,不是商业片,因此市场、票房不认可。而另一头则是专家学者、评论家也不认可,对电影纷纷给以批评、质疑,质疑的声音最多的是,电影《萧红》不真、不正,多是流于表面时尚、情欲表现的男女戏份,甚至对鲁迅也有不够尊重,随意调侃、对萧红进行暧昧暗示(如让鲁迅先生对萧红问,你想怎么感谢我)。我们不禁要问,现在的电影导演怎么了?何以总是如此没有思想含量？为何总是要将人们往庸俗乃至恶俗的浑水里引？

尽管该片也在一些历史表象上尽力恢复原貌，作为历史人物传记片的《萧红》，也对哈尔滨的老道外、上海的内山书店等经典场景做了还原展现。电影从萧红成年开始记录，剧组辗转北京、上海、哈尔滨、沈阳、吉林、武汉、香港等10多个城市进行实景拍摄，意在还原一代才女浪漫而颠沛流离的一生。导演霍建起曾执导电影《那人，那山，那狗》、《情人结》、《秋之白华》，其电影风格向来清新、细腻。新片《萧红》在影像格调上依旧延续了传统风格，同时增加了时代凝重感。霍建起曾说，他将刻画"一个活得我行我素但又被爱情击垮的女人萧红"，然而让霍导大跌眼镜的是，电影《萧红》首映之日即遭撤线，市场扭头不认，专家戳戳点点。用网友的话说："愿望与市场的矛盾有了活样板。""一厢情愿式的构想可以休矣！还拿做好事、讲文艺之类东东教育感染忽悠人，实在是迂腐又脑残。不要怪观众不买账，怪只怪艺术家们太不接地气、太矫情了。"更有专家批评《萧红》既"失实"又"失范"，传记片不应以艺术手段"消费"传主。

原本女作家萧红在她31年短暂生命中，以《生死场》、《呼兰河传》等小说在现代文学史上留下独特的印记和地位。因此，为纪念萧红诞辰100周年而拍摄的电影《萧红》广受期待便是情理之中的事情。但影片现在的格局架构、内容情节，却完全出乎人们特别是对萧红比较了解的专家学者们的意料，所以引起不少批评。华东师范大学中国现代文学资料与研究中心主任陈子善就其所掌握的材料，质疑影片对萧红的塑造既失实又失范，一些情节上的败笔将误导大众。更有学者指出，萧红如果真的像主创编造的那样"忙谈情说爱就写不出那么多好作品"。在一些批评者看来，剧组主创显然没有读懂萧红，传记电影是打着艺术旗号行"消费"作家之实。电影以萧红的爱情纠葛为切入点，这当然是可以的，但萧红的一生并非全都浪费在与几位男性的纠缠不清上，如是描写离历史真实太远。

看看电影前期宣传，诸如"民国才女点燃六个男人的激情"之类，已将传主妖魔化到多么低级、庸俗的地步。实际上，所谓"六个男人"中，至少有一半是生拉硬拽进来的子虚乌有。仔细核对历史，除了萧红在颠沛流离的写作生涯中和作家萧军、端木蕻良之间的两段婚姻是确切之外，被未婚夫汪恩甲骗孕后抛弃的早年经历算不上爱情，在病榻前与照料她的青年作家骆宾基结下生死情缘的戏码有夸张之嫌。当年骆宾基为萧红写《萧红小传》，批评端木蕻良在日军进侵香港之际抛下医院里的萧红不管，这并不能作为骆宾基爱上萧红的凭证。对此，正如骆宾基之子张书泰近期对媒体指出的那样，其父照顾孤苦伶仃的萧红，完全是一种心态耿直的朋友之谊，其中也含有弟弟心疼姐姐的质朴情愫，而不是电影里编造成的朦胧浪漫的世俗"姐弟恋"。而骆宾基与端木之间的公开翻脸亦非因争夺萧红的情感归属，而是因为前者认为后者作为一个男人在最关键时刻未能承担起责任、不仗义地抛弃了萧红。凡此种种，人们尽可以在骆宾基修订版《萧红小传》中找到根据。

电影《萧红》"发挥"得最为离谱也令人哭笑不得的是，有些细节的杜撰僭越了底线。比如，电影广告中提到的"六个男人"中竟然还有一个是鲁迅先生。萧红抵达上海后与鲁迅先生发展成为精神知己的师徒友谊，在这部"大胆构造"的影片中也被恶俗化、妖魔化地异化了。影片中鲁迅为萧红的《生死场》写序，萧红来表达感谢，鲁迅竟反问"怎么谢"。这样具有蛊惑性、暗示性的台词，从历史真实的角度考察，怎么可能出自品格高尚、为人师表的鲁迅先生之口？学者陈子善指出，鲁迅先生过世后，萧红写的《回忆鲁迅先生》是最好的纪念文章之一，但因此就说萧红与鲁迅之间有情感瓜葛则是对两位逝者的不敬。

有知情者指出，与之对应的史实是：鲁迅大加赞赏萧红的《生死场》并为之作序，这篇序稿是通过胡风捎给萧红的，而萧红又写信请求鲁迅为她题一个签名——两人并未就此见面。而这部电影为了故事情节的诱人、"有料"，故意设计成让萧红面见鲁迅、虚构对话，而对话的立意却非常无聊。而最让观众不能容忍的是，电影中萧红、萧军与端木三人同床和衣而眠的画面。电影主创方在宣传时竟然夸耀说，这段暧昧的三人同床共眠戏“很文艺很唯美”，其实它所暗示给观众的遐想空间比“脱”和“露”更恶俗。虽然，片中三人同眠情形如要追查细节“确有出处”，但这并不适合在电影中表现，现在的人对女作家情感本来就充满好奇和想象，主创方这么拍便坐实了八卦。电影中，萧红的孤独、坚韧、任性、痛苦、精神苦难、人性关怀、社会反抗丝毫未见，而主创方极力要人们看到的，除了情欲、抛弃、破碎、恶心、虚假、亵渎等等，再无其他。却原来，导演霍建起煞费苦心杜撰的萧红故事，只是“革命时代的情欲”或“被男人遗弃的才女的一生”？

樱桃树

传记片看得不算多,比较能接受这样的讲述和这样的人物塑造。标准上还原了萧红个性上的坚韧虚荣和骚魅,但剧情方面主要致力于几段感情的纠葛,而在萧红创作上却甚少笔墨。这样的处理避免了枯燥,但在完整性上即使用了2个小时还是不那么完整。小宋佳的表现是令人满意的,而影片的技术部门亦优秀。

何小沁

霍导还是别拍偶像剧了,越拍越没法看。不是正传可以,可也别光拍野史啊,萧红的五个男人加上萧军的三个女人乱成一团,人物没一个立得起来,剧情前后严重割裂。场景设计下了功夫,可惜立马就被矫揉造作的文艺腔给毁了。主演们有风骚没风韵,更别提风骨了。

梵高的耳朵

这是我看的霍建起的第二部电影,第一部是《暖》,其实是冲着霍建起去的。电影很美,画面摄影都很美,音乐很应景很哀伤,女主角有坚毅的力量。虽然我没看过萧红的作品,但我是知道她这个人的。怀着一个男人的孩子和另一个男人恋爱,这便是她的宿命吧。电影的台词很文学化,文艺气息浓厚,但一点儿不矫情。

阿顺

我理解的萧红,背负着离乡、情变、悯人、自赎的苦难,她的悲哀绝对是立体的,那让人心酸的源头在于:生活里的一切,她都靠不住。可霍建起的《萧红》,除了用矫情的台词重现一个女人不停地被男人伤害之外,再没有什么能留给观众深思。太多的话语,反倒把那份苦楚稀释了;真正的感伤,应是不言自明的。

苏尔

觉得还好，镜头语言很诗意。难得的是没有道德立场的东西，作为一传统东北人，此刻身在萧红故乡呼兰河畔，更能理解审美与道德冲突下的女人传奇的一生。导演还是有一点自己的想法，美中不足的是台词太模板化，有些盖棺定论的做作，不知道是导演水平问题还是低估了观众的理解力。

冰城丫头

宋佳还是把萧红的单纯、无助和感性表现出来了，萧红倔强地对抗着命运，颠沛流离，备尝艰辛，才华横溢却红颜薄命，与两个男人的爱情也都不得善终。这部电影有点虎头蛇尾了，画面很唯美，故事却讲得不够好，有关她的创作可多些刻画，她和萧军的爱情篇幅过重了。当然，爱情之于萧红短暂的一生是很重的。

《带灯》面面观

何 英

■ 看完《带灯》之后，读者要问的是贾平凹此次艺术上的突破在哪里？明清品味抑或两汉品格真如作者说的那样，他在努力转身。遗憾的是，转身这个动作，也许还只是在意识里。

■《带灯》的语言风格表面上古色古香，而作者的内心节奏早已被现代生活控制——一个追一个的动词和动作被写出来，而这些没完没了的小动作却在内部破坏作者一意要蕴酿的古典情调，那种宁静和谐、松弛悠闲的韵味。

一

不管怎么说，这一次，贾平凹试图把大多数人并不了解的当下乡镇生活的内里、乱象及根末写出来。《带灯》显然比《秦腔》深入地去了解体察了乡镇，也有人为他的写作提供了第一手的活生生的资源和资料。在写法上，也终于以写活一个人物，围绕一个中心人物来展开虽然还是一团乱麻的生活，但毕竟因为有了这个人物，故事有了依托，不是那么散文化了。因此，到《带灯》，真正细看了的读者会被他描述的乡镇生活打动——因为他即使不比我们知道得更多，也绝不比我们知道得少。

贾平凹承续了自《秦腔》，或者更早的写作，对中国乡村三十多年来的变化的思考与质疑，有些思考相当具有前沿性、敏感性。有人说他写的不是现在的农村，不管是什么时候的农村，总之应该就是当代的农村。真懂得的人会承认，有些地方的农民生活真的没有多大改变。贾平凹在写农村和农民最真实、最立体、最复杂的那些面向，往大里说，有鲁迅启蒙批评中国乡村的那一路思想资源，也有沈从文对传统乡村的审美情结。自《秦腔》

起，贾平凹就在作一曲乡村的挽歌，（只是，《秦腔》写得太无情，他人的死亡和灾难都被匆匆记下，作者把自己抽离得太干净。）《带灯》也依然延续了他对乡村在物质和精神上双重凋敝的叹惋。贾平凹也总是能站在作家立场上提出当前的关键词，比如浮躁、高兴，《秦腔》则提出快速城市化过程中传统文化的损失；《带灯》显然有更大的野心：作家以一个深藏秦岭中的乡镇有如乱麻一般的现代生活，呈现当下乡镇基层的困境和矛盾。其敏感性及尖锐程度确实到了须有带灯这样的人物作为牺牲品的地步；归纳起来，《带灯》所表现出来的乱象，涵盖了当前农村社会民生的方方面面的问题：基层社会究竟应该怎样管理和服务、非正规就业群体的基本权益谁来保障，贫困群体以及农村养老……还有与此相关联的社会伦理、道德价值和社会公正问题。康德说，大自然迫使人类去加以解决的最大问题，就是建立起一个普遍法治的公民社会。但《带灯》让我们看到，这个目标似乎很遥远。

这些问题既是《带灯》中尖锐冲突的矛盾，也是国家社科基金社会学这一栏里的研究课题，可见这些问题也早已引起有识之士的关注，不但尖锐，而且具有一定普遍性了，国家也在社科领域采集有识之士的良方。《带灯》从一个乡镇综治办主任的角度，还原了当前基层乡村社会的管理和服务中存在的种种矛盾，还原了那些外出打工的农民，权益得不到保障的悲惨命运；还原了贫困的村民因为没有安全感，死皮赖脸地靠上访来赚取公家的一点小利；基层官员为了自身利益自信独断地搞政绩工程；村官与民争利、以权谋私；自以为不受蒙蔽的王后生以撺掇村民上访为谋生手段；整个乡镇失去过去道德化有序管理之后漏洞百出的混乱与荒谬。民主是奢谈了，法治更成了空中楼阁。看带灯对上访事件的处理，简直好像完全无法可依，随意性非常大；还有想也可以想到的，农村没有后代，或后代在外地打工的老人养老的可怜处境……

《秦腔》里还有一位代表乡村道德的领袖人物：夏天义，《带灯》里已经完全没有了这代表乡村正面力量的人物。元老海也在一开始反对樱镇通隧道的乡民围堵打砸中被捕，后死在狱中。他反对成功了，隧道绕开了樱镇。到底怎样来评说这一事件，樱镇反对通隧道因为这会破坏樱镇的风水，影响樱镇产生大人物。后来果然因为风水，樱镇走出了大干部元天亮。当代乡村的精神错乱即在于此，传统和现代在衔接处出了问题，还处在四不像阶段，既回不到过去，天使手拿利剑挡住了归去之路；未来的路在哪里又看不到，过去多少世纪多少年，中国农村实际上施行的是乡民自治，代表儒家宗法制的族长或乡村道德领袖人物是村庄松散的管理者和仲裁者，乡情中的情感因素是乡民认可的联系纽带，乡民服从于这种靠情感纽带维系起来的儒家宗法式道德管理。进入现代国家，现代性被引入，法制观念成为人人必须树立并服从的新的管理机器。但法制本身不完备，执法者自身难以秉持公正。所以才有了乱麻一般的上访事件和带灯疲于应付值得同情的仕途生涯。

农民为现代化发展做出的利益牺牲终于让他们看到，多年来，他们成了中国社会的最底层。不满、不平、贫穷和浮躁让他们铤而走险，生活逼出了他们的暴和贪；由于作者的立场是站在带灯一边的，王后生便有点成了反面人物。超出现在的眼光，王后生这个人物，其实才是肩负着乡村民主、法制启蒙使命的重要角色，历史的发展怎能少了这样一个“大反派”，但作者的能力在把这乱麻纠缠的现实世界呈示完毕这里停止了，王后生这个本可以挖掘出更深人性内涵的人物也就在一个乡村无赖这儿停止了。生活原是怎样，作者就让它是怎样了。

毕竟只有微乎其微的人能免于被时代塑造。

二

报纸上一发《带灯》的消息，我就去买了一本。一字一句看了两遍。有人说：“变成职业作家以后，要付出的主要代价是读任何东西都不再感到乐趣。”这句话其实更适合对那些自以为职业读者的人，比如我。看第一遍的三分之一时，我就承认这部书有价值。第二遍看完，我对这部书有价值的看法矢志不移了。

在我们这个时代，在消费、娱乐的文本海洋中，有作家原原本本地还原当下农村的真实生活，本身变得有价值。这一价值还因为《带灯》所传达的道德情感、社会关怀，使得批评如果再说三道四便显得不道德。但是仅仅满足于现象学的呈示，是不是也是这一代作家的局限，有没有一双穿透乱麻现实的慧眼？仅是现象的呈示与智慧的区别又在哪里？

一部作品不能因为它内容上的道德优势而免于艺术上的被弹劾。看完《带灯》之后，读者要问的是贾平凹此次艺术上的突破在哪里？明清品味抑或两汉品格真如作者说的那样，他在努力转身。遗憾的是，转身这个动作，到《带灯》的最后一个句号，也许还只是在意识里。

每当我要把中国的小说跟世界小说比起来的时候，我就挑一本我能理解的我认为最好的世界小说来比：《霍乱时期的爱情》。《带灯》与《霍乱时期的爱情》，是有可比性的，比如他们的写法都是在典型的欧美主流写法之外的。所谓共同的亚文化非主流的文化地位，应该让读者享受到非主流叙事的另类魅力。这一点，加西亚·马尔克斯做到了。《霍乱时期的爱情》从另一方向证明了一个伟大作家因何伟大。

又要大谈结构：长篇小说的结构从来不仅仅是结构这么简单，可是中国的当代作家意识到这一点，要么把结构经营得离谱，全靠结构在玩，搞概念写作；要么不在乎结构，靠细节，靠语言写到哪儿算哪儿。《带灯》如果不是用恶性群架来结尾，作者完全可以根据他手头掌握的上访记录一直写下去。为了防止读者的阅读枯燥，可以穿插一些带灯的小女人情调来调味。《霍乱时期的爱情》也是混沌地讲一个漫长的爱情故事，把时间，过去、未来和现在都混在一起来讲，可是他能讲得绝不会使你混淆时间。小说从头至尾被理性控制着的感性叙述都有如音乐一样，旋律起伏。小说开头的第一句,“不可避免,苦杏仁的气味总是让他想起爱情受阻后的命运”,也如《百年孤独》的第一句一样,一句话可以带出整部小说的全部信息。这种语言真的很好地完成了文学语言的多义、象征功能,只要作者愿意,他的句子都可以挟着很大的信息量前行。一切都是那么的自然,自然地转换视角,整部小说如一场浩大混沌的旋转着向上攀升的龙卷风。米兰·昆德拉曾一再分析小说跟音乐的关系,看《霍乱时期的爱情》,真如在欣赏一部交响乐。而这部交响乐,当然也靠每个音符,但它更靠一种西方音乐所保有的理性,即结构对旋律的控制和促成。

《带灯》的文化背景当然不在“小说的音乐性”这个范畴里。中国的小说,如果是《金瓶梅》、《红楼梦》那一路的世情小说,确实也不以了不得的结构经营为能事,一般只有一个大逻辑在某种哲学观的统领下,在最后宣示某个道理,之前都是在铺排日常生活。贾平凹写什么都以明清世情小说的路数来写,这种路径依赖是否已经正在失去它的土壤?时间过去了百年了呵。这“密实的流年式的叙写”的细碎泼烦,散文化也就罢了。农民式思维控制下的句法结构(句子经常很突兀,没有主语,随意跳散),以及整个长篇其实以陕南方言的话语结构铺成,更兼作者一贯的古典情调和一派的精致逸韵,致使其在难读程度及阅读感觉上跟《金瓶梅》这样的明代小说有得一拼。但这似乎构不成对作者的怪罪,中国的读者对通俗易懂太依赖了,要是乔伊斯出现在中国,是绝不会有出名的机会的。他那没几个人能看完的《芬尼根守灵夜》就更不会被誉为20世纪最伟大小说之一。从这个意义上来说,小说家使自己的语言与现实、大众保持他认为的艺术之为艺术必须要有的距离和难度是明智之举。伟大小说从来不是让你一次毫无障碍地读完的,伟大小说甚至是不可以读完的。《芬尼根守灵夜》是治失眠的神器,中国也应多产生一些这样的治失眠神器。但遗憾的是,《带灯》的语言,在着力营造一种古中国情调上,与《秦腔》等一脉相承,成为贾平凹标志性语言风格,但此风格耽留在一个段位上的时间太久了。贾平凹既然可以在保留古中国韵味上做得很好，那么他是不是应该并可以去大胆地尝试一下艺术上的冒险？明清世情小说那一路的叙事调子能不能从当下、从外国的叙事成就中找到可为己用的部分，化出一种更新鲜、强健、理智、丰沛的表达？

乡野生活俗归俗，也有文人式的雅化文字来描绘，字里行间都透着乡野士大夫清高自许的品味，比如：经常游离出叙事的闲笔，此等闲情逸志就是兼攻书画的贾平凹对中国传统艺术的理解。一个无名作者写成这样个性卓然，大概是不会有出书机会的，贾平凹既然是在保留我们的传统，这样的作家就得有特权，当然这特权也是他三十多年来的写作奠定并争取来的。但似乎也可作另解：每个画了黑框的片断，当然使阅读单位分割小了变得容易且醒目，既符合我们这个一切都零散化的后现代美学要求，但更实际的作用是不是相当于电影的分镜头？

三

人们常批评说贾平凹的小说节奏太慢，他粘着于细碎日常情节没完没了当然显得故事推进无力，节奏太慢。但你要求的那种模式从来不是他小说叙事的模式，他就是要粘着于日常生活细碎地往前移动，只有这样，作家才能找到他写作的自信和基础。有一批聪明的作家都明白一个道理，哪怕大方面，比如结构、逻辑差强人意，但细节绝对真实可感，那作品即使当世不怎么被认可，后世也可以拿来作研究当时人们的生活实录资料，从而具有了民俗、社会甚至历史价值。但现在情形是，《带灯》的句子，动词一个追一个，话赶话快捷无比，从细部看，他一点也不慢，动词的推进力度使人以为要发生大事情了，但结果没有。小说的结构方式就是不搭架子地混沌一块地往前推，整个地看起来就像一个千足虫在行动：无数个小细腿代表那些了不起的动词和动作，它们多且眼花缭乱地在动着，而整个沉重的肉身却并不得益于这些细小的腿。

这是贾平凹的文字炫技了，只有那些写到一定程度，把文字玩到精熟的作家才有这个本事，但这一本事也许就是熟能生巧的惯性，且此惯性却是于文本并无更大创新或贡献的悲哀？

为什么会这样呢？明清时的中国是小农社会，人们的生活节奏比现在缓慢悠闲，文人的内心节奏在依时气而歌而画时，也是悠闲从容的，文人和艺术有一种内在的精神上的和谐。而现代生活的时间感是破碎零散的，节奏是加速的，人们早已被物化、异化，意识观念也早已不是明清时的意识观念，语境早已不是明清时的语境，而作者还在用明清时的调子讲述现在的故事，工具会不会老化不适用？这是为什么《带灯》的语言风格表面上古色古香，而作者的内心节奏早已被现代生活控制——一个追一个的动词和动作被写出来，而这些没完没了的小动作却在内部破坏作者一意要蕴酿的古典情调，那种宁静和谐、松弛悠闲的韵味。由此，一种分裂症或不适应症就这样表现出来。古调难以调和新韵，文字和内心难以达到同一的境地：心里已难再有古风，而文字还在一味地仿古？

对名作家苛评不算过分，只要说得有理。一直喜欢《纽约时报书评》那样的批评文风，精准、专业、幽默、深刻，好处、不好处，糅合在一起说。有时刚说完好，马上又说出好中的不好，有一种自我辩论的生动、生猛，看起来不会乏味。中国的批评很奇怪，似乎很怕自己前后不统一，说好，必定终身都要说好，说不好，如果有一天开始说好，马上被人看不起，等于自己打了自己一耳光。多么奇怪的对“统一”酷爱的文化？倘若能够，我愿意我的批评摆脱这种“统一控”。

何必从鸡蛋里挑骨头

——与石华鹏、唐小林商榷

王国杰

2010年底贾平凹推出的《古炉》令我很失望,它是分两期连载,我读了前一期,就没再买后一期,但我仍然关注着他,我相信贾平凹还是有才气的,只要认真写,还会有好作品出现,果然在2012年底又见到了《带灯》,读过之后感觉他的活力又回来了。近日《文学报》刊登了石华鹏先生和唐小林先生的批评文章,对《带灯》的质量提出质疑,在我看来,他们的质疑太苛刻,实在是鸡蛋里面挑骨头。

石华鹏在《〈带灯〉:一部没有骨头的小说》中说:"读过许多小说后我发现,马斯洛的需求理论也是适合来作为评价小说的标准的。"他把马斯洛的理论当做了文学批判标准,这本身就是一个错误的出发点。马斯洛的需要理论是针对人类的生存状况而言,包括人的自然生存、社会生活和精神需要三个方面,与文学评论不是同一层级的概念。最明显的就是小说创作与生理需求的不对应,没有哪本小说能够满足人的生存需求,无论是食用,还是取暖御寒。把生理需求排除在外,小说至多也只属于精神产品,不能满足人的物质需要,不仅如此,即便单从精神角度来讲,小说也只能满足人的特定心理需要,不能满足它的全部需求。读者可以从小说人物命运中得到人生启发,唤起某种情绪或情感陶冶心灵,至于爱情、安全感、被尊重、归属感、自我实现等心理需要,还得从现实的人际交往和社会关系中获得。《霍乱时期的爱情》中的爱情故事,可以使读者对爱情的认识升华,但绝不可能满足读者对爱的需要,爱的满足只能来自亲人之间的关爱,没有与之相爱的人,即使读再多的小说,也只是对爱的空想罢了。不可否认,很多小说能给人心理上的安慰,但这并不是小说的追求目标,它的主要目的还是向人展示文学叙述之美,而不是专业的心灵鸡汤读本,因此马斯洛的需要理论并不适用于小说艺术成就的评价。

石先生认为从众多小标题名称上就能看出《带灯》的情节没有骨头。石先生说得没错,《带灯》中的小标题之间大多关系松散,甚至前后之间毫无联系,如果读者想以小标题作为线索来归纳小说情节的话,肯定会陷入乱麻中找不到头绪。但我们是读小说,不是读标题,标题只起到提示作用,没有任何硬性规定小说中的小标题必须连贯,石先生之所以觉得"文思的断裂和随意",想必是未细读小说,仅仅粗略浏览一遍小标题而得出的印象。尽管《带灯》中的小标题前后不搭界,但是小说情节却是连贯的,以石先生激烈批评的小标题"普查维稳和抗旱工作"为例,它便与前后相邻的小标题没有直接关系,但它在小说中并不是无任何功能的孤立事件,再往前翻,就能看到小标题"天真的要大旱了"、"南胜沟村旱得没水吃",以及天旱犁地砸死人、主人公带灯巧借抽水机的故事,所以这一节写县长独自检查一遍,看似游离于情节之外,实则是举重若轻地对镇政府的抗旱和维稳工作做了一个小结。我认为,小说《带灯》的情节设计不仅不显得散乱,反而体现了贾平凹小说技术的精湛,看似旁枝迭出,实际上他举重若轻,顺其自然地呈现出一种"生活流"式的叙述方式。

石先生对人物和题旨缺少骨头的指责,则显得冲动幼稚了,带灯仅仅是一名微不足道的乡镇小干部,她的任免只是镇长一句话的事,就像作者给她起的名字"萤",原本就是萤火虫的意思,只是希望能用自己的微光给别人多照亮一点儿才改名"带灯",她有何力量去"撞击体制"、"获得新生"呢?石先生的想法看起来积极向上,却会使小说落入概念化和简单化的俗套,不符合现实逻辑,也不符合艺术真实。

唐小林先生《〈带灯〉与贾平凹的文字游戏》中的指责更是吹毛求疵,敲金牙的两个例子,一个是直接敲牙场面,另一个是一笔带过;撒尿的例子,一个是长出狗尿苔，另一个是长出蒲公英；传说蛇具有迷惑性的例子，一个是由小说人物讲述，另一个是由作者讲述；这三个所谓的重复例子双方都有着鲜明的差异，或者是情节不同，或者是叙述角度也不同，怎么能说是自我抄袭和重复呢？小说中写到“性”，也要分析具体的叙述姿态，是刻意渲染低俗，还是有其特定情境？带灯和竹子换内衣时把花说成是植物的生殖器，这并不属于低俗语言，因为有私密空间的制约，这个比拟暗在赞颂女性之美；农民用生殖器的作用来反驳别人的道理，既合乎农民身份，也适当表达出农民的愤怒，符合艺术真实。梳头时把唾液当护发剂的妇女也只有马副镇长的老伴，她年龄大，一直居住在乡下，这个行为符合人物身份。至于虱子的描写，我觉得是神来之笔，贾平凹抓住了农耕时代一个典型的事物，把它上升到一种文化心理的层面，它不仅是一种与人生活在一起的动物，更代表了那种保守自足的生活方式，经济发展起来之后，樱镇人逐渐过上了现代化的生活，变得干净了，但也让人离自然越来越远，离那种贫穷而怡然的田园生活远了。

贾平凹在《带灯》中展示了自己对基层干部生活的熟悉和理解，他用带有灵性的语言向读者娓娓道来，小说看似随意散淡，其实是繁华落尽后的返璞归真。我相信《带灯》是经得起质疑的优秀之作，也是贾平凹小说艺术水平的代表作。

还《带灯》客观的批评

——与石华鹏、唐小林商榷

何世进

《文学报·新批评》已成为了备受文艺界密切关注的栏目，发表了不少精彩的有真知灼见的评论文章。近读2013年2月21日刊载的石华鹏的《〈带灯〉：一部没有骨头的小说》和唐小林的《〈带灯〉与贾平凹的文字游戏》分别在不同侧面指出了小说所存在的一些缺失与不足的同时，在总体评价上未免以偏概全，主观武断，一定程度上丧失了批评的有效性。如何客观公正地评价长篇小说《带灯》，我略谈浅见，就正于方家。

贾平凹的《带灯》并非如唐小林所批评的是在搞文字游戏，事实上是一部十分严肃地反映当代农村生活的现实主义作品，也不是如石华鹏所批评的是一部“没有骨头的小说”。小说的风骨便体现在对于年轻美丽、心地善良、亲民爱民，勇于辛勤奔走、解民急难的乡镇干部带灯这一悲剧形象的塑造上。

评价一部文学作品，特别是长篇小说，必须从作者所描写的时代背景和环境氛围入手，设身处地进行周密考察。长篇小说《带灯》所描写的是陕西秦岭的一个山区大镇，名叫樱镇。事件发生和人物活动的时代背景是：“人都发了疯似的要富裕，这年代是开发的年代。”樱镇新上任的党委书记迫不及待地要引进一家大工厂，却遭到了不少街民和村民的反对。他们不能不担心这将是一个高污染的大型企业，必不可避免地会给和平宁静的樱镇带来严重的污染，因而百般阻挠，不停地向上告状。而带灯作为刚上任的综治办主任，其基本职能就是维稳。小说作者正是将主人公带灯置身在这样艰难的困境中，细腻地刻画了她临危受命而又亲民爱民、体恤民情的悲剧形象。

带灯的硬骨头精神表现在从大局上她义不容辞地劝导民众就地化解矛盾纠纷，但绝非盲目地服从书记、镇长的指示和命令；相反她在力所能及的范围内充分考虑和照顾、维护人民群众，特别是弱势群体的利益，甚至顶住个别权威人物的政治压力为贫困群众的合法权益而呼号奔走，有些事件和场景达到了令人掩泣的境地。带灯的确不是金刚怒目、叱咤风云的女中豪杰，诚如小说所描写："萤突然想：啊它这是夜行自带了一盏小灯吗？于是，第二天，她就宣布将萤改名为带灯。"这是一个绝妙的隐喻与象征，她原名萤，即喻示像萤火虫一样时时刻刻焕发出微弱的亮光，但她又是任劳任怨服务于在暗夜中行走的人们的，她像灯盏一样照亮了黑夜，给苦难的人群展示出光明的前景和希望。

镇长出自对她真心的喜爱，应该说为她的美色所迷醉，想拥抱亲吻她，她不仅冷然拒绝，而且语重心长地指出：你尚年轻，若不为前途着想，便可以随便胡来。镇长俨然触碰到了带刺的玫瑰，狂躁的心灵情感得到了净化。如若真像批评家石华鹏所批评"《带灯》：一部没有骨头的小说"，年轻美丽且有一定聪慧素养的乡镇女干部带灯，一定得充分利用自己的姿色去巴结讨好上级领导。小说中的女主人公带灯十分鄙视这样的行为意趣，她拥有可贵的独立人格操守，凭自己踏踏实实的工作取信于民，能说这样的女主人公没有骨头么？

至于唐小林指责"今天的贾平凹，早已是一副绅士派头……对他们根本没有多少真正的理解"。甚而认定："长期生活在西安城里，把玩陶罐，写字卖画，用闭门造车的方式来写小说的贾平凹先生，真是不知有汉无论魏晋。"贾平凹究竟在怎样过日子，我无法作更深入的了解，但是凭借书上对于樱镇现实的生存环境以及干部群众间关系的细腻入微的描写，我敢说一个长期生活在大都市而从未深入底层感受和体验农村生活的作家，施尽浑身解数也是难以"闭门造车"，描绘出像《带灯》这样当代农村的风俗画卷来的。

我不知道批评家唐小林认真研读过小说的《后记》没有？

贾平凹在《后记》中称："几十年的习惯了……我就会邀二三朋友去农村跑动……就在前年，我去陕西南部，走了七八个县镇和十几个村镇，又去关中平原北部一带……"如果说以上文字尚属作者一时难以考证的自述，那么下文谈及他与一位乡镇女干部的密切交往与实地走访，则是难以弄虚作假、令人不可不信的了。贾平凹说："就是不久，我结识了山区一位乡镇干部……我竟盼着她的信来，并决定山高路远地去看她和生养她的地方。我真的是去了，就在大山深处，她是个乡政府干部，具体在综治办工作……她是个滔滔不绝的倾诉者……使我了解了另一样的生活和工作，她又领着我走村串寨，给特困户办低保，也去堵截和训斥上访人……"据此，我们不能不相信贾平凹创作长篇小说《带灯》对当代乡镇农村有着最基本的感受与体验、认识与了解，小说主人公带灯，亦非"闭门造车"，却实实在在的有着作者在现实生活中发现的模特儿。

而石华鹏所批评"整部小说基本上是由这样一些'碎片'式的'膏药'和'西瓜皮'构成——'膏药'上贴的是樱镇的乡土风情、花草虫鱼、鸡零狗碎等内容……"应该说贾平凹这部《带灯》在结构形式上与他过去的小说，连同时兴的一般小说有着很大不同，那便是他运用了几乎上百个小标题。这些小标题本应是一种创新与探索，意在使每一故事情节，乃至于细节，皆能给读者以清晰的提示。然而从实际操作进行考察，也的确存在过琐过细的弊病，从整体观，故事情节和人物命运的发展演变其脉络是清晰的，如岭断峰连、一波三折、起伏跌宕，饶有情韵。尤其小说中散布其间的几十封情书有似珠宝玉饰，缀满了锦心绣口，焕发出夺目的异彩和诗性的光华。即便是对整部小说持否定态度的石华鹏也不得不承认："唯一能打动我的，是带灯写的那些没有发出去的情书，不仅情真意切，而且一个基层女干部的满身心酸力透纸背，可以看出，贾先生写这些情书是动了真感情的。"难道这不也是贾平凹在长篇小说创作上的探索与创新么？这也顺便回答了唐小林的杞人之忧："垂垂老矣的贾平凹究竟会不会写小说？"

《带灯》的败笔：滥用噱头。唐小林先生也在一定程度上击中了贾平凹的软肋，那便是滥用噱头。我仔细地阅读了《带灯》，它的噱头之滥用并不在于"性"描写，即便有所描写多系片言只语，带有细节的性描写仅只寥寥几处。而较为严重的是对于"虱子"过分的几乎是无节制的渲染，在贾平凹笔下，樱镇无处不有虱子叮咬，甚而达到了满天飞的可怕境地，这样的描写于整部小说不仅不能增添美感，反而令读者为之厌烦，这也许是贾先生的一种怪癖，唐小林给指了出来，值得作者从接受美学的视角上和对于细节描写（环境描写）的真实性和可信性连同审美效应上认真加以记取。但纵观全书，《带灯》当不失为一部当代农村风俗的疏淡有致的水墨画卷。

被消费的鲁迅与被纠缠的莫言

——兼与郜元宝先生商榷

黄桂元

■ 仅用鲁迅的名义，一竿子就可以打翻当代文学这条船上的所有作家，把他们打回原形，这个情景剧固然刺激，只可惜不是鲁迅的本意。鲁迅常常被人们拿出来消费，这是中国特色。

■ 莫言获奖，中国文坛降降温，散散热，除除燥，“祛祛魅”，都是必要的。但要明白一个前提，莫言获奖，对于中国文坛，绝不是坏事。作家有时候是脆弱的，无助的，切不可等到作家濒临崩溃的时候，才想起友善地保护他们。

一

钱钟书曾经调侃，“诺贝尔发明炸药的危害还不如诺贝尔文学奖的危害为甚”，有趣的是，这样的“危害”正在中国文坛现形。“祸头”就是莫言。莫言获诺奖，百年中国文学史无前例，见仁见智，皆属正常，然而曾几何时竟成了被纠缠不休的对象，似乎这是一件丢人的事，就使人百思不解了。有的专家（曾有网友把专家称作“砖家”，恐怕不仅仅是搞笑），甚至株连当代中国文学，不但渲染和放大其种种负面作用，且还要由莫言买单，这很有些黑色幽默意味，倒是应了“一荣俱荣，一损俱损”的那句老话。

其实，当代文学在与莫言一同蒙羞之前，就不受人待见。以现代学人和作家如何如何国学深厚、中西通吃、大师林立，对比和反衬当代作家如何如何先天不足、积贫积弱、乏善可陈，向来是一些专家乐此不疲的话题。好在当代文学的“灰头土脸”，无人喝彩，已成寻常事。看来当代作家只能认准任重道远，保持淡定，宠辱不惊，才能适者生存。

据一家读书报披露，李泽厚和赵汀阳这一对著名的哲学家师徒共同兴趣居多，其中一项，就是都不喜欢文学。有一次，李先生甚至对赵先生说：历史未必是真的，但文学都是假的，所以还是看历史算了。此言似轻描淡写，却内蕴极深，白纸黑字，赫然在目，很使许多从事与之相关工作的人自惭形秽，无地自容。可是又不免疑惑，李先生如此低看文学，又何必在其大著《美的历程》中妙笔生花，慨叹屈骚、纵论魏晋、推崇盛唐、点评宋元、解析明清，竭力阐扬“文化积淀”之说？他写《二十世纪中国文艺之一瞥》，亦非外力催逼，何必委屈自己？如今身居海外多年的李先生仍频频与学界同仁对话，谈及中国现代文学和20世纪80年代初的中国启蒙诗歌，纵横捭阖，如数家珍，又如何解释？后来多少懂了，李先生所谓“文学都是假的”，并非有意置文学常识于不顾，只是一种有选择的阅读，诸如西方的、外国的文学，或中国当代文学之外的古代、近代、现代文学种种，李先生还是会看的。哲学大家毕竟是哲学大家，天降大任，高屋建瓴，引领红尘，指点迷津，至于所谓“文学”，不看也罢。

好在天下之大，毕竟还是有人肯看文学的。因“垃圾论”而爆得大名的德国“汉学家”顾彬，虽远在遥远的莱茵河畔，却偏偏喜欢以点带面，以偏概全，隔三岔五就要弄出几声“碰头彩”。他的看文学，多与个人兴趣有关，却常常语惊四座，厚此薄彼，忽而大贬小说家，忽而热捧诗人，闹得中国文坛晕头转向，纷争不断，难得消停。他还善于即兴发挥，把现代文学比作“五粮液”，把当代文学比作“二锅头”，很有现场效果，以示“中国通”的名头绝非浪得虚名。一个老外对其他国家的文学、作家、作品如此指指戳戳，调笑戏谑，倒是使人开了眼界。顾彬本来对莫言的小说并不看好，但随着2012年诺奖的揭晓，又开始检讨自己，态度还不失诚恳：“我发现好像我也可能过时了，因为我所有的标准好像是从现代主义、现代文学来的……但我还是老一套，到现在还是这样。”我据此揣测，这个大顽童似的汉学家，并非刻意哗众取宠，其所言所行，或许性情所致。

哲学家的居高临下，我们可以不必当真；“汉学家”的口无遮拦，我们也可以姑妄听之；倘若这个领域的业内专家，本土学者，也总是对当代文学一味矮化，百般唱衰，我们则难以一笑了之，因为笑不出来。

二

郜元宝教授在中国现当代文学研究领域著述颇丰，多有锐见。《因莫言获奖而想起鲁迅的一些话》一文中(见2013年2月21日《文学报·新批评》)，奉献读者的却是另一番高论。郜教授对鲁迅著作之烂熟于心，无人怀疑，正如其夫子自道，“喜欢以鲁迅的标准衡量事物，用鲁迅的眼光打量文学”，且“积习难改”，这也意味着，鲁迅的话是没有时间性的。这当然值得骄傲。最重要的，可以使他自觉或不自觉地拥有了一种话语资源优势，并站在一个捍卫至尊而立于不败的制高点。莫言与鲁迅的“一些话”本不该有什么关系，只是因为诺奖而猝然相遇。郜文的论据直接就来自鲁迅的“一些话”。1927年，鲁迅给台静农写过一封涉及诺奖的信，其中一段话，时下已为大家耳熟能详，“诺贝尔赏金，梁启超自然不配，我也不配，要拿这钱，还欠努力……我觉得中国实在还没有可得诺贝尔赏金的人，瑞典最好是不要理我们，谁也不给。倘因为黄色脸皮人，格外优待从宽，反足以长中国人的虚荣心，以为真可与别国大作家比肩了，结果将很坏”。此论据无懈可击。作者犹嫌不足，又作了延伸解读，“鲁迅的意思很清楚，他不希望诺奖评委们因为对中国有什么特别的态度而偏袒中国文学；中国是中国，中国文学是中国文学”。言外之意，既然鲁迅有言在先，再出现获诺奖的事，便似乎有了某种不敬甚至冒犯的意味，问题便有些严重，“但不知有没有想过，是否因为莫言获奖，莫言本人或者跟莫言差不多的当代中国其他作家的水平顿时就超过了梁启超和鲁迅，或者超过了巴金、老舍、沈从文、钱钟书、汪曾祺等人，并且达到了世界一流水准？”让当代文学与莫言一同陪绑，这种问责方式使人无言以对，而追问还在继续：“当代中国文学是否超过现代文学？当代文学是否真的到了历史上最好的时期？我的答案很简单：包括莫言在内的中国当代作家尽管已经取得了不小的成就，但如果在整体上与现代作家相比，则差距之大，何可以道里计！”

如此追问，惊世骇俗。仅用鲁迅的名义，一竿子就可以打翻当代文学这条船上的所有作家，把他们打回原形，这个情景剧固然刺激，只可惜不是鲁迅的本意。鲁迅常常被人们拿出来消费，这是中国特色。鲁迅没有获诺奖，也确实表示过“中国实在还没有可得诺贝尔赏金的人”，但鲁迅不是神，那段话是他老人家八十六年前说的，此后无论世界文学还是中国文学，其背景、格局、构成、艺术，都发生了鲁迅无从经历和难以想象的诸多变化。时光在流动，事物在发展，真理也需要经过岁月和事物的验证才能放射光芒。如果真理总是让人手足无措，望而生畏，望而却步，还是真理吗？那样的所谓真理，必然与鲁迅的智慧、襟怀、品格、境界相悖。鲁迅是中国现代文化传承的“集大成者”，更是伟大的进化论者，他对青年的批评非常严苛，是因为他对青年永远怀有希望和信心，相信青年会让明天的世界变得更好。鲁迅故去后的漫长时光，后辈作家继往开来，积极创造，努力填补文学诺奖在中国的空白，难道不是对鲁迅事业的接力与传承吗？

“江山代有才人出”，每个时代的文学和作家都有其存在的亮点和价值，一味地厚此薄彼是不明智的。比如，在一些人心目中，最伟大的文学诞生在19世纪，托尔斯泰等大文豪已成绝响。但据资料显示，事情没有这么简单。美国媒体曾提供一份“125位英美名作家评出有史以来最伟大的书”的数据，调查对象包括诸如诺曼·梅勒、乔纳森·弗兰岑、乔伊丝·卡罗尔·奥茨等世界文坛精英，基本上相当于世界文坛的一份“民意”调查。这份资料分出四项：每项由高到低，依次以榜首为10分，榜尾为1分排序，评出前十位。调查结果显示，第一项“20世纪最佳作品”：欧美作家占了绝对优势，榜首为纳博科夫（俄裔美籍）的《洛丽塔》，普鲁斯特的《追忆似水流年》、乔伊斯的《尤利西斯》、马尔克斯的《百年孤独》分列第三、第五、第六；第二项“19世纪最佳作品”：俄罗斯作家的作品占比重很大，其中托尔斯泰的《安娜卡列尼娜》、《战争与和平》，《契诃夫小说集》和陀思妥耶夫斯基的《罪与罚》分别位居第一、第三、第五、第九；第三项“入选作品最多的作家”：莎士比亚以11部作品位居第一，福克纳以6部作品名列第二；第四项“得分最多的作家”：托尔斯泰以327分高居榜首，莎士比亚以293分位居第二，后面依次为乔伊斯、纳博科夫、陀思妥耶夫斯基，前五位中除了文艺复兴时期的大戏剧家莎士比亚，19世纪和20世纪平分秋色，各占两位，而我们却通常认为19世纪文学远远超过20世纪文学。托尔斯泰未进诺奖行列，固然可称此奖评选中最大的“遗珠之憾”，但据此断言世界文学就一定要走下坡路，所有不如托尔斯泰的作家都没有资格获奖，这样的逻辑是不成立的。具体到中国文学，不能因为现代作家鲁迅、巴金、老舍、沈从文、曹禺们没有获诺奖，当代文学就只能成为诺奖的空白地带，这个道理也是行不通的。

三

风起云涌的现代文学孕育于晚清民国，脱胎于“五四”新文化时期，经历了新旧交替、中西对接的三十载光阴。其间最为后人高山仰止的，是这一时期文史之学（亦称“国学”）的蓬勃发达，章太炎、王国维、梁启超、罗振玉、鲁迅、胡适、周作人、陈寅恪、钱穆、郭沫若、钱钟书等鸿儒硕学，巨匠大师学养深厚，承前启后，星光照耀，有口皆碑。其天时地利人和方面得天独厚，既有清代考据学的精英传承，又有西方实证主义的时风吹拂，由此形成现代中国特有的学术繁盛景象，美籍华人学者林毓生甚至将 1917—1949 年中国新文化思潮和五四文学划归为“晚清潮流”，把鲁迅、胡适、陈独秀列为“游移于晚清帝国心态的学人”，也并非全无根据。若单论国学根底，当代作家与现代学术大师之间别说“超过”，甚至不具有可比性。虽说国学是一回事，文学是一回事，但是非学术领域的现代作家的学养储备，当代作家也是难以望其项背。随着 1949 年新中国的建立，郭沫若、茅盾、巴金、老舍、曹禺等一批经历过五四启蒙、军阀混战、抗日救亡、内忧外患的现代作家，历史性地跨进当代文学的门槛，命运也由此划出一道分水岭，实在一言难尽。郜教授感慨，“以前因为对中国文学认识不足，又因为种种文学以外的考虑，诺奖评委一直犹豫不决，所以在鲁迅、茅盾、巴金、老舍、曹禺、沈从文、钱钟书、汪曾祺等作家活着的时候，未能及时颁给他们”，不无道理。但毕竟俱往矣，时过境迁，物是人非，历史无法倒流，面对那些逝去文学风景和大师背影，我们如果只会徒叹不如，扼腕摇头，或发出“九斤老太”的种种怨声，不会为当代文学带来任何好处。

莫言获奖，首先要面对始终悬在当代文学头顶的那柄“今不如昔”的达摩克利斯之剑。在“退化”论者看来，与现代文学相比，当代文学和当代作家永远无法改变其贫弱现状。当代文学已活过花甲之年，没有人可与大师、巨匠的称号有缘，有的称号只是用来追加逝者的。“寿则多辱”，语出庄子。周作人曾引以自况，其实更适合用来形容当代文学境遇。似乎现代文学庙堂供奉着鲁迅，便意味着极限，不可逾越，一夫当关，万夫莫开，虽非空前，一定绝后。这种根深蒂固的思维制造出的文学神话，与制造“顶峰论”，有何区别？我想即使鲁迅在世，也不会允许自己被如此绑架。

郜教授对“当代中国文学”已经“超过现代文学”的说法耿耿于怀，使人莫名其妙，因为并没有人作如是说，这完全是自己的一种虚构和想象。当代文学与现代文学，其实际情形千差万别，各有千秋，也各有局限，判断“整体上”是进化多还是退化多，郜文的结论是后者，却没有拿出令人信服的理由。当代文学远非尽善尽美，当代文学也不是没有问题，但是不是真到了“整体退化”的地步，也不应全由专家说了算。钱钟书说，“理论总是由不实践的人制定的”，若套用一下，文学总是由不搞创作的人搞定的，也是成立的。“不能说当代作家语言比现代语言‘规范’，当代文学就超过了现代文学，文学语言的价值并不取决于‘规范’与否。不规范或不够规范的现代文学语言比自以为规范的当代文学语言，词汇和语法都要丰富得多，准确得多。我常常怀疑所谓‘规范’其实是语言‘萎缩’的另一种说法”，这样的表述有些绕，意思却很明确：今不如昔。

我觉得这不是事实真相。仅就文学语言，现代文学和当代文学都有各自出彩的作家，数量上看，后者不见得就居于劣势，莫言、王蒙、贾平凹、王小波、王安忆、阎连科、张承志、刘震云、李国文、史铁生等作家作品，掩住名字，只看文字，读者就会感到扑面而来的是充满个人风格色彩的语言表达，甚至可以“对号入座”，这些作家的语言“规范”建立在丰富性和原创性的基础之上，何来“萎缩”一说？难道作家语言的“规范”不是文学成熟的表征之一吗？读20世纪二三十年代即使是一些著名作家的文字，我们也常会遇到那种文白掺杂、粗糙欧化、语法别扭的夹生语言，不敢恭维，如果有谁情有独钟，仍坚持今不如昔，那也没有办法，“萝卜白菜各有所爱”，只能尊重。

郜文还谈到，“许多人认为当代作家叙事艺术已超过现代作家，但这也并不意味着当代文学超过了现代文学，因为叙事的价值并不全取决于叙事艺术”，假如不是先入为主，不戴有色眼镜，不去预设立场，分辨现代作家与当代作家的叙事艺术（包括结构、味道、手法、气象等）之异同，应该不困难。

若做整体观，不怕贻笑大方，我甚至还可以斗胆做出“后来居上”的判断。郜文一再强调“价值”的决定性意义，比如，“语言的价值并不取决于‘规范’与否”，又说“叙事的价值并不全取决于叙事艺术”，难道作家的“语言规范”与“语言的价值”真的没有关联，“叙事艺术”与“叙事的价值”真的互不搭界？被剥离掉“语言规范”、“叙事艺术”的“语言价值”和“叙事价值”真的可以单独存在？我怀疑郜教授也底气不足，于是又承认“二者是风格差异，不是高低不同”，不失为实事求是的态度。

四

现代文学在先，当代文学在后，现代文学已成历史，当代文学还在奔流，两者之间是一种时间顺序的融会贯通，而不是二元对立的楚河汉界。现代文学是一个说不尽的巨大话题，当代文学难道不是如此？其千秋功过，莫衷一是，皆因当局者迷，我们大可不必忙于盖棺论定，历史老人自有一把公正的尺子。

观察当代文学，我认为需要分出“史”的不同节点，而不宜笼而统之，“一锅烩”了事。当代文学走过了六十多年漫漫岁月，正像郜文所说的，时间上超过现代文学一倍，而且还在不断延伸下去。如果把当代文学比作雪球，这个雪球正越滚越大，成为一座体积还在继续扩容、几乎包罗芜杂的巨型雪山，因此，把当代文学细化为几个板块，是有必要的。大体说来，是由四个时间板块拼接而成：

1949—1966，俗称“十七年”，呈现的是一种与民国时期现代文学迥异有别的新中国文学景象；

1966—1976，属于中国文化整体凋敝的灾荒年景，用“空白”、“焦土”形容文学情形，大体成立；

1977—1999，新时期二十二年，伴着文学复苏和人性觉醒，观念变革，佳作迭出，作家作品风云际会，气象万千；

2000 年至今，作品“祛魅”，作家分化，文学进入市场化为主的新世纪发展阶段，既海纳百川，又鱼龙混杂。

六十多年的岁月足够漫长，中国文学的命运如此曲折，其格局构成又是如此错综复杂，怎一个“当代”可以表征。上述四个时间板块中，能代表当代文学水准，或者说构成当代文学主体部分的，当属新时期与新世纪两大板块，其间产生了一系列具划时代意义的重要作品，《白鹿原》、《废都》、《九月寓言》、《红高粱家族》、《丰乳肥臀》、《长恨歌》、《中国一九五七》、《我与地坛》、《活着》、《黄金时代》、《心灵史》、《夹边沟记事》等。

对于当代作家命运多舛、知识匮乏的现状，郜文还是道出了客观实情，“当代作家生于全方位控制的时代，身体不自由，心灵被禁锢，受教育机会又少得可怜，普遍既无旧学根底，更无西学修养”，但由此推论他们“创造力与鉴别力自然不会好”，则过于简单。当代作家赶上了时代的风风雨雨，他们在青少年时期就被中断了受教育权利，并遭遇了种种天灾人祸，却坚持从不自由的夹缝里顽强生长，不曾气馁，更没有沉沦，生命力之顽强，足以惊神泣鬼。许多俄罗斯（前苏联）作家也经历过类似的苦难国情和炼狱岁月，帕斯捷尔纳克、阿赫玛托娃、曼德尔施塔姆、茨维塔耶娃、索尔仁尼琴、布尔加科夫、肖洛霍夫、布罗茨基等作家、诗人同样“生于全方位控制的时代，身体不自由，心灵被禁锢”，却仍然创作了一些具有经典意义的作品，正规的教育、自由的氛围并不能为作家写出杰作打任何保票，这也说明，不自由的环境也不是没有产生杰出作家、作品的可能。

现代作家的职业构成和文学经历，大都较为单一和近似，他们多以报人、出版家、教授、学者为主，常以书生本色和知识分子情怀示人。相对而言，当代作家的构成则驳杂多样，王蒙、张贤亮、李国文、从维熙曾有过屈辱的“右派”经历；王小波、王安忆、史铁生、韩少功、铁凝、张承志、张炜、杨显惠等在农村或兵团当过知青；蒋子龙、莫言、阎连科、刘震云曾当过兵，韩寒、郭敬明等80后作家则多为自由职业。特别是新时期以来涌现的一大批中老年作家，固然过早地无缘正规教育，却在各自形形色色的“社会大学”里阅尽人世，学以致用，摸爬滚打，经久历练，以其独特的“创造力与鉴别力”，验证了《红楼梦》中的名言，“世事洞明皆学问，人情练达即文章”。

五

许多重要的当代作家，都以长篇小说完成自己的转型，这是当代文学的一大奇观。莫言更是长篇小说领域的一个异数。他的作品狂野恣肆、繁复深邃，只此一家，别无分店。也只有他敢说：“长篇就是要往长里写！”在他看来，长篇小说堪称“伟大文体”，“长度、密度和难度”构成了其标志和尊严。他认为长度“并不是时间和字数的累加，而是一种胸中的大气象，一种艺术的大营造。那些能够营造精致的江南园林的建筑师，那些在假山上盖小亭子的建筑师，当然也了不起，但他们大概营造不来故宫和金字塔，更主持不了万里长城那样的浩大工程。这如同战争中，有的人，指挥一个团，可能非常出色，给他一个军，一个兵团，就乱了阵脚。将才就是将才，帅才就是帅才……”关于密度，他追求的是“密集的事件，密集的人物，密集的思想。思想之潮汹涌澎湃，裹挟着事件、人物，排山倒海而来，让人目不暇接，不是那种用几句话就能说清的小说”。同时，他始终保持了对难度的挑战姿态，“艺术上的原创性，原创的总是陌生的，总是要求读者动点脑子的，总是要比读那些软软滑滑的小说来得痛苦和艰难”，这种难度，难在结构、叙述、语言、思想的复杂和艺术的创新。张承志也非当代作家中的等闲之辈，他在把长篇小说《金牧场》压缩成《金草地》，大删大砍，“放弃三十万字造作的辽阔牧场，为自己保留一小片心灵的草地”。像这样敢于挑战难度的作家有一批，已经成了当代文学的一道特有风景线。

任何一位诺奖获得者，只代表其个人的独立的文学世界，而不能把他想象成某民族文学、国家文学，或某作家群体的替身。郜教授对中国当代作家获诺奖这件事提不起精神，甚至对莫言获奖的时间也表示异议："对莫言来说，这个奖来得也并非最好的时候"，言外之意，无非是说把诺奖给中国作家纯属带有照顾性质，既然如此，完全可以选择一个恰当时机。"瑞典文学院没有在三四十年代中国文学鼎盛期为中国作家颁奖，也没有在八十年代中国文学复兴期为中国作家颁奖，偏偏选择了中国文学的低潮和青黄不接的阶段，也偏偏选择了莫言本人由初期的绚烂天真逐渐走向后来的稀松薄弱的关口，在错误的时间颁给了错误的作品。因此在我看来，这很可能是诺奖评委会为所谓的中国严肃文学唱起的一曲挽歌，何必那么高兴呢？"郜文还以莫言的《蛙》为例，再次强调这个诺奖对于莫言"来得不是时候"。《蛙》的确不是莫言最好的作品，批评其"稀松平常"也代表了一部分人的客观评价，但莫言写于前些年的《红高粱家族》、《丰乳肥臀》、《檀香刑》等，还是很有分量的。需要澄清的是，莫言并不是凭借《蛙》获奖，斯德哥尔摩的评委们看重的是这位中国作家的综合实力。比如，秘鲁大作家略萨的几部代表作《城市与狗》、《绿房子》、《世界末日之战》，都写于25岁至45岁之间，获得诺奖却是在2010年，这一年已经74岁。前苏联作家肖洛霍夫获诺奖是因其《静静的顿河》，该作完成于1928年至1940年之间，此后再没有超过那部多卷本的史诗巨著，他写作此书那年只有23岁，小说第一卷问世即轰动，其间非议不断，一些人更是质疑他抄袭、剽窃，不相信以他如此年轻的人生阅历和文化积累，能够完成如此史诗巨著。但历史破译了这桩疑案，最终还他一个清白，1965年，肖洛霍夫因其"在描写俄国人民生活各历史阶段的顿河史诗中所表现出来的艺术力量和正直品格"而问鼎诺奖。看来，有色眼镜一旦戴久了，不仅会造成偏见，还使人冷漠。莫言别无选择，必须学会承担，这也是他一下子成为超级公众人物所必须付出的代价。

六

我曾想过，如果莫言出现在三四十年代的现代文坛，情形该会怎样？这当然不切实际。但我相信，即使放在已进入史册的现代文学大家行列，莫言也非凡庸之辈，就如孙郁早在2006年所说的，“莫言在文学史上，不是孤零零的独行人。他的前面和后面，都有亲近的伴侣”。这些作家已经形成了阵容可观的文学群体，他(她)们的厚重作品，撑起了当代文学新的海拔高度。

我们可以不喜欢莫言，却不宜失态。认为仅仅凭着综合国力上升就可以问鼎文学诺奖的想法，是把诺奖评委都当成了白痴，稍微了解一点文学诺奖史，都不会相信这种以讹传讹的说法。文学写作与天赋密切相关，后天的土壤和培育固然重要，但前提必须是那块料。可是在有些专家眼里，莫言只是恰逢其时，撞了大运而已。郜教授据此还描述了这样一幅图景，“……这是诺奖对中国作家开启的第一扇窗，预言今后还会有第二、第三乃至无数个‘莫言’陆续获此殊荣。当然不是完全没有可能，因为中国和莫言旗鼓相当的作家确实不在少数，但如果真的要给他(她)们挨个儿颁奖，世界范围内的文学必须从此衰歇，而让中国文学一枝独秀。果真如此，中国文学固然很幸运，但世界文学为此付出的代价也太大了”。你得承认，如此无厘头的“愿景”，确实需要花费一点点想象力。

莫言获奖，中国文坛降降温，散散热，除除燥，“祛祛魅”，都是必要的。但要明白一个前提，莫言获奖，对于中国文坛，绝不是坏事。作家有时候是脆弱的，无助的，切不可等到作家濒临崩溃的时候，才想起友善地保护他们。

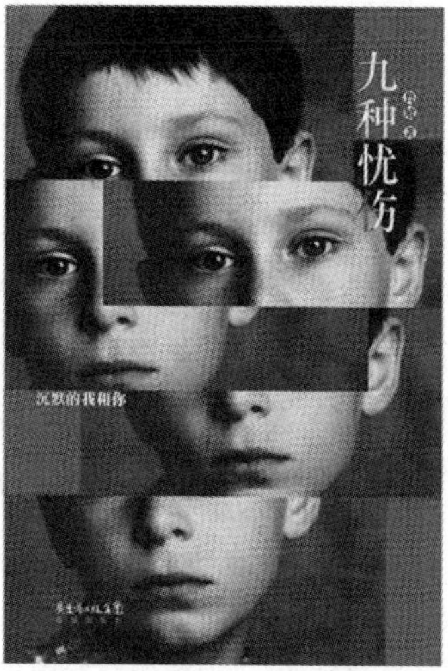

对当下知名短篇的微评

谢　宏

我的小说写作是从短篇开始的，我最喜欢最拿手的，也是短篇小说，所以我对近年国内的短篇小说创作情况尤其关注，看得最多的自然也是短篇，因为喜爱，也算有多年的写作经验，所以对短篇的挑剔固然也多，一段时间以来，我集中看了部分短篇年选，尝试用微书评的方式，谈谈对国内活跃的主流作家短篇小说作品的看法。

铁凝的《1956 年的债务》，前面可以，后面结尾烂掉了，大概不知道怎么弄了。另一个迟子健的《五羊岭的万花筒》，许多细节都经不起逻辑推理，情节更是矫情传奇得可以，可那是一个长篇或中篇的结构。疑惑，是否连淡定的作家都忍不住要做魔术师了？

苏童的短篇《香草营》，颠覆了我对苏童的印象，可能他只适合写古典或民国时期的女子或江南古旧小镇的故事，新时代的故事，特别是当代城市的白领故事,他写起来,总让我觉得别扭,现在这个讲医生与药剂师偷情的故事,写的还不如通俗故事有味道呢。对了,我说的是让人回味的“韵味”,直通通的乏味!

刘庆邦的《皮球》,背景是“文革”,成分差的知青范宝明擅打篮球,并因此获得令人羡慕的待遇,遭人崇拜赶得上领袖了,还选了革委会主任的女儿做老婆,却以其非处女为把柄羞辱殴打她,后随时代的变迁,自己成了一无所长的“瘪皮球”。刘老师人称“短篇王”,功力不用多说,但我想,这个“文革”故事太浪漫了,作者拿的是现在人的思维去写过去时,比如“牛气”一词,那时候有吗?他敢作践主任的女儿吗?等等,我觉得是有问题的。再全篇掂量,还是头重脚轻的。

鲁敏的《铁血信鸽》,写中年男人的彷徨无力感,灵与肉的分离,为了寻找自己,他由羡慕鸽子到最后变成鸽子,一飞冲天,结束了自己的寻找。她总喜欢代表人物说出自己的想法,这种带入感比较古怪,如果主角换成热衷于养生的女主人,可能更适合她的视觉,但男人是主角就显得别扭,好像男人有了女人的思维。心理描写多,需要很强的模拟能力,否则还真就让“灵”与“肉”分离了。

张石山的短篇《苦力》由九个人物素描构成,作者说,排子车队里的人都是些奇人,有阎锡山的贴身卫士,有彭德怀的亲随马夫等,都是在“文革”前后的故事。骑兵连长马刀砍死过十来个鬼子,以前我认为可能,但现在常识告诉我,呵呵了;侦察英雄和朝鲜女翻译出轨,在援朝战争中,是很浪漫的,只是可能性有多大;落难少将的女儿被老农看中,还感激不尽,这还可能是那个受过大学教育儒雅的人吗;黄包车夫一顿能吃进三十斤的切糕,还能逃过1960年的大饥荒,这简直就是世界级的“大胃王”;杨力银二能扛动九百斤,这也许能的,但怎么能扛得动十八袋洋面粉,我很好奇;硬头祁三家穷,孩子饿得吃不饱去饭馆舔盘子了,居然能舔成肉牛似的,他还拒绝几十元的救济款,几十元在那个年代,是什么感觉?逻辑通吗?王五金财不避嫌，在队长（作者父亲）被关后，还去一个没有男主人在家的同事家串门，干家务，可能吗？搬运工小二福旺，个子矮，而麻袋垛子高，他够不着，他能助跑几步跳起半空，照样扛上？人还能脱离地球引力，真是神奇了，还有他搬运砂糖的时候，居然咬破麻袋，不但狂吃了还偷上好几斤！我一路浏览过去，发出无数个惊叹，厉害厉害，实在厉害！这群人还真是群牛人。该小说是以儿童视觉来写的，但我发现怎么是一个成年人在说故事，还明白那么多人生的大道理呢？

邱华栋的《你觉得我是贼吗》是以女性自述的方式，讲一个财经大学的女生嫁给一富商，经历生育和性生活受到挫折，寻求网恋解决问题，但失望而回并顺手牵羊偷走了网友的钱，投案自首后被判刑，出来后获得老公的谅解的故事。老套故事，几乎是新闻或知音版。虽是老瓶子，如新装的酒，能喝出意外，那也是不错的，可惜了。华栋是老朋友了，好久没看他的作品了，这次看了，有点失望，本来想，故事老套就老套吧，但文字没点张力，感情也不充沛，那么软塌塌的，就不能原谅了，丝毫不像是他的作品，以前闲聊的时候，我说过，他的作品，感觉敏锐，但有点粗糙，这篇连这点都算不上。

读魏微的《姐姐》，故事当然是讲述姐姐的，但其实大部分是讲述弟弟的。她想讲的是弟弟眼中的姐姐形象，可写下去，却给我的感觉是姐姐眼中的弟弟。换个题目可能更合适。看过几篇她的作品，感觉都是小说散文化，小说的元素似乎就少了那个味道。她只写出了共性，中国人对少女的想象或说是模式，但缺少了独特性，唯一性。

艾克拜尔·米吉提的《风化石带》讲述的是男孩随叔叔去风化石带砍伐用于过冬的枯树的故事。我本来对乡土的小说并不感兴趣的，但慢慢阅读后竟然跟了进去了，随主人公沿路观光和了解了一些哈萨克族人的习俗，感受到了那种淡淡但迷人的新疆风情。作者的笔力均匀、恬淡、自信，将寻常事化入字里行间，他要说的和没说出的，在阅读的过程中都可感受到。平淡不是淡寡，平淡是一种功力。

读盛琼的《胡子问题》，故事讲的是妻子“发现”父亲与丈夫的胡子的“秘密”，继而发现了男人成长的秘密。立意甚好，也有意思，只是过于“自恋”，把许多问题，都归于自己的“想象”了，她的小说，似乎好总结和议论，不是不好，但要做到恰到好处。想象也是，将刮过的脸颊想象成田地，等等，这想象似乎风马牛不相及。情节上，某些也可商榷，比如，丈夫将她送的刮胡刀保留了很多年，签离婚协议的时候，让丈夫带女友一起来，当面送刮胡刀，丈夫女友对待刮胡刀的态度，这些情节，看起来满猥琐的。作为婚姻故事看，满有意思的，但最好用中篇架构去写会更好些，短篇则太满了。

叶梅的《小马，苹果和打杂的》讲述一小偷赎罪的故事。他偷了一穷大学生的学费，用来交租金和买了一套擦鞋工具进行创业，发展成一家有点规模的擦鞋店后，他开始用帮助落魄人的方式来赎罪。叶老师的文字真好，情绪控制得十分妥帖，只是故事编得有点不符合逻辑，如果见了落魄的人就招进来做，恐怕他的这个店要倒闭了。我们的想象力太丰富，一不小心，一厢情愿就落入到煽情的陷阱，忘记了小说是需要“准确”的。

陈应松的《祖坟》讲述的是一个从小山村进城做了厅官的舒局长与小山村之间藕断丝连的关系。局长需要村民崇拜的虚荣，村民需要局长的实质性帮忙，一旦不能满足，村民便以挖祖坟的方式来威胁局长。其实就是现今中国人际利益博弈关系的缩写。寓意不错，但写得过于随意，不讲究章法。也许，一个作家掌握了话语权，就有“乱来”的权利，是否用“创新”或“意识流”来辩解，我觉得仁者见仁，智者见智。但我的意见是否定的，我认为小说还是有章法的。

南翔的《世相》写了五个人物的小故事。歌星、教授、小偷、公务员、低保户。故事用漫画式方式讲述，变形、夸张、怪诞，拼接成了一则当今社会的小小世相画面。文字老到、简洁、有力，但新意不多，时有突兀之感。当然，我觉得更大的问题，是作者的批判意识过强，直指对象，但在当今的多元社会，这样的写法可能就使得作品的内涵少了丰富性。而且要写五个故事，又要做到不超篇幅，这也使其失去了从容性，这使我很容易就想到南翔老师的性格，都是干练而急迫的。

裘山山的短篇《你的名字我做主》，很有她个人特色，平和散淡，见真情，不矫情。家长里短，是山山老师的拿手好戏，读那些对话，不禁莞尔。甚是喜欢她的平和风格，这种淡然不是谁都学得来的。如果去掉“嗬”，“哦”等叹词，似乎更对气场。

郭文斌的短篇《寒衣》语言优美，意境沉静，给读者描绘了一幅一家人做“寒衣”送祖先的风俗画。犹如童话意境，但毫无现代生活气息，人物性格也单一。我读过好些西北作家的短篇小说，似乎都走这套路。仅从这些小说描述所知，那该是个人间天堂，人们单纯，生活恬静。我不了解实情，是这样的吗？

何玉茹的短篇《情临窗下》，写得耐心细微。短篇写作，这个态度很重要。一个“求同怕异”的故事。简单对复杂，两者之间，看不见的博弈，压力山大，“复杂”常败于“简单”。当然，也许真理，也许作者的理想。令人太累，竟然无法承受“简单”的压力了，瞬间爆发的情绪，常常显得突兀，但又合理合情。

付秀莹的短篇《花好月圆》有如工笔画，意境细腻沉静，文字漂亮，讲述在茶室打工的乡下姑娘桃叶细密的心思和对周遭的观感，心理描写很多。这种模拟想象力很强，但不符合描述的对象，更像是知识分子的心理活动。这是个中篇的架构，太过于面面俱到，而且最后的结尾部分，那对茶客的自杀，也显得突兀和毫无道理。

余德庄的短篇《秋勤的蜜月》写秋勤嫁给消防战士后，因为丈夫工作很忙，所以连蜜月都没有过好的故事。百分百的主旋律。写得就像时下的新闻报道。

潘灵的短篇《根艺》写记者通过采写对民间根雕艺术家云玄的报道，试图写出一个艺术家在不同人眼中和在不同时期所获的毁誉。当然，重点是放在批判当代人唯利是图，破坏生态环境。但给人有点大炮打蚊子的感觉，毫无文学逻辑。

荆歌的短篇《有个女人叫付静》写的是“兼有风尘气又有青春气”的“贪心”小人物付静“上进”的故事，进步艰难，永不放弃，并迈向目标，但最后总被“癌症”命运打败。作者叙述的语言，调侃轻佻，似心不在焉，却又似字字句句击中要害，嘲讽这个可悲的时代，小人物只有通过扭曲人格后，才能获取可怜的晋升机会。

秦岭的短篇《一头说话的骡子》试图通过一头“会说话”的骡子，讲述几个农村青年男女在当今社会的典型境况。作者希望有点“魔幻”主义色彩，但这是一种很懒惰的写作方法。

晓苏的短篇《给李风叔叔帮忙》讲的是老夫为少妻的跳槽，不断找镇秘书帮忙，而秘书碍于情面，给他帮忙的过程中不断遭遇恶心事。其实描绘的就是一幅中国人情关系风俗画而已，并没有新东西。叙述口气“嗲”得让人不舒服。

邵丽的短篇《村北的王庭柱》讲述的是原村支书的儿子王庭柱的生活逸事，他对世事的洞悉通透犹如超脱的半仙。在当今中国，说“暴发户不得好死”、“一天吃二百多个毛蛋”、“守旧不变生活很爽”，等等，这基本是臆想多于现实或者是城里人写农村常识的缺陷所致，当然，这也是一种轻佻的写作态度。

鲍贝的短篇《空瓶子》写的是一个生病不能多喝酒的有钱人，常独自去酒吧喝酒，又常将没喝完的酒存在酒吧，希望朋友们来喝，但朋友们口是心非，从没来过。他将那些酒喝空后，孤独地死去。“空瓶子”也许寓意“空心人”吧。但整篇小说缺少张力，无法将读者带进主角的世界，不能触动人的神经。

"鲁迅很少主动去骂人"吗？
——读汪晖《声之善恶》献疑

白　草

近读汪晖先生新出版讲稿《声之善恶》(生活·读书·新知三联书店2013年版),其中第二篇《鲁迅文学的诞生　读〈呐喊·自序〉》有一段话:

"……鲁迅很少主动去骂人,大多是被别人骂了以后,或者是被别人的文字、行径刺激之后,他开始回骂或论战……不仅是论战,就是其他的许多事情,从写作《呐喊》、《彷徨》,变成五四新文化运动中一个小说家的代表,到奔赴广东的革命策源地,再到上海时期加入'左联',每一回都是被别人逼出来的。他从来没有准备发动文学运动,或宣称搞左翼文学运动。他不是一个组织者,也不是一个自己非得要做什么事的人……"

说鲁迅很少主动骂人和从不发动文学运动,包括他的写作皆为别人所逼,这实在是太过离奇的说法,因为史实俱在,且已成常识,倘若非要从中自立其异,未必能够出其新。以骂人而言——此处的骂,意为批评、批判——鲁迅就是主动出击,就是要骂该骂之人、斥荒唐之事,之所以主动去骂、去批判,正如他自己所说,"实为公仇,决非私怨",或藉骂人"批一批社会的嘴巴",这才是鲁迅及其意义所在。仅举数例:

1922年批评《学衡》诸公为"假古董所放的假毫光",同年又因胡梦华指责汪静之诗集《蕙的风》"轻薄堕落",而嘲弄其为"'含泪'的批评家";1923年因魏建功奚落盲诗人爱罗先珂,而欲将唾沫吐在这"借了新艺术的名而发挥其本来的旧的不道德的少年的脸上";1924年嘲讽徐志摩关于诗之音乐性为"发热"、"发昏";1925年暗讥杨荫榆独身因而性情"执拗猜疑阴险";1926年指摘章士钊错解"二桃杀三士"为"两个桃子杀了三个读书人”;1928 年批评梁实秋的“人性论”;1930 年挖苦张资平所有小说的精华为“三角”(且以图形标示);1931 年戏弄赵景深译英文词语“戏子”为“马戏”,附带提及了赵此前曾把“银河”译为“牛奶路”;1933 年讽刺诗人邵洵美“要登文坛,须阔太太”,同年训斥给青年推荐《庄子》与《文选》的施蛰存为“洋场恶少”;1934 年批评梅兰芳一经“士大夫”之捧,“从此死板板,矜持得可怜”;1936 年批评朱光潜的“静穆说”,指出其缺陷在于未顾及“作者的全人”及所处社会状态。

以上随手所举,全部为鲁迅主动去骂、去批评人家的例子,是他有意识地、故意地去招惹,无一例外。鲁迅之为鲁迅,鲁迅在现代文学史、思想史上的意义,正在于其为公而骂、为社会而骂,就像张承志所准确概括的:其时大多数文人学者并不以批判为己任,只“有一个鲁迅在刺耳地骂,在独自地批判”。鲁迅本人也坦示过他愿意而且也乐意去骂,1930 年 2 月 22 日致章廷谦信中数语,即为生动写照:“这两年来,水战火战,日战夜战,敌手都消灭了,实在无聊,所以想再来闹他一下,顺便打几下无端咬我的家伙,倘若闹不死,明年再来用功罢。”

说鲁迅从不准备发动文学运动、不是一个组织者、也不是非得要做什么事的人,这于事实上更是无据无凭。编辑《语丝》、《莽原》、《奔流》、《萌芽》,创办《译文》,入未名社、朝华社,印行“未名丛刊”、“乌合丛书”,帮狂飙社,为青年介绍绘画、木刻等等,目的即在于培养新人,造成新的阵营,所有事实表明鲁迅是一个出色的组织者,倾全力于文学运动。实际上汪晖先生在讲稿结尾部分也明确地说鲁迅晚年“推进文学运动”,一篇之中,前后说法如此矛盾、抵触,令人不解。

这还是事实和史实上的矛盾。让人迷惑的是,全篇的观点、逻辑亦似缺乏内在统一性,以下摘录其主要观点:

“他的文学写作有很强的被动性……从根本上说,他不想喊,认为喊亦无用,可是被别人一说或一刺激,就忍不住还得喊一声”;

“在鲁迅的语汇中,忠诚与背叛是通过遗忘与无法遗忘来表达的——他尽力遗忘却终于无法忘却的那一小部分,才是鲁迅的文学的根源。他对中医、对京剧、对S城的决绝,他对父亲的病、‘找茬事件’、‘幻灯片事件’的各种叙述,都是那个决意的系列性的展开。这个决意,终其一生,从未放弃。鲁迅的文学世界,就像他之前的学医,之后的杂文时代一样,均来源于这一对那个决意的忠诚——它的另一个表达,便是‘苦于不能全忘却的梦’”;

“鲁迅与晚清以降的中国革命有非常深的关联,但他决意要把那个革命像梦一样地驱除掉,但革命就像梦一样,变成了一个内在的、完全烙在他心底的、无法驱除的记忆,他因此才有‘苦于不能全忘却’的表述”;

“文学无用是寂寞的根源,而只能做文学却表达了对革命的忠诚”;

“他的晚年,在推进文学运动的同时,更深地卷入政治,却并没有任何困难的转折了。文学与革命本有同一的地方,而这个地方也正是鲁迅的出发点。”

这几种说法颇为缠绕,尝试归纳如下:

第一,鲁迅的文学不是他自己主动创作出来,而是被人逼出来的,尤其是被他自己的梦逼出来的,这个梦即为他早年想遗忘而不能的部分,包括父亲的病、“幻灯片事件”等等。鲁迅又是相信“文学无用论”的,文学无用颇近于文学自主性,梦的世界能够“自我呈现”,文学亦是如此,人物及其命运都是通过鲁迅“不由自主的写作而自我呈现”,鲁迅持“文学无用论”即是对早年梦的忠诚——而此梦正是他的文学世界的来源。这是一种典型的循环论证法,在梦、文学、无用和忠诚之间画上了等号。

第二,鲁迅的文学来源于不能忘却的梦,这个梦里面同样有着无法驱除的革命的“记忆”,亦属“苦于不能全忘却”的一部分,那么,顺此逻辑,鲁迅对早年的梦的忠诚,又成了对革命的忠诚;而革命的特点即在于不安于现状,文学也不安于现状,充分说明二者具有同一性,这同一性恰又成了鲁迅文学的出发点。既然文学与革命有同一性，从事文学工作的鲁迅于晚年“更深地卷入政治”，他在思想或观念上，就“没有任何困难的转折了”。这也是一种典型的循环论证，在梦、文学、革命、政治之间又画上了等号。

由此可以看出，汪晖先生过分夸大了鲁迅写作的“被动性”，亦即过分夸大了梦的“能动性”，等于说不是鲁迅在写作，而是梦借鲁迅之手“自我呈现”；即便承认鲁迅在写作，那也是“不由自主的写作”，他自己控制不了，不能预知、也无可把握。这种说法近乎开玩笑。因为，不论那个梦被夸张到何种程度，有多大的“能动性”，它总归为人所有，绝无弃人而独立的本领；作者是唯一的创造者，像鲁迅这样的开山型作家，竟然被梦牵着鼻子走，那是不可想象的。事实上，鲁迅写作时颇多顾忌，自述“未尝将心里的话照样说尽”、“迟疑不敢下笔”，别人以为他“信笔写来，直抒胸臆，其实是不尽然的”(《写在〈坟〉后面》)，如果鲁迅真的被梦控制了，因而“自我呈现”了，他还迟疑什么？又称自己为了与前驱者保持同一步调，“于是删削些黑暗，装点些欢容，使作品比较的显出若干亮色，那就是后来结集起来的《呐喊》”(《〈自选集〉自序》)，倘若鲁迅真的被梦控制了，“不由自主”地写作，他还能给梦、给小说“删削”、“装点”吗？

鲁迅对革命也非常警惕，他有一个著名的说法：遥远地方不认识的人们在革命，他是乐闻其事的；如果身边熟识的人去革命，他就没有那么高兴了；如果叫他本人“拼命去革命”，对不起，还不如请他安静地坐下喝杯牛奶(《在钟楼上——夜记之二》)。鲁迅也认为文学与革命“不能连在一块儿”(《文艺与政治的歧途》)，而好的文学则“向来是不受别人命令，不顾利害，自然而然地从心中流露的东西”(《革命时代的文学》)。鲁迅的意见非常明确。汪晖先生却要将文学与革命连在一起，以它们有着“同一”之处为依据，一步步地推论鲁迅卷入政治“没有任何困难的转折”、不反对“集体性的斗争”、从身外的世界寻找希望等等，如此推论出来的鲁迅形象，实在太陌生，怎么看都不像是鲁迅本人的面目。

尊重批评才能进步

周慧虹

读罢2013年3月7日《文学报·新批评》刊载的《因文艺批评引发的一场闹剧》一文,我既愕然又茫然。愕然的是,近年来,虽对有些文字作者面对文艺批评时采取一种抵触态度有所耳闻,但断没想到,鼎鼎大名如诗人于坚者,竟然也不顾场合当众发飙,对于向其诗作给予批评的作者以"拳头+秽语"方式发泄不满;茫然的却是,抒写纯洁、浪漫、超凡脱俗诗作的诗人尚且如此,诗歌如何还能吸引人继续读下去?文艺批评又怎么能循着其应有的轨道继续走下去?

若上述文章作者所言非虚,诗人于坚此番作为,实在是自取其辱,不仅令其斯文扫地,暴露了其在面对批评时的内心狭促与气急败坏,而且,也进一步映衬出当下文艺批评所面对环境气候的恶劣,映衬出文艺批评工作者尽忠职守所需的勇气与难能的可贵。

"尽管我不同意你的观点,但我誓死捍卫你表达自己观点的权利。"作家将自己的作品公开发表出来,是供人读的,自然也无权拒绝别人的评鉴。"读"与"评"本来就是一枚硬币的两面,说好说坏也是他们的自由,没有任何人能封住别人的嘴。只要批评者的言行不触及法律底线,他们有独立表达自己意见的权利。一个文字作者,如果没有承受批评的雅量,那么,最好把自己的文字锁进抽屉独自把玩,没人读自然也就听不到批评之声了。既想要大多数人广泛传阅自己的作品,可又坚决不愿听到刺耳之言,甘蔗想吃两头甜,如此期盼无异于痴人说梦。

文艺及其批评,作为意识形态领域的产物本来就是"仁者见仁,智者见智",也正因此,它需要"百花齐放、百家争鸣"。只有相关各方各抒己见,真诚表达自己的声音，才能呈现给大众一个多姿多彩的文艺世界，让大众全方位汲取信息，在多角度、深入化的思考中收获更多乐趣与助益。“文似看山不喜平”，文艺批评也是如此，如果，文坛之上只有众口一词的叫好之声，这样的氛围是乏味的、令人丧气的，也显然是不正常的。

近些年来，针对文艺批评的批评之声不绝于耳，很大程度上就是由于现在许多文艺批评缺乏应有的锐利，文艺批评文章沦为了不痛不痒的散漫文字，甚至沦为了吹嘘奉迎的营销广告，让人读着不舒服，读罢徒感浪费时间。何以至此？窃以为，一方面，在于一些文艺批评文章的操持者职业道德让位于种种利益，自甘拜服于金钱、权势以及无原则的友情的裙裾之下，笔端文字因而势利有余血性不足；另一方面，也不排除文坛之中“拳头＋辱骂”者当道，暗地里给人穿小鞋使绊子者作祟，让一些文艺批评者唯有无奈叹息，或明哲保身随波逐流，或抽身而出另作他文。此情此状，文艺批评的生态环境也就如时下天气一般雾霾沉沉，难现云淡风轻春和景明之象。

正如“失败乃成功之母”，批评不失为进步的阶梯。我们向那些秉持职业良知、以严谨态度在文艺批评园地勤奋耕耘者报以诚挚敬意，因了他们的勇气与努力，文艺批评态势才不致越来越糟。与此同时，也希望于坚们对于文艺批评少一些抵触、多一些理解；对于文艺批评者少一些敌意、多一些宽容。努力从溢美之词中跳身出来，谦恭地听听那些刺耳之言，对于被批评者显示出的未尝不是一种风度、一种智慧，未尝不会令其更真切地看清自己。即便，被批评者对文艺批评者的观点持有异见，完全可以适时发表针锋相对的文字据理力争。把自己的观点亮出来，是非自有公断。

时代不同了，暴力解决不了问题。类似事例，真的不希望再现身于文坛了。

“俗套”爱情片，何以人气爆棚？
——从《北京遇上西雅图》谈起

高 凯

曾经是美食杂志编辑的文佳佳因为怀孕到美国西雅图月子中心待产，曾经是北京阜外医院著名心外科主治医生的郝志因为要照顾随前妻移民到美国的女儿，放弃了自己的医生事业，来到美国后成了一个月子中心的司机兼保姆Frank。一个雨夜，前去机场“接客”的Frank遇到了初到美国待产的文佳佳。经历了初见时的刁难争吵、长时间接触下来的从相互了解到相知相依，Frank与文佳佳这对看上去并不“协调”的男女，渐渐擦出了爱情的火花……

这就是《北京遇上西雅图》。影片自3月21日正式公映，首天便超1 100万票房连挫《虎胆龙威5》和《生化危机5》上映以来的单日票房走势，首周票房突破7 000万，问鼎周冠军宝座。其实单看影片剧情，这个关乎

"小三"、"偶遇"、"缘分"和"拜金"等的片子其实还是难以落得俗套之嫌，却又缘何如此口碑爆棚？

以今年国产电影来说，开年之初便有《第101次求婚》、《在一起》等同类型电影纷纷上映，然而这中间却只有《北京遇上西雅图》成了话题。与《失恋33天》相比，此片票房的发力显然不似《失恋33天》那样多依赖于营销推广；与《第101次求婚》等片相比，该片自上映之日起，在口碑方面几乎"无差评"，凭借"硬实力"创下了近年国产爱情（轻喜剧）片的奇迹。《北京遇上西雅图》可谓是质量、口碑带动票房飙升的典型案例，值得分析、研究。

从故事架构上来看，本片讲述了一个经历人生挫折的女主角难以实现的真正爱情愿望的最终实现。从电影营造的整体风格来看，《北京遇上西雅图》也极力在营造一个浪漫且充满想象的空间，有时甚至觉得镜头里的环境梦幻得和现实无关。影片的叙事线索并非是单一的，甚至可以说是"一主二副"的，即在文佳佳和Frank两人感情发生、发展、挫折和实现的主线之外还有文佳佳作为"小三"和老钟感情纠葛与Frank与前妻家庭纠结的两条副线。主线与两条副线不是简单并列的，而是相互推动又相互阻碍的，共同推动着叙事的张力。

《北京遇上西雅图》基本上是讲了一个梦幻化、理想化的爱情故事，以致再回味的时候都觉得是美得那么不接地气。爱情片终究需要一种乌托邦式的描写，电影终归电影，观众需要美梦。爱情片的宗旨是"爱情一定超越一切"，对于任何问题，真心相爱是克服一切困难的不二法门，因为更多人还是愿意相信相爱的人就要在一起。虽然眼下很多人谈及爱情的时候或许会略感"奢侈"，可是相信所有人还是觉得爱情是世界上最美好的东西。透过电影，我们还是看到了很多美好、温暖的东西，或许一些观众就是"又相信爱情"了。

毫无疑问，《北京遇上西雅图》中的文佳佳便是一个十足的《西雅图不眠夜》的影迷，当在美国海关被问及去西雅图旅行的原因的时候，她兴奋地喊着"是电影《西雅图不眠夜》"。而后在她带Frank的女儿朱莉到市中心玩的段落里,两人在电影院里看的也正是《西雅图不眠夜》。在影片的结尾,早已回北京的文佳佳又到了纽约并与Frank在帝国大厦经历了差点错过的相遇。看至此,不得不说这又十分的"不眠夜style"。

一个合适的城市往往是一场理想恋爱发生的最好的依托。而城市与电影的关系又一直是密切的,而更多时候,城市也不再单纯是作为一个故事发生的干巴巴的背景地,城市在很多时候都早已经融入了电影的情感铺垫和内容叙事,或者还承载着更多的其他奇妙的功能。回顾以往的影视作品,似乎很多影视创作者也是有着一种浓郁的"城市情结"或者说是"城市迷恋"。

《北京遇上西雅图》,顾名思义,我们不去观看影片,甚至不去看任何预介绍,我们对这样一部电影应该也会有些想象的,这是一个关于城市的故事,而且是关于两个城市之间的关系的故事,我们完全可以调动之前累积的对中国北京和美国西雅图这两座城市的印象,来对这部电影进行一些大胆的臆想。北京,我们是熟悉的,而西雅图,想必很多人自然也是不陌生的,20年前的那部《西雅图不眠夜》应该奠定了一部分观众对爱情的完美想象。西雅图给人的印象是阴雨绵绵的。而在《北京遇上西雅图》里,由汤唯饰演的女主角文佳佳和吴秀波饰演的男主角郝志(Frank)的第一次相遇便是在一个雨天的夜晚。通篇看来,电影是从城市开始也是从城市结束的,电影一开始展现了在雨中流光溢彩的西雅图夜景,而结尾,影片从站在帝国大厦顶楼的男女主人公的近景逐渐拉远,一直到大全景,最后人物完全消失在城市中,只不过,这次的城市是纽约。

到底是电影表现了城市,还是城市孕育了电影,俨然,两者之间早已形成了一种有趣且颇值得品味的互文关系。然而,不可否认的是,在一些电影里面,城市的确让爱情更美好了一些。

《北京遇上西雅图》里的汤唯一改往日文艺范,也开了粗口,对文佳佳的描写可谓是“出得厅堂、下得厨房”，这样的窈窕淑女，自然是君子好逑；Frank也绝对可称为“好好先生”的完美代言，他是文佳佳认为的“世界上最好的男人”，虽然没有钱给她买游艇，请她吃法餐，但是他可以每天早上跑好几条街去给她买她最爱吃的豆浆油条。这样的爱情没有海誓山盟，没有接吻，更没有滚床单，可传达的确是一种可触摸的朴素和极可贵的忠贞。

《北京遇上西雅图》中的歌曲使用也是出彩的，很好地起到了勾连结构和渲染情绪的作用，影片开篇是以欢快节奏的Someday We'll Be Together开头，结尾又是一首和开篇一样的快乐节奏的What a Wonderful World，这也表达了男女主人公历经挫折最终能够再相伴的喜悦之情。的确如此，爱情如此美妙，世界还有什么理由不美好？

以往我们谈及国产电影，尤其是国产大片，往往都是将其定性为“眼热心冷”的，奇观化叙事下是空洞、乏力、虚假的感情，观众看了热闹，电影却没在观众心里泛下一丝涟漪。眼下是中国电影的特殊时期，尤其是去年中美电影新协议签订以来，中国电影更加面临进口大片的猛烈冲击，2012年我们的170.73亿票房中，国产片80亿出头，占比48.46%，10年来首次被进口片击败。我们在试图“与狼共舞”，但倘若这过程中，我们是一味地单纯与之拼财力、拼技术、拼噱头的话，这“共舞”的结果将是惨烈的。我们很可能在电影无法走出国门的同时，还丧失了国产电影在中国观众心里的位置。

纵观近年国产电影创作脉络，我们不乏武侠、功夫、动作等的宏大制作，但是我们缺少“有感情、说人话”的诚意之作。希望《北京遇上西雅图》会给国产电影创作带来一些新思路。

电视剧：仅靠脸蛋是走不远的

——由《第22条婚规》谈当下的电视剧创作

周荣池

2013年3月，由千乘影视、巨力圣依、本山传媒联合出品的都市情感喜剧《第22条婚规》重磅推出。该剧由《裸婚时代》编剧周涌倾心打造，知名电影导演金琛掌镜，黄圣依担任出品人，赵本山担任艺术总监，云集了黄圣依、宋小宝、郑罗茜、张钧涵等知名演员主演。如此强大的阵容，似乎让这部电视剧充满期待，然而观剧之后给人的感觉却大失所望，毫无新意的剧情、混搭怪诞的人物形象让这部都市言情剧老套而无力。

狗血剧情是致命弱点。作为一部新出的都市言情喜剧，《第22条婚规》看来只是新生而无新意可言。该剧“癞蛤蟆吃到天鹅肉”的狗血剧情虽被偷梁换柱地说成是“屌丝逆袭”，是所谓的“倾心打造”，但是观众没有看到这种“倾心”有任何的创意或新意，而是完全的因袭与跟风。当然这也是难言之隐或者说是用心良苦——因为既有的电视剧套路获得了市场的认可，走同质化、类型化的道路对于投资者来说更为稳妥。这实际上也是近年来中国电视剧市场的一个通病，打开电视看看，我们不难发现这种流行病到处肆虐：《媳妇的美好时代》走红之后，各种“美好时代”让人幸福得无话可说；《潜伏》之后，各路谍战的英雄都从历史中复活了；《婆婆来了》之后，《丈母娘来了》、《前妻来了》、《继父来了》——大家都来了。这些并不能说明这一类题材的路越写越宽阔，相反却是越写越窄。就电视剧本身的发展而言，狗血的剧情能分得利益一杯羹，却未必能分到品质一席位。原创是每一个电视剧制作者都应该具备的意识和能力，它是电视剧作品的灵魂，它应该源于灵魂冲动，植根于生命体验。

怪诞脸谱非灵丹妙药。《第22条婚规》中的男女主演分别是“赵家班”的宋小宝和“圣女”黄圣依,这两个人担纲完全就是混搭:一个是土得掉渣的苦瓜农村青年形象,一个是圣洁无比的玉女形象。不是笔者存在城乡有别的偏见,这种混搭确实令人费解。在一个光鲜亮丽的都市生活情景里,硬生生地将几个农村人牵扯进来,造成一种人为的喜剧效果,用农村人的穷困猥琐(现在的农村并非如此,此情是制作者虚构)和城里人的富足傲慢形成对比。用一个网友的话说“拿猥琐当幽默是低于生活”。这实际上不是一个心理健康的艺术创作过程,而是活生生的“献丑”,已不是通俗或民俗,是活脱脱的恶俗。制作方恐怕也并不是不了解这一点,同时心里也很清楚,这样做也未必会遭到谴责,因为在此之前的《乡村爱情故事》系列的六部已经将这种丑态深深地植根观众心目中,是“有群众基础”的。《第22条婚规》大概正是看重了这种怪诞脸谱的效应,“创造性”地将他们与城市里的金童玉女式的白领、金领牵扯在一起,企图在颠覆中制造夺人眼球的视觉效应。

公共话题需回归本位。电视剧作为大众喜闻乐见的艺术形式,就应该更多地引发公共话题体现其公共性,这就要求影视剧的制作人要有自觉自律意识。一项调查显示:全国有75%的人在看电视,其中75%的人在看电视剧。而电视剧的收看人呈“三低一高”趋势,即:低收入、低学历、低社会地位、高年龄。面对这种情况,创作者不能再强化固有的低俗的鉴赏心理中的落后因素,应该更多地传递对观众有引领作用的“正能量”。笔者认为当下的电视剧要能够传递更多的“正能量”,制作者就应该更多地将创作回归到“公共话题”的本位,这种本位包括两个层面的问题:

一是话题的公共性。从社会的公平正义等重大话题到日常生活中的价值伦理,公共话题的讨论具有现实性和建设性。公共话题可以区分为内在与外在,内在的是人的情感与伦理,外在的是人的生存与环境,这些在社会急剧转型时期具有广泛的现实意义。“无情未必真豪杰”,生活之中是到处充满着或美或丑的情感事件，但是创作者应该更多地关注主流的情感态度、真实的状态并进行合理的创作。像《第22条婚规》这样生拉硬扯地创作制造的只能是一笑了之的恶作剧式的都市情感，其真切性、合理性和启发性令人质疑。

二是审美的公共性。作为公共的文化产品，创作者要在电视剧的审美本身保持品位。无论是《乡村爱情故事》系列一以贯之的“丑态”形象，还是《第22条婚规》混搭出来的哗众取宠的变态氛围，都是电视剧健康审美心理缺位的一个缩影。虽然金钱无所谓美与丑的分别，然而贴上某某大牌标签的电视作品的美丑自会在人心中有个高低贵贱之分的。

叫好而不叫座是孤独的，叫座而不叫好却是可耻的。作为艺术创作的一个门类，电视剧创作者如何实现“叫好又叫座”则需要在选题与审美上有自身独特的衡量，要实现这种衡量的准确与深刻，让电视剧产业走得更远、更好，恐怕仅靠一张脸是不够的——不管这张脸是美得像黄圣依，还是丑得如宋小宝。

戒骄戒躁，且莫拈花笑

——读诗歌译者自我评价一例有感

江　枫

- 想要做一个二流诗人也不容易，而成不了二流诗人，就更难成为一流诗歌翻译家。因为不论翻译哪一国哪一位诗人的诗，最终总要落实为中国诗。中国诗，至少要说中国话。现在看来，曹先生驾驭汉语汉字的能力尚有待于提高，其标志性的特征是：文俚夹杂，语言风格不一致，在白话行文的语境下，喜欢用“之”代“的”，用“其”代“他”或“她”；不能分辨诗行与散文的区别，常有以“的”字起首的句子，因此而形成散文式跨行长句；对词语不求甚解因而使用不当。
- 一个文学翻译工作者，不必多，一生留下一部能够传之久远的译作，就不虚此生。一个有抱负的文学翻译工作者，什么时候也没有理由自满，只应该在力求形神兼备的道路上，奋力前行，精益求精。

最近，读到一篇题为《曹明伦：拈花微笑于汉英之间》的自述性评论，颇有所感：真想提醒曹先生一声：当知天高地厚！《中华读书报》邀我评论

《尤利西斯》两个译本而落笔撰文时，我首先批评了冯亦代不对照原文就赞美萧乾的译本。我以为自我评价，亦当如是，应该让读者有机会对照原文比较译文。

据曹先生说："北大一位教授见到我翻译的《湖上夫人》后，来信致意，觉得自己的译品无法超越，就放弃译司各特。"即使确有其事，又能说明什么？

1981 年我在《世界文学》第一次发表《致解冻的风》译文，之后又不断翻译和发表一些弗罗斯特长诗短诗，但是直到去年才结集出版。发稿前我读了曹译《弗罗斯特集》的译诗部分，那是他《湖上》出版将近 20 年后的成果，据他转述，"翻译家马海甸在香港《文汇报》上称，我翻译的《弗罗斯特集》……不但把弗氏的精神大致保持在译诗之中……而且维持了与原作近似的形式"。据曹先生说其中一首《未走之路》已被收入台湾国中《国文》第 6 册，他还说，"译得怎样，译界自有公论"，我不知公论如何，但也不妨就以此诗为例，对照一下原文，对比一下译文：

曹译　未走之路	江译　一条没有走的路
金色的树林中有两条岔路，	金黄色林中有两条路各奔一方，
可惜我不能沿着两条路行走；	可惜，我是一个人独自旅行
我久久地站在那分岔的地方，	不能两条都走，我站在岔道上
极目眺望其中一条路的尽头，	向其中一条，长时间凝神眺望
直到它转弯，消失在树林深处。	直到它弯进灌木丛失去踪影。

Two roads diverged in a yellow wood,

And sorry I could not travel both,

And be one traveler, long I stood

And looked down one as far as I could

To where it bent in the undergrowth.

然后我毅然踏上了另一条路，	然后走上丝毫也不差的另一条，
这条路也许更值得我向往，	也许，曾有更好的理由走它，
因为它荒草丛生，人迹罕至；	因为杳无人迹，而且长遍萋草，
不过说到其冷清与荒凉，	虽然经我走后，过往行人的脚，
两条路几乎是一模一样。	已践踏得两条道路难分上下。

Then took the other, as just as fair,
And having perhaps the better claim,
Because it was grassy and wanted wear;
Though as for that the passing there
Had worn them really about the same,

那天早晨两条路都铺满落叶，	而在那一天早晨，那两条道路
落叶上都没有被踩踏的痕迹。	曾同样覆盖落叶，未经步履，
唉，我把第一条路留给将来！	哦，我曾想留一条以待来日涉足！
但我知道人世间阡陌纵横，	如今我懂得了路是怎样连接着路，
我不知将来能否再回到那里。	已不相信还有可能重新回去。

And both'that morning equally lay
In leaves no step had trodden black.
Oh, I kept the first for another day!
Yet knowing how way leads on to way,
I doubted if I should ever come back.
……

我愿意听信“译界公论”，只想指出，这首诗里的 doubt，不是 suspect，是“不相信”，不是“我不知将来能否再回到那里”，因为已经“懂得了路是怎样连接着路”而不是“人世间阡陌纵横”，原作是有韵格律诗，韵式是 abaab，四节相同。

由于在最近一届诗歌翻译研讨会上，曹先生在述评弗罗斯特诗歌汉译历程时，有意识“忽略”1981 年《世界文学》上的江译《致解冻的风》，和 2012 年外研社出版的江译双语版《弗罗斯特诗选》。据他说，是为了“保护”我。我不需要曹先生为了“保护”我而歪曲史实说谎，那么是保护谁呢？谁也保护不了！以下是 *To the Thawing Wind* 原文和两种译文：

Come with rain, O loud Southwester!
Bring the singer, bring the nester;
Give the buried flower a dream;
Make the settled snow-bank stream;
Find the brown beneath the white;
But whate'er you do to-night,
Bathe my window, make it flow,
Melt it as the ice will go;
Melt the glass and leave the sticks
Like a hermit's crucifix;
Burst into my narrow stall;
Swing the picture on the wail;
Run the rattling pages o'er;
Scatter poems on the floor;
Turn the poet out of door.

江译　致解冻的风	曹译　致春风
带着雨来，哦，喧闹的西南风！	携雨一道来吧，喧嚣的西南风！
带着唱歌的来，带着筑巢的来；	带来唱歌的鸟，带来筑巢的蜂，
给埋藏在地下的花朵一个梦；	为枯死的花儿带来春梦一场，
让岸边凝滞的雪堆化成流水，	让路边冻硬的雪堆融化流淌，
从一片白茫茫底下找出深棕；	从白雪下面找回褐色的土地；
但是不论今夜你忙些什么，	但不管今夜你要做什么事，
请冲洗我的窗，使它流动；	都得来冲我的窗户，让它流动，
融化掉冰，也融化掉窗子，	让他像冰解雪化一般地消融；
融化掉玻璃，留下那窗棂，	融化掉玻璃，只留下窗框，
像把十字架留给它隐居的主人，	使它像隐居教士的十字架一样；
闯进我这窄小的窝棚吧，	然后冲进我狭窄的房间，
让墙上的画幅晃个不停；	让墙头的图画随你旋转；
翻阅那哗哗作响的书页，	吹开哗哗书页，把诗句撒满一地，
让诗篇散落在地板再把这	再把这诗人赶到外边。
诗人撵出家门。	

两相对比可知，只有紧贴原文的才是翻译，有一种是在改写。而经过这样的改写，这首诗，就变成了“在翻译中失去的东西”，也就不再是弗罗斯特了。再看如下这首短诗 *Semi-revolution*：

I advocate a semi-revolution.
The trouble with a total revolution
(Ask any reputable Rosicrucian)
Is that it brings the same class up on top.
Executives of skillful execution

Will therefore plan to go half-way and stop.

Yes, revolutions are the only salves,

But they're one thing that should be done by halves.

江译　半截子革命	曹译　不彻底的革命
我拥护一种半截子革命，	我主张进行一场不彻底的革命
一次彻底的，总有弊病，	因一场彻底革命的麻烦就在于
（去问任何著名的炼金术士）	（若问高尚的玫瑰十字会会员）
会把同一阶级带上峰顶。	它总会让同一个阶级登峰造极。
精于实干的实干专家们，	所以当局训练有素的管理者们
会设计出行至中途的停顿。	应该让制定的计划能半途而废
革命确是救世唯一途径，	千真万确，革命是治病之良药，
但是应该一半一半完成。	但也是件应该只做一半的事情。

显然是一首错译，在未能正确理解原作的情况下错用成语，结果就不知所云而难以卒读。曹先生说，孙静轩读了他最初创作的一些诗和译作之后告诉他："写作下去，你会成为二流作家，但专心于翻译，你会成为一流翻译家。"其实，跻身二流诗人之列不易，成为一流翻译家更不易。一流诗人也未必能成一流诗歌翻译家，但是，不管成为几流，诗歌翻译家至少应该懂得诗之何以为诗。

一流翻译家也会有错，但不可错得太多，二流诗人虽是二流，写出来的句子也不该像散文。且看弗罗斯特以下这首，我也在20世纪80年代《春风译丛》上发表过的 *Love and A Question*：

曹译　爱情和一道难题	江译　爱和问题
黄昏时一名异乡客来到门前，	傍晚，一个陌生人来到家门前，

开口与屋里的新郎寒暄。
他手里拄着一根灰绿色拐杖，
他心事重重。愁眉不展。
他用眼睛而不是用嘴唇
请求让他借宿一晚，
然后他掉头遥望路的远方，
暮色中没有灯火闪现。

招呼这位俊俏的新郎。
劳顿不堪，忧心忡忡，握一杆
绿白两色相间的手杖。
他用眼神，而不是用口舌请求，
请求允许他借住一宿，
然后转过身，眺望着道路尽头，
看不见有透亮的窗口。

A Stranger came to the door at eve,
And he spoke the bridegroom fair
He bore a green-white stick in his hand:
And, for all burden, care.
He asked with the eyes more than the lips
For a shelter for the night,
And he turned and looked at the road afar
Without a window light.

新郎从屋里走到门廊，
说“客人哟，让我和你
先来看看今晚的天色，
然后再商量过夜的事”。
紫藤的落叶已铺满庭院，
藤上的荚果也都变紫
秋风中已有冬天的滋味；
“客人哟，但愿我能确知”。

那位新郎，迈步来到了门廊里，
说：“让我们看看天气，
再来考虑，陌生人，我和你
怎样解决过夜的问题。”
忍冬的叶子撒满了前院的场地，
忍冬的浆果已经熟了。
秋天，是啊，风里有冬的气息，
“陌生人，但愿我能知道”。

The bridegroom came forth into the porch
With 'Let us look at the sky,
And question what of the night to be,
Stranger, you and I.'
The woodbine leaves littered the yard,
The woodbine berries were blue,
Autumn, yes, winter was in the wind;
'Stranger, I wish I knew.'

新娘正坐在昏暗的屋里，	屋里的新娘在昏暗中默默无语，
独自俯身在温暖的火上，	探身，面对着炉火熊熊，
她的脸被炉火映得通红，	由于炭火的灼烤和内心的情欲，
使她脸红的还有心之欲望。	脸上洋溢着玫瑰色晕红，
新郎望着使人困乏的远道，	新郎，注视着令人困倦的路径
看见的却是屋里的新娘，	看见的却是屋里的新人。
他真想把她的心装进金盒，	他希望她有颗黄金包裹着的心，
再用一把银锁将它锁上。	别着一枚白银的别针。

Within, the bride in the dusk alone
Bent over the open fire,
Her face rose-red with the glowing coal
And the thought of the heart's desire.
The bridegroom looked at the weary road,
Yet saw but her within,
And wished her heart in a case of gold
And pinned with a silver pin.

……

这个题目是爱和问题,问题不是难题。如果研究过弗罗斯特就会理解,在他看来,这个问题不难解决,全看新郎有一种什么样的爱。wished her heart in a case of gold,译成“他真想把她的心装进金盒”,不可解!case 的本意是容器,箱、盒、套、罩都是。而 pin 绝不是锁。And pinned with a silver pin 译成“再用一把银锁将它锁上”,就更难解!留个陌生人在新房,可能会是烦恼,却不会是“祸根”,除非陌生人是个恐怖分子。

上举译例已足以证明,对于一流翻译家,缺陷是多了一点、大了一点。“翻译家马海甸”的评语缺乏事实依据。

但是,批评,揭露真相,都是希望做老师的,切不可在博导和教授的名义下误人子弟,对年轻人,是希望他们不要轻信头衔,要能独立思考、明辨是非,所以,还有必要再举一些,以说明诗,应该怎样译,不懂得“形似而后神似”,即使是诗歌翻译博导,要译好,也难。以下是已经有一位蒋坚霞教授批评过的《茧》:

曹译	江译
就我所见,这秋日傍晚的阴霾。	极目远眺,能看见这秋季薄雾,
这正在以两种方式蔓延的阴霾,	从两个方向弥漫在黄昏的天空,
这使新月显得不像新月的迷雾,	使得新月看上去怎么看都不新,
这使榆树变成蓝草颜色的迷雾,	使榆树草地洋溢着蓝色的都是 全都是
那座破房子冒出的浓烟,	只有一根烟囱的、孤零零一栋
仿佛只有烟囱是那房子的体现;	破旧房屋里独自冒出来的烟子;
它那么隐蔽所以不会早早点灯,	它是如此自闭而不愿早早点灯,
它让屋里的生计完全避开世人,	为保持生活的自闭和不为人知,

甚至一连数小时也没有人出屋，	以至于几个小时也没有人露面
来料理一下傍晚时的农家杂务。	走出门来料理傍晚的农家杂务。
屋里也许只有喜欢孤独的女人。	屋里也许是一些个孤单的妇女，
她们在用浓烟，我想告诉她们，	我要告诉她们，用这全部烟雾，
小心谨慎地作着她们自己的茧，	她们是在勤谨地编结她们的茧，
并把茧往另一地球或月球上搬，	再把它系牢在一个地球和月亮，
那儿不会有冬日里的风凄雨苦——	任何冬季烈风别指望把它刮掉……
但她们该知道这是在作茧自缚。	她们在结自己的茧，她们知道。

As far as I can see this autumn haze,
That spreading in the evening air both ways
Makes the new moon look anything but new,
And pours the elm-tree meadow full of blue,
Is all the smoke from one poor house alone…
With but one chimney it can call its own;
So close it will not light an early light,
Keeping its life so close and out of sight
No one for hours has set a foot outdoors
So much as to take care of evening chores.
The inmates may be lonely women-folk
I want to tell them that with all this smoke
They prudently are spinning their cocoon
And anchoring it to an earth and moon
From which no winter gale can hope to blow it——
Spinning their own cocoon did they but know it.

不必对照原文，就可以指出，前四行，不是诗行而是散文。both ways，在这里不是两种方式，而是上下两个方向。“隐蔽”怎会使它不早早点灯，是“自闭”！lonely 怎会是“喜欢孤独”呢？“anchoring to”原意是抛锚于，这里是系牢于，而绝不是搬到另一个地球和月球去，搬，错了；或，也错了；作茧自缚，更错。蚕结茧，是为了保护脆弱的蛹，这里的茧也是为了自我保护，而不是自缚。“那儿不会有冬日里的风凄雨苦”，相反，不是不会有，而是一定有，多么强烈，也不能把茧从系牢处刮掉。这首诗，连有几个错，所以，难以卒读，既谈不上流畅，更谈不上忠实，不管是精神，还是形式。

不想说曹译“错误百出”，再举一些译例，是想要通过对比说明一些问题，特别是想通过实例告诉那些一心一意传播谬论邪说以破坏我国文学翻译事业的先生们，鼓吹“创造性叛逆”反对“逐字逐句”翻译是一种罪孽。

以下是又一例，*My November Guest*：

江译　我的十一月来客	**曹译　深秋来客**
我的忧愁和我同在这里时	当我的忧愁来做客时，
认为这些秋雨连绵的日子	她觉得秋雨绵绵的阴天
是一年四季最美丽的时日；	比任何日子都更美丽；
她爱那些光秃秃的枯树枝，	她喜欢掉光叶片的枯枝，
她常漫步在浸水的湿草地。	她爱走湿漉漉的牧场小路。

My Sorrow, when she's here with me,
Thinks these dark days of autumn rain
Are beautiful as days can be;
She loves the bare, the withered tree;
She walks the sodden pasture lane.

她的愉快不容我稍事歇息，	她的快活不容我抑制。
她喋喋不休，我不得不听；	她爱说话，我乐于倾听：
她高兴那些鸟儿都已离去，	她喜欢鸟儿都向南飞去，
她高兴她朴素的灰色毛衣，	她喜欢她朴实的灰色毛衣
沾满雾气，晶亮有如白银。	被拂不开的薄雾染成银色。

Her pleasure will not let me stay.
She talks and I am fain to list:
She's glad the birds are gone away,
She's glad her simple worsted grey
Is silver now with clinging mist.

那一棵棵寂寞荒凉的树木，	那一棵棵寂寞荒凉的树木
阴沉的天空，褪色的大地，	从地之褪色，从天之阴沉，
她看得真切、美好的景物，	从树之孤单，从林之荒废。
以为我缺乏眼力熟视无睹，	她以为我看不出秋的秀媚，
总缠着问我由于什么道理。	并一再追问是什么原因。

The desolate, deserted trees,
The faded earth, the heavy sky,
The beauties she so truly sees,
She thinks I have no eye for these,
And vexes me for reason why.

并不是昨天我才开始懂得	我并非昨天才学会领悟
喜爱白雪降临之前的这些	在冬天的雪花飘落之前

贫瘠、荒凉十一月的景色，　　这萧瑟秋景的可爱之处，
可是我又何必告诉她这个，　　但告诉她这点也于事无补，
经她赞美的景色毕竟更美。　　她的赞美使秋景更好看。

Not yesterday I learned to know
The love of bare November days
Before the coming of the snow,
But it were vain to tell her so,
And they are better for her praise.

曹先生有个习惯，尽管他说他追求忠实，却总爱别出心裁，就像明明是“解冻的风”，一定要译成“春风”，明明是“十一月来客”，偏要译成“深秋来客”，而把“阴沉的天空，褪色的大地”，改写成地之褪色，天之阴沉，就把具体形象化成了抽象概念，并在“寂寞荒凉的树木”之外，间隔一行之后，又把个 beauties 译成为树之孤单，林之荒废，这就不仅是对于前一行的词语重复，而且，又把概括宽广的“美景”局限于“孤单”和“荒废”。孤单的树木，可能有美的一面，树之孤单和林之荒废，很难说美与不美。而给“她以为我对这些熟视无睹”，加上一个秋的秀媚，则无异蛇足，“寂寞荒凉的树木，阴沉的天空，褪色的大地”，就像水墨山水，可能会有一种苍凉之美，而无论如何也不会“秀”和“媚”。“地之褪色、天之阴沉、树之孤单、林之荒废”，都是抽象概念，无从判别美与不美。何况，荒废之林，林之荒废，又是何所指，原野上一片树林，谁分辨得出是不是“荒废”？

第四节的 But it were vain to tell her so，译“告诉她这点也于事无补”，语义不明，欲补何事，于何事无补？vain，徒劳，多余，没有必要，不是于事无补。限于篇幅，不可把所有的问题一一列出，再举几个有关英文理解的简单的问题：

如 right 和 wrong：曹先生把一首诗的题目 to the right person 译成《致正常人》，错了。我们中文说，得其人哉，此其人也，要译成英文，这两个“其人”，就是 the right person，这里的 right 用的是其本意，正确、对了，得其人哉，是用对人了！此其人也，正是此人！to the right person 可译《致合适的读者》。

再如，Directive，有一行 Under a spell so the wrong ones can't find it，曹译是：“它像有魔力的杯，恶人看不见”，错了。这里的 wrong，也是用其本意：错了、不对、不合适、非其人。所谓：所托非人、用非其人，wrong ones，就是这个“非人”、“非其人”。这里虽然注出了《圣经·马可福音》4：11－12（无人的时候，跟随耶稣的人和十二门徒问他这比喻的意思。耶稣对他们说：“神国的奥秘只叫你们知道；若是对外人讲，凡事就用比喻，叫他们看是看见，却不晓得；听是听见，却不明白。恐怕他们皈依了，罪过就得到赦免。”），但是，并未理解。所谓 wrong ones 只是十二门徒以外的“外人”，未必就是“恶人”，虽然必然是罪人，因为基督教认为人，生而有罪。

再如，一首诗的题目 *the lovely shall be choosers*，曹译：《选择者会很愉快》，不知何所据而译。这里既没有愉快或很愉快，也没有会。第三人称用 shall，表示必须、一定、应该。the lovely 在这里是名词，不但形容词冠 the 可作名词用，而 lovely 本身就可用作名词，意为：美女。题目可译：《该由漂亮姑娘自己选择》，言外之意是，姑娘漂亮，自以为有权自行挑选对象，而不听话。第六行 She *would* refuse love safe with wealth and honour，曹译：她竟然不肯由财富名誉来保险！错。refuse，不是“不肯”而是“拒绝”，would 而斜体，是强调意愿，她一定要拒绝伴有财富和荣誉因而是安全有保障的爱，而以为有权自己挑，其第一个后果就是未婚先孕，在那个时代，是丢人的。

再如，*Sand Dunes*，最后两行：And be but more free to think/For the one more cast-off shell。“他们已会更自由地展望，再次抛弃已无用的外壳。”完全错误。这两行是一个 the more ... the more ... 句式：越是摆脱外壳，思想

越更自由。

再如，*I Will Sing You One-O* 一诗 It has not changed/... Since man began/To drag down man/And nation nation. 之译“自从人类开始/使人类堕落/自从人群开始/使人群堕落/它一直都没有变化”就使得这首为“一”歌唱的诗不知所云了。实际上是说，自从人开始压迫人、民族开始压迫民族，对于“一”的追求便没有停止过，但是没有直说压迫，只说 drag down：贬低对方、压低对方，使对方低我一头。而“一”，有平等、团结的含义。

再如，把 *An Empty Threat* 译作《虚张声势的威胁》，也缺乏根据，Empty，怎么会是虚张声势呢？而最后几行：“Better defeat almost/if seen clear/than life's victories of doubt/that need endless talk-talk/to make them out.”之译“如果已洞彻事理/就宁可要失败/也不要人生不确定的胜利/因为那些胜利需要用/无休止的预言来证明”，if seen clear，如果看得清楚，不是：如果已洞彻事理。是说：宁可要看得清楚的失败，也不要必须说啊说啊也未必说得明白的可疑胜利。

再如，*What Fifty Said* 第一行：“我年轻时我的老师们都是高龄”，不必对照原文便可断定错了，因为生活告诉我们：老师们不可能都是“高龄”！

再如，*Neither Out Far Nor In Deep*，最后一节之译：他们没法望得很远，他们没法看得很深，但何曾有什么障碍/遮挡过他们的眼睛，这里的 that 是指望不远看不深，But when was that ever a bar/To any watch they keep？时说：那什么时候又妨碍过他们继续观望（大海）。

再如，*In Neglect*，不长，不妨再对照一下原文、对比一下译文：

They leave us so to the way we took,
As two in whom they were proved mistaken,
That we sit sometimes in the wayside nook,
With mischievous, vagrant, seraphic look,

And try if we cannot feel forsaken.

江译　冷落

他们就这样由着我们按照我们的选择奔波，
像撇下终于看清了的两个人确实是认错，
我们有时候也会在路旁一个角落坐上一坐，
像淘气包，像流浪汉，却像天使一样快活，
想试试看能否不觉得我们已经被人冷落。

曹译　被人忽视

他们把我俩丢在我们选的路上
作为两个已证明被他们误解的人
我俩有时候爱坐在路边张望，
用淘气、无邪、游移的目光
看我们能不能觉得没被人抛弃。

而在遣词造句方面，显然，想要做一个二流诗人也不容易，而成不了二流诗人，就更难成为一流诗歌翻译家。因为不论翻译哪一国哪一位诗人的诗，最终总要落实为中国诗。中国诗，至少要说中国话，“他们把我俩丢在我们选的路上/作为两个已证明被他们误解的人”就不像中国话，mistaken也不是误解，而是弄错或看错、认错。这一行字数比对照行少，读起来却显得啰嗦拗口，因为缺乏诗句应有的节奏感。

现在看来，曹先生驾驭汉语汉字的能力尚有待于提高，其标志性的特征是：文俚夹杂，语言风格不一致，在白话行文的语境下，喜欢用“之”代“的”，用“其”代“他”或“她”；不能分辨诗行与散文的区别，常有以“的”字起首的句子，因此而形成散文式跨行长句；对词语不求甚解因而使用不当，在“拈花一笑”文中所谓“我明确承认，严复的翻译标准是名正言顺，无可厚非的，也是翻译工作者应尊崇的标准”。这里的“无可厚非”就用错了，应该说是无可非议，难道就“可以薄非”。

曹先生引述李锐的话说：文学史只尊重独创者。这话只对一半，并不是所有的独创都受到文学史尊重。就像劳动创造价值，并不是所有的劳动全都创造价值。翻译，独创性的，也只有形神皆备的优秀译作才会经过历史的淘汰而犹存。就像填补空白的译作，未必就是优秀译作，而空白也不是全都有必要填补：世界太大，填不过来。有些空白填了，是聊胜于无；有些填补，竟然是有不如无。

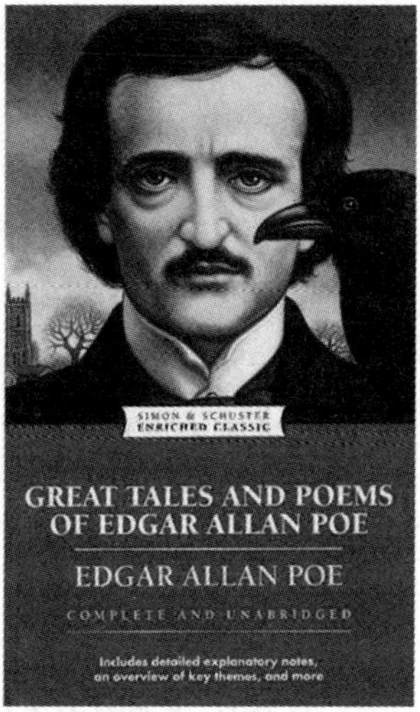

因为，要填也要用好材料，就像坡的诗歌，由于波德莱尔译得好而先在法国出名。如果，译得拙劣，则法国也未必就觉得不译就是个空白。因为坡的诗作不多，特别好的也不太多。曹先生说他译的坡，原版是个权威版本，不知所谓权威之所指，《爱伦·坡诗集》的出版社又说是“最全”。但是从选本怎能译得出全本。80 年代袁可嘉约我译的三首，除《安娜贝尔·李》以外的两首，便未能在所谓“权威版本”中找到。但是，权威原本不保证译本权威。请比较《安娜贝尔·李》两种译文，一种发表在中青版《外国名诗选》(1997)，一种发表在湖南文艺版《爱伦·坡诗选》(2012)

江译	曹译
那已是许多许多年以前的事，	那是在很多年很多年以前，
发生在一个滨海的王国里，	在大海边一个王国里，

那里有位姑娘也许你也知道，	住着位你也许认识的姑娘，
她的名字叫作安娜贝尔·李——	她名叫安娜贝尔·李——
这位姑娘生前所想的仅仅是，	那姑娘活着没别的心愿，
爱我，并且，也被我所爱，	与我相爱是她的心思。
那时她是个孩子我也是孩子	她是个孩子，我也是孩子，
就在那一个滨海的王国里；	在大海边的那个王国里，
我们，以深于爱的爱相爱着，	但我俩以超越爱的爱相爱——
我，和我的安娜贝尔·李	我和我的安娜贝尔·李——
这样的爱，使得上天的天使	就连天上那些六翼天使
也对我对她心中起了妒意。	对她和我也心生妒意。
正由于这个缘故，很久以前	而这就是原因，在很久以前，
就在那一个滨海的王国里，	在大海边那个王国里，
一夜凉风从云中起，冻坏了	趁黑夜从云间吹来一阵冷风
我那美丽的安娜贝尔·李。	寒彻我的安娜贝尔·李；
于是出身高贵的亲戚们来了，	于是她出身高贵的亲戚前来
强行把她从我身边带了去，	从我身边把她带去，
然后，又把她关闭在墓穴里，	把她关进了一座石凿的墓穴，
就在那一个滨海的王国里。	在大海边那个王国里。
是幸福不及我们一半的天使，	在天堂一点也不快活的天使
对我也对她，心中起妒意——	对她和我一直心存妒意：
是的，正是因此（如所周知	对！那就是原因（众所周知，
就在那一个滨海的王国里。）	在大海边那个王国卫）

一夜凉风从云中起，冻坏了	趁黑夜从云间吹来一阵冷风，
冻杀了我的安娜贝尔·李。	冻杀了我的安娜贝尔·李。
但是我们的爱情牢固远胜于	但我俩的爱远比其他爱强烈——
比我们年长许多长者的爱——	与那些更年长的人相比——
比我们聪明许多智者的爱——	与许多更聪明的人相比——
但是，天上长着翅膀的天使，	无论是那些住在天上的天使
抑或是，大海底下的魔鬼，	还是那些在海底的鬼蜮，
都拆不散我们的灵魂，我和	都永远不能把我俩的灵魂分开，
我那美丽的安娜贝尔·李。	我和我的安娜贝尔·李。
月亮升空会带来美梦，梦中	因每当月放光华我总会梦见
梦见美丽的安娜贝尔·李	我美丽的安娜贝尔·李；
星星会使我看见明亮的眼睛，	而每当星斗升空我总会看见
眼睛，属于安娜贝尔·李。	她那明亮而美丽的眸子：
于是，整夜我都躺在她身旁，	所以我整夜都躺在我爱人身旁，
依傍着我亲爱的生命和新娘，	我的爱，我的生命，我的新娘
她已躺在她滨海的墓穴里	在大海边她的石墓里——
她已躺在滨海她的坟墓里。	在大海边她的坟墓里。

以下是一首短诗，致艾萨克·利：

It was my choice or chance or curse,
To adopt the cause for better or worse
And with my worldly goods and wit
And soul and body worship it.

曹译	江译
此乃我之选择或幸运或灾殃	这是我的选择或幸运或灾祸
献身于这一非福即祸的理想	委身这一事业不论是浮是沉
用我在这世间的财产和心智	我为它奉献出我世间的财物
用崇拜这理想的灵魂和肉体	我的智慧我的肉体我的灵魂。

以下是更短的一首,双行体偶句短诗:

Deep in earth my love is lying.
And I must weep alone.

曹译	江译
吾爱深眠黄土,	我的爱已长眠泥土深处
余唯向隅而泣。	我只能孤身一人独自哭。

仅就这两行译文而言,两行都偏离了原文,是不信;"黄土"、"向隅",是"增色归化"而语义含糊,是不达;词陈、调滥,是不雅,愧对版本的"权威"。《乌鸦》也有类似弊病,如第一节的最后两行,特别是重复多次的最后一行:

"Tis some visiter",I muttered,"tapping at my chamber door——
Only this and nothing more."

"有人来也",我轻声嘟囔,"正在叩击我的门环
唯此而已,别无他般。"

"有人来也",仿佛是个中国老夫子在说话,"正在叩击门环",使人想到

的就会是中式大门，中式建筑的 chamber door 房门上也不按门环。可是别无“他般”，能有几人懂得？这样的语言出现在 2012 年的出版物上，是不是个时代错误？而且文白夹杂：在此已抹去芳名，直至永远；唯有黑夜，别无他般；那不过是风，别无他般；栖息在黑夜，仅如此这般；乌鸦答曰，“永不复焉”；而且名叫，“永不复焉”；这时乌鸦说，“永不复焉”；永不复焉，永不复焉；她还会靠么，啊，永不复焉；这是乌鸦说“永不复焉”；乌鸦答曰，“永不复焉”；解脱么，永不复焉！ nothing more 译，别无他般；nevermore，译，永不复焉。

而且，称“诗集”不称诗选，也难免误导之嫌。

一次接受《文艺报》记者采访，我说过：“还是丁玲的‘一本书主义’有道理。一个文学翻译工作者，不必多，一生留下一部能够传之久远的译作，就不虚此生。”曹先生却说，“一本书主义”的影响“会制约个体生命的创造力”。这是过分夸张了“一本书主义”的作用，试想这世界主义之多，又有哪一种能制约了个体创造力？想不到曹先生对这样简单明了的话也会误解，“不虚此生”只是下限，丁玲本人就不曾止步于《太阳照在桑干河上》，不知曹先生的哪一本或哪一首译作能够成为传世之作？或者是“自有公论”的那一首？

至于曹先生声称“准备增加一个《莎士比亚全集》译本”，我要说，曾经是经过几代人前赴后继的努力才告完成的工作，在今天，连不懂或粗通英语而有较好中文文字修养和校勘功底的编校人才，就完全可以独自“译”出一部较好的善本。但是对于在英汉两种文字的驾驭能力尚有欠缺而又不知诗为何物的“译者”，却难有指望。曹先生若能戒骄戒躁，弥补不足，我由衷乐观其成。

不久前在《中国翻译》上读到曹先生一篇断言 Perfect Storm 中 Perfect 一词词义已经转变为“交汇”的论文，我就想对曹先生讲我在这里写出来的这一番话，但是，他没有给我机会，我只能在会上指出：Perfect 的词义并没有变化，Storm本来就由多种因素交汇形成。但是，由于曹先生也成了该刊编委，该刊又是个编委们准同仁刊物，写什么就能发什么，而且不受批评，我就不能不提醒：还是谨慎些好。特别是在读到了“拈花微笑”自我评价之后，我便觉得有义务公开说出我的看法。因为我曾为他的博士论文写过序言“一览众山小”，有人曾为此而批评我，我并不后悔，因为那是称赞他读书的勤奋，也是肯定他在“创造性叛逆”之声甚嚣尘上的环境中不曾随波逐流而在理论上保持着翻译务必求信的一份清醒，并不涉及他的翻译实践。对他的自我评价，我愿以一言相劝：还是“深挖洞，广积粮，缓称王”为好。

我从来认为，也曾公开承认，只要我一息尚存，我所有的译作全都是半成品，我追求“传之久远”，所以，我要以毕生的努力，不断修正可能存在、一定会有的误读误译，并且坚信，一个有抱负的文学翻译工作者，什么时候也没有理由自满，只应该在力求形神兼备的道路上，奋力前行，精益求精。

赝品时代的写作

吴 亮

"现时代生活的最大秘密,就是它的——不真实。"

这句话并非是我的发明。十年前,我第一次读到这句话时心头曾为之一颤。我惊恐地合上书本,逃到大街上,试图去证实(或推翻)那咒语般的判断——它像锋利的薄刃,挑破了我和现实之间的那层纸:现实,以及现实投在纸上的影子,究竟孰真孰假?或者,居然全是"不真实"?那时候我已放弃了文学阅读,因为它已经没有真实性可言。可是,展布在我面前的现实,它的真实性又如何?

我把这个悬而未决的问题搁置起来,没想到一搁置就是十年。

十年过去,一个赝品时代降临了——不必去历数那充斥在我们四周,在那光华四射如山般堆积的丰裕物品中,在那时髦人群的衣冠面具背后,在喧哗里,在无数闪烁财富的高楼大厦内部的种种虚假不实,就回到我久违的文学写作中随便浏览一下吧,那里,最近发生了一些什么变故?现代主义大势已去,被市场体系所促成的享乐主义全面抬头,正在嘲弄精神和伦理的守护人。俗鄙的趣味,伪劣而夸张的故事被粉饰成新潮,无聊的拜物教宣谕,斑斓却又贫瘠的拼贴文体四处泛滥,糟糕透顶的灵魂侏儒畅言无忌地盛行于世,这一切,竟然还获致热烈而愚蠢的喝彩!

很久以前,大卫·罗塞就曾经预言:"普通人都不晓得凡事皆可能成真。"如果赝品亦可成真,那赝品就不再是赝品。如果恶俗亦成时尚,那恶俗就不再是恶俗。同样,如果侏儒小人也在竞相写作粉墨登场,我们这些不愿变作犀牛的人又当如何?

也许是我错了?要么你们错,要么我错——错乱也好,佯作错乱也好,这种时髦是怎样形成的？自暴和自慰，这种时髦是何时开始蔓延的？在众目睽睽下用写作进行脱衣秀，这种时髦到底受到什么人的欢迎？不名誉的出名，不择手段的出名，这种荒唐的丑闻为什么也会变成时髦？你们助长了并且推动了这种种不名誉的错误，你们欢呼这种不名誉是一种新的自由而忘了这其实是一种新的奴役，你们推崇这种恶俗的写作，为它贴上了前卫的标签却不知道那是玷污了“前卫”这一光荣的称号，你们用鼻子嗅到了新写作中的香水味，可是没有能力嗅到里面的腐败气息，你们说那代表了未来但忽略了未来的陷阱、沼泽与坟墓——总之，你们实在是愚不可及的一帮！

还有你们，你们谁是无耻的萨德？谁是大胆的热内？谁是早慧的萨冈？谁是佯狂的金斯堡？谁是费茨杰拉德？谁是凯鲁亚克？谁是米勒？谁是梅勒？谁是垮掉的一代迷惘的一代？谁是摇滚歌手？谁在吸毒？谁在酗酒？谁在滥交？你们中没有谁具备极端的经验，罕见的天才，巨大的勇气，诡异的风格，率真的面貌，和一往无前的姿态，你们什么都没有。所以你们只是——一群赝品制作者。少给我说什么张爱玲杜拉斯，你们离张爱玲十万八千里，离杜拉斯八十万里都不止。你们那些由通俗艳史、被殖民心态、月份牌趣味、流行歌词、翻译文学段落、物品商标符号、电影印象、道听途说和浮光掠影以及对大都会的皮相描绘搭配起来的作品，只能骗骗那些趋时逐新不知深浅的乡巴佬。

赝品还在不断滋长。由于公众鉴识力的低下，以及在此基础上批评的低智化，对所谓“文化异类”的保护正走在歧途中——因为不可避免的尖锐性，真正的文化异类并未浮出水面，那些哗众取宠无关痛痒便“适时”地在社会的不设防地带充当了文化异类——这真是对赝品时代的最好注脚和最大讽刺。

当然，单件赝品不必对赝品时代负责。单件的赝品满足的只是一种偷盗和暗中仿制的不光彩喜悦。在赝品写作的核心，那个闪亮登场的叙述者,正如精神分析家莱斯利·法伯所形容的,是"一个秘密的、不可爱的、不正当的自我"。对这样的叙述者,海伦娜·德茨称之为"拟人格者",他比假的自我更像变色龙,因为他"时刻准备拾取外界的信号,照此形成自己和自己的行为",一会儿模仿这类人,一会儿又模仿那类人,却没有意识到自己内心深处的"空洞"。

这种"拟人格者"由于适逢网络时代,通过资讯高速公路截获全球图像、易死的流行素材、与他人共享话题资源便十分地稀松平常。在此背景下,"拟人格者"就成为网络的"受益者"同时又是网络的"受役者"。这双重身份使他们的写作沦为一种比不真实还要不真实的荒谬活动——它扭曲基本现实和信息,把可疑的事物和所谓的"时髦问题"搬到"在"的位置,混淆公众本来就不善辨别的视听能力。

那所谓的时髦问题,多半围绕着"身体"展开:受虐式的或小布尔乔亚的传统快乐,多动症,爱欲,痛感,听觉神经,等等,成为无知读者经常窥见的身体形象或身体的感觉抒发。它一方面生怕别人不知道地大讲"身体经验"和"身体历险",另一方面则不断提醒读者"身体的位置"和"身体的移动"——场所,场所和场所间的变移与换幕——这急不可耐的表达背后,恰恰是赝品时代的一个心理症候:极度焦虑,希望被观赏又害怕观赏者把视线移开的焦虑。

乱哄哄你方唱罢我登场,到头来都在看他人脱衣裳。这种表演还有完没完?当克里斯蒂娃指出女人被搁置在历史之外时,赝品时代的写作则倒退到自得其乐地把女人重新搁置到了床上或浴缸之中,使之再度成为男人欲望的对象或性幻想的对象。这种消费模式的广泛盛行为何没有受到批评?床和浴缸,这盛载女性躯体的经典道具,为何会反复出现在写作之中?自从马拉被打死在浴缸中之后,浴缸就从悲剧道具世俗化为日常道具;自从塞尚把"出浴女人"描绘成破碎的人体之后,"浴缸里的女人"就从形式主义符号再一次返回到色情符号,或者成为卫生洁具商常用的广告标识——

你们在那大量的“浴缸女人”的叙述中,又读出点什么?

生活质量也许在提高,生存的质量却在下降。你们说,“生活无罪”,用这样一句口号,能否逃避生存的质问?生活难道没有问题?你们说,“不管同意不同意,新的写作出现了”,这是真的吗?假如我说:“不管你们同意不同意,我的否定出现了。”你们又该如何评说?至于我,我什么时候在乎过你们的评说?

写作对时代的想象力现在丧失殆尽,它不再是质疑而是献媚,它走的是一条广告的路线,邀宠的路线。对赝品时代的赞美,使写作堕落成双倍的赝品,那种蹩脚的故事、自述、小说或非小说,正汇合成庸俗的大合唱,一个想象中的现代的、全球的、物质至上的、躯体享乐的背景及价值系统,正在一厢情愿地抹杀地区差异、文化差异、经济差异和意识形态差异,兴致盎然地拷贝这样一种观念:生活正在进步,生活变得轻松,生活是一连串的享乐,生活是不断地狂欢。

这是不是你们的观点?只要成功出名,怎么说都成?只要你们这么认为,就毋庸怀疑?即便不放在宏大的时代背景前,把你们放回到一家三流小剧场,结论都是同样的:不诚实的没有灵魂力量的赝品。

罗伯特·休斯说:“现在的难题不是国王没有穿衣服,而是在衣服下,根本看不到国王。”这种对安徒生童话的“反写”,正表明我们的时代已从“有趣的童话”滑向了“无味的谎言”。的确,在那个花里胡哨的赝品市场的叫卖声中,所有的摊主都有着艳俗的容貌,它仿佛是一张张经过加工渲染甚至篡改合成后的照片,令人遐想其“原型”又令人怀疑其“原型”,而所有的好奇者、潜在的购买者、争睹者、围观者,他们也全被不真实的欲望和需求牢牢地控制。假的作品、假的生活、假的表情、假的故事、假的广告,甚至假的面容和假的肢体,这难道就是你们置身其中的写作市场?也许,在这么一个特殊的历史间隙,你们由于人云亦云心甘情愿被赝品和劣质文化牵着鼻子走,已经不配看到真实的事物和真实的作品了。

也说赵本山

王灿章

赵本山是有推动力的，他将“东北二人转”这一独特的曲艺演唱和表现形式推出东北，走上京城，登上春晚，进而知名全国。

独特的表演形式，规模小，人员少，道具简单，唱白自然流畅，演出地点机动灵活，不受场地限制，充满东北黑土地乡土味。多是二人表演，少有三人、四人的。“东北二人转”常是一旦一丑的结合，讲究的美（女）与丑（男）的搭配，追求美与丑的对比落差，从而达到意想不到的演出效果。丑角在二人转的表演体系中，占有“半壁江山”的重要地位且具有统领作用，常以“丑”为主，以旦为辅，更有甚者，是旦中见丑，形成二丑艺术。赵本山的小品表演有的达到了二者完美的结合。

赵本山上春晚以后，22 年推出 21 个小品，年年多获一等奖，有“小品王”之称，居于霸主的地位。自然，这与他在喜剧小品的刻意追求不无关系，但是，也奇怪了，十几亿人的泱泱大国，专业和非专业的文艺人才济济，为何却黯然失色呢？这就涉及他之所以走红的原因。

赵本山之所以走红，窃以为原因如下：

一是 20 世纪 80 年代以后，中国处于转型期，人们普遍渴求文艺表现的多元化，东北有二人转肥沃的土壤。记得 1992 年 6 月我到长春参加全国中师校长培训班，曾在长春的几所中师有幸观看了带有二人转节目的文艺专场演出，那时我就赞不绝口，惊异师范师生超群的文艺演出。赵本山则应运而生，一定程度上满足了人们的审美需求，因之，他是中国转型期的产物。二是与当下文化氛围、文艺状况有关。“四人帮”完蛋以后，八个样板戏被搁置无闻，喜剧小品有它生存的广阔空间。但是喜剧小品作为讽刺的对象，写深了，写高了，人们心存疑惧，心有余悸，赵本山专拿小人物开涮，风险较小，所以，才形成了一枝独秀的局面。三是与受众对象也有很大关系。中国有13亿人，但却有近80%是农民阶层，虽然加快了城镇化的步伐，据说已超过50%，但农民的印记、农民的心理、农民的审美情趣和心态尚未根本改变，而赵本山的出现（他农民出身），多年练就的玩地摊的老本行，具有得天独厚的优势，再加上文艺演出中娱乐化、商业化运作的推波助澜，给赵本山的喜剧小品表演，提供了广阔的文化市场。而受众中大约80%的人只具有中等或稍下的文化水平，他们要工作，要上班，但也需要文艺娱乐的滋润，于是一拍即合，春晚又是这样显赫的顶级文艺大舞台，"我要上春晚，你看行不行"已成为当今的流行语，所以，赵本山上春晚，那是如鱼得水，鸟飞蓝天，年年登上春晚，那也是顺理成章的事情。甚至"神话"到人们期盼赵本山上春晚，赵本山不上春晚不成席的局面，也就不足为奇了。

赵本山注定是在争议中前行的。从他出道文艺圈之后，既受欢迎，也受贬低。打一开始就褒贬不一，"我就不喜欢他个样"，周围不少人持这一观点。但因为他所讽刺之人，一为残疾人，二为肥胖者，三为精神病患者，茫茫人海中，大有人在，且又是底层小人物，刺一下，无伤大雅，像阿Q式的人物，也都习惯了，麻木了，刺一下反而喜气洋洋的，不刺反而不舒服，其他没有更好的可以取代，大行其道也就是必然的了。只要文艺的娱乐化、搞笑化存在，赵本山式的"丑角"表演形式仍能大行其道。既然央视文艺节目主持人能在台上插科打诨，逗人发笑，大腕明星可以装疯卖傻，一本正经中透出流气，一般观众受世俗的熏陶，乐于喜于接受，加上娱乐至上，寻求精神刺激的风势正浓，赵本山心中窃喜，乐不可支，小沈阳又登台亮相，徒弟争锋，后继有人。争议归争议，生存的空间还大着呢。

从文艺批评的角度对赵本山适当定位，也有必要。赵本山如此蹿红，而又褒贬不一，毁誉参半，有必要加以界定。即定位给以恰当的评价，不必抬到吓人的高度，甚至"神化"，好像他有什么神机妙算，灵丹妙药，能使亿万人们期盼的春晚永远立于霸主地位。对赵本山也应该好处说好，不好处说不好，还他以本来的面目，什么“小品王”、“文艺大师”、“东方的卓别林”等等，未免拔得过高，有些脱节，让人有些不服。赵本山出身农民，饱尝农民生活的艰辛，在基层摸爬滚打练就了较强的表演艺术基本功，登上春晚，那也是必然的。但央视走红以后，他又有了刘老根大舞台、本山传媒公司等等，现在已身份陡变。据《华西都市报》载：赵本山以“东北二人转”表演出名，是中国小品艺术家，1990 年开始参加央视春晚，被誉为“小品王”，连续多年入选央视春晚“最受欢迎表演节目”。据爆其拥有 10 亿人民币身家和 30 亿人民币资产、2011 年荣登财经杂志《福布斯》“中国名人榜”第 10 名，拥有私人飞机赶场表演。以上报载如果属实的话，我们可以说，赵本山早已脱离了农民的身份和农民的阶层，登上了中国富豪榜，骨子里虽还有农民的些微特质，但哪里还是农民的代言人呢，富了、阔了的赵本山就没有了农民那种质朴、勤俭的特质。

从以上简单回顾可以看出，赵本山还像个地道的黑土地的农民吗？赵本山的演艺生涯取得了骄人的成绩，应该肯定，作为“东北二人转”的领军人物，无可厚非。要用演艺圈常用的“德艺双馨”的标尺去量，恐怕还是有点距离的，奉送“大师”之类的帽子还为时过早呢。热切期盼专业的文艺理论工作者，作出全面而中肯的批评和评价。

重点作品应该扶持谁?

李　尧

最近,某地作协2013年度重点创作选题扶持入选篇目出笼了。入选的这十部作品中,80%是作协主席、副主席、著名作家、杂志副总编等有头有脸的人,只有两名是无名之辈的年轻作者。这让我的头脑里不由得画了个大问号:重点作品应该扶持谁?

对于扶持作品的条件,第一条是关于作品的思想性,即"题旨能够体现先进文化前进方向和时代生活的主旋律,具有振奋民族精神、丰富民族情感、满足人民日益增长的精神文化需求的潜质"。这一条是思想方向,无可厚非,是每部作品都应该做到的。还有两条我就想不通了:一是,"作家具有较高的文学素养和写作能力,创作态度严肃认真。在省级以上文学期刊(出版社)发表(出版)过同类体裁的文学作品";二是,作家应熟悉相关题材领域的人物和生活,具有深厚的生活积累,艺术构思成熟。既然已经具备了这么高的条件,还需要扶持吗?在这十部作品中,有不少人获过包括全国"五个一工程奖"、"鲁迅文学奖"、"少数民族文学'骏马奖'"等全国重大奖项,他们在全国的作家中也是出类拔萃的佼佼者。这些高人如果需要重点扶持,那么基层的特别是农村的青年作者们就更需要重点扶持了吧?可是,每年需要重点扶持的人却没有他们。这是多么奇怪,多么可悲,又多么令人深思的问题啊!

我认为,既然说扶持,就应该扶持弱者,扶持的对象应该是:一,有好的写作素材,但作者能力有限,无力把握写好,需要名人指点或具体帮助修改的作者;二,已经写出了好作品,不知怎样投稿,或因市场的原因不能出版,自己又没钱自费出版的基层作者,特别是农民作者;三,写作重大题材,掌握素材却不充足,需要到外地采访补充或体验生活,自己又无力支付高额差旅费的业余作者。至于省、市作协的主席、副主席、著名作家或杂志总编辑等名人,无论从哪个角度说,他们都不能算弱者吧?这些人写作水平都较高,属于那种应该扶持帮助业余作者的行家里手,他们怎么也拼命地往被扶持的弱者行列中钻呢?根据作协扶持的文件规定,大概有以下两种原因:

第一,被扶持有诸多好处:一是给钱。某省作协明文规定:对作家深入生活、实地采访、查阅资料等创作准备活动予以资助和补贴,补贴金额一般为3 000元,不超过5 000元。如果具有重大社会效益以及公益性、史料性和学术性的选题,还可予以出版资助;确定为省重点扶持作品,就获得了向中国作家协会推荐的资格。如果获得全国性重要文学奖项(茅盾文学奖、鲁迅文学奖、全国"五个一工程奖"、少数民族文学"骏马奖")的优秀作品,还可以获得10 000元奖励。这是多么大的诱惑啊!二是可得到主管部门关注。入选作品可以得到省作协创联部和推荐单位负责跟踪管理,通过组织召开创作规划会和专家研讨会,及时了解作家的创作计划和重点选题的创作进展情况,尽可能为作者解决创作中遇到的实际困难。对于适宜改编成影、视、戏剧剧本的作品,省作协可向有关制作单位推荐;三是作家在创作过程中需要就创作问题征询意见时,省作协负责组织有关专家研讨并提出建议,供作家参考;四是作家在实地采访、查阅资料过程中遇有困难时,在创作过程中需要请创作假时,省作协予以积极协助;五是作品完成后,可由省作协向出版机构推荐;六是能得到宣传。作协对优秀作品,通过举办首发式、作品研讨会、组织专家评论等方式予以宣传推介。

第二,圈子内部操作,依权评自己。遴选内幕我们不知,但文件规定,重点选题创作完成后,由省作协委托专家进行审读。既然专家是作协委托的,他们能胳膊肘往外扭吗?俗话说,吃谁向谁。专家拿着作协的评审费,不会那么没"良心"吧。再说,这些作协的领导、杂志的主编之类领导,专家们也不敢得罪啊！就是看人情面子也得把好处给了这些人，肥水不流外人田嘛！

文件说，扶持的目的是为了“积极探索并逐步形成促进文学精品创作和人才成长的工作机制”。至于这些被扶持的作品是不是、能不能真的成为精品，只有以后再说了。然而，作品出版之后，已经时过境迁，人们早把这些扶持的作品忘记了，谁还会惦记这些作品是否成为精品呢。再说，精品的评选还是这些人，即便评上了精品，读者是不是认账呢？

这个问题不只是某地有，其他地区有的也有。这个问题也不是我第一次提出来的。早在2006年，中央提出建设社会主义新农村的重大历史任务后，中国作协和一些省市作协提出狠抓农村题材文学创作，扶助和扶植农村作家和作品的事。湖南省作协同省文联一道启动了文艺家“三湘百村行”采风创作活动，即每个村派出一位作家、一位摄影家，以文学和摄影的方式反映农村变化，扶持重点作品也注意向农村题材文学作品倾斜；江西则重视培养和扶持农民作者，关注农村的文学创作和文学活动；视作品创作难度等因素，扶持资金在1万元至2万元之间；对已经出版的作品的扶持资金则主要用于作品的研讨、宣传、推荐等项目上。当时的媒体就“发现有大量小说扶持的作者都为作协领导”，“被扶持的小说项目近一半作者都有‘身份’，不是文联就是作协的主席或副主席”，或作协机关人员、报刊社主编等，真正需要重点扶持的基层作者获得扶持的概率几乎等于零。时间过去多年，人们质疑作协“扶持”的“不公平”问题，不仅没有改掉，有的地方反而越来越严重了。我们国家的作协是享受国家财政拨款的。国家审计署发布的《2010年第19号审计结果公告》中显示，“政府每年仅给中国作协的财政拨款就达到1.3亿元”，如果加上省级、市级作协的种种评奖开支，这将是多么大的一笔开支啊！就通过这样的“扶植”和评选等活动，装进了圈子中人的腰包了。有人质疑，作协扶持重点作品花费那么多钱，究竟扶持出了多少脍炙人口、人民群众喜闻乐见的好作品呢？即便有的被评为“精品”,也是他们圈子中的专家评的,广大读者会不会认账呢?

目前,全国各行各业正在深入学习贯彻落实中央十八大精神,贯彻执行中央八项规定、六条禁令。作为精神文明建设的各级作家协会,是不是也该联系自己的工作实际,规定几条适合本行业的规定和禁令呢?

我们热切地期望着,全国广大作者特别是基层作者们热切地期盼着。

●【直 言】

“看见”的和看不见的

陈 冲

■《看见》是一个访谈类节目，新闻事件的事实、经过只是作为背景而存在，重点在于当事人对那个事件的“说法”。因为这个节目里的内容“听见”多于、大于“看见”。这样我们就跳出了那个“指点”，不局限于节目里能看见什么和看不见什么，而是节目里有什么和没有什么。也就是说，《看见》里让你看见的那些东西的实质，是由那些你看不见和不让你看见的东西决定的。所以我们记住了柴静，正如我们记住了雷锋。

■ 如果我们一旦把目光越过一位作家，延伸到整个文坛，看看那些表扬稿都在表扬什么，就足以知道当下的文学创作有什么和没有什么、多什么和缺什么了。“有”和“多”的是“小”，“没有”和“缺”的是“大”。我甚至觉得现在只要“大”就好，连“大”什么都显得不是很重要了。当然，我更期待的是另外的三个“大”——大胸怀、大气象、大手笔。我知道这有难度，因为这需要作家的精神高度、信仰和理想。

近日又读到一篇表扬稿，表扬的是迟子建日前推出的新作《黄鸡白酒》。表扬稿中引起我注意的是这样一段话:"这部小说集,旨在为市井人物做传,写平凡生活、写平凡人物,并没有哗众取宠的大悬念、大离奇、大落差、大波澜,而是娓娓道来,细细叙说,情真意切,字里行间充满着温婉的味道。在当今文坛之中,迟子建仍是这样一位作家,她坚持写平凡生活中的小人物,世俗中的小事情,平淡如水的文字中透着苍凉,也裹着温情。"区区本不在出版界的那种名单上,"日前推出的新作"刚刚"好评如潮"的时候,我通常是看不到该本"新作"的,这一次也不例外。没读过作品,却要对表扬该作品的表扬稿发点议论,缘于我个人对批评的一种认识:批评从本质上说与创作没有关系,批评者通过对作品的批评,阐释的是他自己对世界的认识。就这篇表扬稿里的上引文字来说,作品里有那两个"平凡",没有那四个"大",可能是实情——据我对迟子建其他作品的印象,也应该是实情。按我的理解,一个作家的作品里,不可能什么都有,总归是有这个没那个或有那个没这个,批评者指出其有什么和没有什么,原是一种认知判断,不是价值判断。我不理解的是,为什么到了这种表扬稿里,情况就发生了质的变化,凡是它所要表扬的作品里没有的东西,就全成了坏东西,例如那四个"大",怎么就全成了"哗众取宠"?

如果仅仅把这当作一个文字问题,倒也相对简单,比如跟表扬稿的写家打个商量,把那个"哗众取宠"去掉,让两个"平凡"和四个"大"全都回归中性化,也就是了。但像我这种岁数的人,当年都反复学习乃至背诵过一条放之四海而皆准的道理,大意是世界上没有无缘无故的爱,也没有无缘无故的恨。那么,这个"哗众取宠",人家自然也不是无缘无故就加在这里的。有了这个"哗众取宠",原来的认知判断便被赋予了价值判断的含义。也正是在这一点上,它让我想到了最近刚学到的一个心得体会:当我们从有什么和没有什么这个角度去进行价值判断时,那个"有什么"的真实的含义及其价值,往往要通过那个"没有什么"才能做出正确的判断,即:有什么的意义是由没有什么来决定的。

这个道理，是我在学习另一本书的时候弄明白的，这本书是柴静的《看见》。“学习”不是“读”。这本书我远没有“通读”过；在“学习”的信息来源中，各种议论远超过该读物本身。

《看见》据说很畅销。究竟有多畅销，却说不好。我在前后相隔十分钟里看到的两个材料，一说是已经超过 100 万册，一说是已经超过 150 万册。之所以会有 50 万册的差距，我猜想那原因大概是因为地税局并不根据这种随便一报的数据征税。其实这个并不重要，因为能超过 10 万册，就已经要算很畅销了。作者柴静是一位很有亲和力的女性。我知道她供职于央视，至于她的身份，我知道的说法有三种，一说她是记者，一说她是出镜记者，一说她是新闻节目主持人。这三种说法究竟哪种对，或者说究竟哪种更接近于真实，我不懂相关业务，无从判断。如果让我以一个单纯的听众的角度说出我的直接感受，那么我觉得她更像一位宣传者。当然，她多数是通过提问，或者无妨说主要是用问号来表达的宣传者，所以不像另一种主要用感叹号来表达的宣传者，从措辞到语气到表情，让人一听就是在代表某某台某某院说话。

《看见》这本书的文体，我也说不好。我对文体一向模模糊糊。最近看到一篇文章，说《看见》是一部“散文自传体著作”，虽然直觉其有点夸张，但也想不出有什么理由来指称这说法不对。不过，如果让我以一个单纯的读者的角度说出我的直接感受，那么我觉得那一篇篇文字更像是对应着的一个个电视节目的说明书，但文笔确属上乘，决不“平淡如水”，完全可以当一本文学读物来看。我只是从网络博客上看过其中的几篇，单看文字时，很难明白它说的是什么，只有在看过博客里所附的那期节目的视频以后，才能对上号：这一段文字是这一段视频的说明，那一段文字是那一段视频的说明。所以，如果离开那个也叫《看见》的电视栏目，单看也叫《看见》的这本读物，我很难想象能单独从文字里读出什么内容来。

那么，电视上的《看见》又是怎样一个栏目呢？有一篇文章指点我们：

要理解《看见》这个栏目，就得从“看见”入手——柴静和她的团队让我们看见了什么，或者说得更直接一点，就是我们从《看见》里看见了什么。有一阵，我觉得这样讲有道理，但很快改了主意，认识到这是一种误导，一种欺骗。促使我改主意的是最近发生的一件事，这件事告诉我们，认识一件事，不能只看它里面有什么，更要看它里面没有什么。

这件事，就是一些地方出台了“严禁以人查房”的规定。这个规定里有什么？保护公民的个人隐私。这个规定里没有什么？没有官员房产公示。当然，要把这两者联系起来，所需要的思维逻辑稍微复杂一点，因为从最表层看，官员财产公示不在这个规定的涵盖范围之内，但是这个“稍微复杂一点”的复杂程度也很有限，只不过想一想这个规定是在那个制度多年未能通过的前提下出台的就行了。而且，你还可以由此再稍微多想一点，比如那个说了多少年的财产公示制度，千呼万唤就是出不来，而这个规定呢，接连查出“房姐”、“房嫂”、“房婶”、“房叔”才几个月，它说出来就出来了，让人不能不惊讶于其出手之快，效率之高。如果再联想到那个制度之所以出不来，据说就是因为在种种需要含糊的地方找不到各方都能接受的平衡点，那么这个规定却没有任何含糊之处，就是毫不含糊的两个字：严禁。我非常想严重建议将这件事收入中学语文教材，用来教会我们的孩子如何进行逻辑思维和辩证思维。辩证法是个好东西；我们长期以来口称提倡辩证法，其结果却是“形而上学猖獗”，主要原因就是偷换概念，用不讲逻辑的诡辩取代了辩证法。

将同样的方法应用于《看见》，也需要做一点“技术性处理”，就是不要被“看见”这个词所局限。《看见》是一个访谈类节目，新闻事件的事实、经过只是作为背景而存在，重点在于当事人对那个事件的“说法”。在这个节目中，我们“看见”得最多的只是采访者和被采访者两张脸，重点在于听他们怎么说和说什么。所以，我把自己定位为听众而不是观众，因为这个节目里的内容“听见”多于、大于“看见”。这样我们就跳出了那个“指点”，不局限于节目里能看见什么和看不见什么,而是节目里有什么和没有什么。

为了试验一下这种方法的有效性,我从《看见》里挑选了一个节目做实例:《教练李永波》。柴静说她做的节目是"因为工作原因,我恰好与这些人相遇",我倒更愿意承认这是我挑选的结果,不说只是碰巧看过这期节目,虽然实际上我确实总共也没看过几期。在这个题为《教练李永波》的节目里,讲的是伦敦奥运会上中国羽毛球队女双选手消极比赛事件。节目里有什么?有中国羽毛球队总教练李永波讲他当时为什么要这样做。节目里没有什么?首先,没有韩国教练因为同样的消极比赛所受到的处罚。同样是因为消极比赛,其中的一场还正是与中国那对选手的比赛,韩国羽毛球队的总教练成汉国和女双教练金文秀被剥夺教练资格,按韩国羽协官员的解释,该二人"相当于被勒令永久退出羽毛球界"。成汉国在回答记者提问时说:"我无颜说明为什么会发生这种事情,不论是什么理由,都不应该发生这种事情。"其次,也没有观众看比赛时的感受。《看见》显然不关心他们在比赛现场"看见"了什么。公平地说,柴静确实提出了观众感受的问题,但被大讲金牌"巨大价值"的李永波用"六千人"三个字一带而过。在李永波的金牌语境里,与那个"巨大价值"相比,区区六千人的感受确实不值一提不屑一顾。而柴静也就很配合地加了一句:还有电视观众。这个话,猛一听好像是追问,其实却是配合,李永波没有接茬,即可证明。电视观众好像人数众多,但在这个事件中,与现场观众在性质上是完全不同的。电视观众可以很轻易地换台,现场观众却不能同样轻易地下决心退场。其实也用不着六千人,你只要想象其中的某一个人,花了不菲的英镑,好不容易才买到一张门票,提前若干时间风尘仆仆地赶到比赛场馆,费时费力地找到一个停车位,散场时还得等半天才能把车开出来,坐下后又眼巴巴地等着比赛开始,期待着能看到一场精彩的比赛——虽然只是小组赛,但双方都是世界顶尖组合,相当于提前进行的决赛半决赛,肯定会打得难分难解,精彩迭出。可是结果呢?"看见"的竟然是双方选手不断轮换着发球下网!

在这一点上,李永波说的倒是实话:只能发球下网。把球发过去了,对方不接怎么办?好了,我们就只说这两个"没有"吧。虽然实际上还存在着其他的"没有",但我们也知道有许多"没有",比如相关的行政当局,是否研究过要不要给李永波某种处罚的问题,如果研究过,又是怎么和为什么决定不给任何处罚的,如此等等吧,都是不可能让我们"看见"或听见的,自然也就不必再存此奢望,但它们仍然不失为某种新闻背景而存在。如果不考虑这些"没有什么",只考虑节目里"有什么",那么我们"看见"和听见的就是李永波所陈述的"当时为什么要这样做"的理由。不论我们多么不赞同他的说法,我们还是得承认他有这样说的权利,而作为业内人士,他的说法至少也是一家之言。但在考虑到这些"没有什么"之后,原来的"有什么"就发生了质的改变。我们很自然地会想到,在韩国羽协对两位韩国教练重罚之后,中国的相关当局面临着"总得给球迷一个交代"的压力,在拖延了一段时间,也就是把事情"撂凉了"之后,柴静便"因为工作关系","恰好"与李永波这个人"相遇",从而提供了一个机会,使相关当局得以借此完成了给球迷的交代。它通过李永波的露面,向球迷传达了一个明确的信息:中国不会处罚自己的教练。为什么不处罚?就不让你知道了,只是让李永波出面讲讲他当时为什么这样做的理由。既然你已经知道李永波不会受到处罚了,那么你自然会理解李永波讲的那些理由,正是当局不处罚他的原因。但是你又不能较真;如果你质问李永波的说法能否代表当局,那你得到的回答必然是否定的。正因为《看见》提供了这样的平台和语境,韩国教练成汉国觉得"无颜说明"的"为什么会发生这种事情",中国教练李永波却能理直气壮地给出了"说明"。这个说明如果要概括为一句话,我认为最好的概括应该是:凡是没有能力拿金牌的人,就没有资格谈论金牌的价值和意义。因此,若要再进一步简化,则可以概括为两个字:"(你们都给我)闭嘴!"

前面说了,我总共没有看过几期《看见》,所以不好就说这种方法是不是通用于它的大多数节目。但是我愿意相信一个批评性的评论的说法。

当然，持这种说法的人无缘“恰好”与柴静“相遇”，因为央视根本不会产生这种“工作原因”，所以他只能在网络上被人“看见”，尽管他的说法远比李永波的金牌论更具可信性。这位网友说：“其实柴静就是一个雷锋式的记者，无论雷锋帮助甲乙丙丁哪一个，主角永远都是他；柴静也一样，无论采访甲乙丙丁哪一个，主角也永远都是她。”这个富有想象力的联想很奇妙，也很贴切。和柴静一样，雷锋其实也是一位宣传者，即所做的那些事所产生的宣传效果，比这些事本身的价值要高很多。记得毛泽东“向雷锋同志学习”题词刚发表的时候，我正因右胳膊有劲接受劳动教养，在学习讨论会上发言说，看了毛主席的题词后，我非常感动，作为伟大的领袖，毛主席他老人家还表示要向一位普通的士兵学习，品德多么高尚啊！结果会后被队长叫到队部去批了一通，说毛主席这个题词，不是说他要向雷锋学习，而是要你们向雷锋学习，懂吗？

在我看过的几期节目中，实事求是地说，给被采访者的镜头，时长都远超过柴静，所以说“主角”永远都是她不够准确。准确地说，应该是你在看过若干期之后，真能记住的是柴静，而不是那些被采访者。这说明前面说的这种方法，即使不能通用于多数节目，却适用于整个栏目。也就是说，《看见》里让你看见的那些东西的实质，是由那些你看不见和不让你看见的东西决定的。所以我们记住了柴静，正如我们记住了雷锋。“向雷锋同志学习”的真实意义，不是由这七个字的词义决定的，而是由它那个短缺了的主语决定的。所以半个世纪以来，学什么的问题不断与时俱进，从只知道要么“鞭子抽我身”、要么“夺过鞭子揍敌人”的雷锋，一代一代演化为“青春雷锋”、“时尚雷锋”，而要谁学的问题却岿然不动，恒久不变。正因为有了这个不变，才有了学什么中的另一个不变，即无论提倡的具体内容怎样变，这些内容却永远都是“正面的东西”。为什么把“正面的东西”提倡了五十年，却弄出了一个世风日下的结果？我的答案是：不是因为这些被提倡的东西不正面，而是因为还有另外一些同样很正面的东西不在提倡之列。

最近有个不算很大的刑事案件，也引起了诸多的议论，即小 L 涉嫌轮奸案。我赞同一种专家的说法：未成年人涉嫌犯罪，在法院做出判决之前，其个人隐私应该受到充分的保护，虽然有人说现在无论你用什么代称，别人一看就知道你在说谁，我还是坚持用代称。我更不赞成一个孩子涉嫌犯罪，就去抖落人家的家丑，但我确实在这种抖落中看到并想到一个问题，那就是其父在一档电视节目里，谈到孩子犯了错也舍不得打之后，仍然信心满满地认为：孩子不会学坏的，因为我们给他的都是正面的东西嘛。这话让我觉得，仅仅指责他的溺爱是远远不够的，更应该受到指责的是他的糊涂——他不知道当他给予的这些正面的东西的气场越是强大时，另一些他没有给予的同样正面的东西就越容易被压制。君不见原本是针对日本政府"出售"钓鱼岛的抗议游行，竟然发展到不仅要把国产日系车砸个稀巴烂，还要把车主的脑袋也砸个稀巴烂。为什么？就因为情绪化的气场过了头，爱别人和爱自己就越容易失去立锥之地。

这就是有什么和没有什么的辩证关系。

实际上，这种方法有很大的通用性，可以适用于很多事情很多领域。举个受到过普遍关注的例子吧。2012 年 11 月 24 日，我国研制的歼－15 舰载机在"辽宁号"航母上首次起降试训成功。这是一次真正的创造历史之举，意义十分重大，怎么宣传都不过分。可是，在我看到的有关宣传中，总让我觉得少了点什么。或许因为我有亲人在那个领域工作吧，对他们那个"航空报国"的梦想多一些具体的理解，所以才觉得那些"被缺少"了的东西原是不应缺少的。比如有一个老掉牙的事实是：1941 年 12 月 7 日凌晨，日本的航母编队向美国的军事基地珍珠港发动突然袭击，两个攻击波次，分别有 183 架和 168 架日军作战飞机，从六艘航空母舰上起飞，这些飞机包括战斗机、鱼雷轰炸机、俯冲轰炸机和水平轰炸机。

这种方法同样适用于文学。要对当下的我国文学的文学价值和精神价值做出判断，仅仅看它有什么是远远不够的，更要看它没有什么。又到了岁尾年头，报刊上又可看到每年必有的各种“盘点”文章，文章年年有，年年都一样，都是只说有什么，不说没有什么。与其他领域的宣传者不同的是，文学领域的这类宣传者更自觉一些。他们知道那个没有什么，甚至还对此有所暗示，足够让有会于心的读者明白，他们“盘点”出来的那些有什么有什么，其实是没有意义的。另一种现象要复杂一些，比如也是在这个年头岁尾，著名作家贾平凹发表、出版了长篇新著《带灯》。“由于种种原因”，我们的批评界有专门表扬贾作家的批评家，却没有专门批评该作家的批评家。前一拨人早有准备，《带灯》刚在《收获》上刊登了一半，已经是“好评如潮”了。当然，出手这么快，也因为这种表扬稿写起来没有任何难度，只要指出作品里有什么有什么，再给那所有的什么和什么喝声碰头彩，全齐了。而那些对此不认同的批评家，因为事先没有准备，仓促上阵，在两三个月之后，才出现少量的批评文字，而这种批评文字的思路，实际上也是在跟着那些表扬稿走的，即主要着眼于作品里有什么，很少着眼于作品里没有什么。这个很难吗？说难就难，说不难也不难，《带灯》里没有什么，你甚至只要读几篇表扬稿就能知道。那些表扬稿刻意回避的东西，正是作品里没有的东西。这些没有的东西是什么？是作家的精神高度、信仰和理想。这三个词语，看上去都很“高”很“大”，其实如果具体化到文学写作中，体现出来的“所指”却很具体很实际，就是——作家缺少那种最普通的人都应该有的那种最普通的价值观。这种价值观虽然有时候并不是很高阶、很核心，然而却是不可或缺的底线，正如李永波的金牌价值观虽然很“巨大”很核心，却抵不过普通球迷的普通价值观：尽全力去打每一场比赛，是一个职业运动员最起码的职业道德底线。

现在我们可以回到本文的开头——迟子建的身上了。我虽然不知道《黄鸡白酒》是怎样一部作品，但大体上还知道迟子建是怎样一位作家，至少有我自己对她的看法。我知道她的作品里有什么和没有什么，也知道这个有什么和没有什么各自具有的价值和意义。她与贾平凹的不同之处，恰恰在于她接受过精英文化的熏陶，不用像贾平凹那样总是拿不定主意，到底应该站在农民的立场上去挖苦城里人，还是应该站在城里人的立场上去嘲笑农民。迟子建在她早期作品中所体现出来的那种博爱精神，代表着人类文明进步过程中的一个精神高度，超越于通常所说的“正面的东西”——不管是被提倡的和不被提倡的。然而，即使是这样，那也不是永远有效的灵丹妙药；当她不再能够为“世事很艰难，人间有温暖”的模式提供足可辨认的新质时，尤其是当她有时也会以某种宣传员的模样出现，真正的博爱精神就存在着蜕变为某种自上而下的施舍的危险，或者即如那篇表扬稿所说，成为一杯混合着“苍凉”和“温暖”的鸡尾酒，而兑入酒中的那点“温暖”，其实只是为了让那些可怜的小民们能在苍凉中苟活而不至于冻馁。虽然都有一种慈悲心，但施舍中所包含的仅止于怜悯和缓解，而博爱精神的基本诉求，却是人之所以为人的平等和尊严。

无论如何，迟子建还是一位有品位的作家，而如果我们一旦把目光越过一位作家，延伸到整个文坛，我们就更能明白把那四个“大”指称为“哗众取宠”的真实含义了。看看那些表扬稿都在表扬什么，就足以知道当下的文学创作有什么和没有什么、多什么和缺什么了。“有”和“多”的是“小”，“没有”和“缺”的是“大”。不能一概而论，但可以整体上说，文坛上有太多的无病呻吟故作多情鸡零狗碎杯水风波没事找事没话找话，太多的混杂着小农意识和小市民意识的小家子气，却唯独缺少一个“大”字。我甚至觉得现在只要“大”就好，连“大”什么都显得不是很重要了。就算是故意被赋予了贬义的大悬念、大离奇、大落差、大波澜，我看也比没悬念、不稀奇、太平淡、很平庸强。真有人能写出这样的作品，我相信还真会受到读者的欢迎和人民的喜爱——这是“哗众取宠”的另一种表述方式。当然，我更期待的是另外的三个“大”——大胸怀、大气象、大手笔。我知道这有难度，因为这需要作家的精神高度、信仰和理想。虽然具体说，这只不过是要求作家具有那种最普通的人都应该有的那种最普通的价值观，却也是说起来容易做起来难，因为虽然没人认为这些价值观不"正面"，但现实当中它们又确实是正在被另一些同样也是"正面的东西"压制着。这些表扬稿，就正是这种压制的一个组成部分。

文学不能当白菜卖

张魁兴

最近，一件在翻译界很火的事件让大家吃了一惊——原来，有人翻译一千字可以得到1 200元的稿酬，而大多数翻译者却只能拿到千字60元。年初，80后翻译作者李继宏推出了4本译作，其中包括市面上已经拥有几十个版本的《小王子》《老人与海》等。李继宏称，他这次翻译的新版经典名著，预付金加上印数稿酬，折合起来，相当于千字1 200元，是市面上同行的千字60元标准的20倍。

在大多数翻译文学作品千字60元稿酬时，李继宏翻译的《小王子》稿酬高达千字1 200元，这靠谱吗？很多文学翻译都给出了质疑。但在笔者看来，也许靠谱，如今原创文学作品的稿酬普遍为千字30～100元，但也不乏千字300～500元甚至千字千元，只是少而又少，即使是茅盾文学奖获得者也未必有此殊荣。笔者以为，此消息之所以引起文学翻译界关注，其实是因为翻译文学作品稿酬太低。事实上，不只是翻译文学作品稿酬太低，原创文学作品的稿酬也太低。想光靠翻译文学作品吃饭几乎是不可能的，而作家依靠创作纯文学谋生也日益艰难。

无论是翻译文学作品，还是原创文学作品，稿酬标准太低，都是无法否认的事实。1999年出台的《出版文字作品报酬规定》规定，原创作品每千字30～100元。翻译作品大多是千字60～80元左右。在公务员工资即使是工人工资都大幅度上涨的情况下，“演员片酬25年涨了5 000倍”，稿酬标准却几十年不变，而即便是可怜的稿费也还得纳税。目前，稿酬所得税起征点仍是三十多年前的800元，但当今个税起征点已涨到3 500元！在笔者看来，文学界有“三怪”，一是稿酬标准低，专业创作或翻译队伍日渐缩小；二是稿酬税高得惊人；三是稿费低还被拖欠，李继宏说，有的出版社长时间拖欠稿酬，还隐瞒作者的版税，原创文学被转载而不付稿酬更是司空见惯。

作家被称为人类灵魂工程师，而现行的稿酬标准根本对不起人类灵魂工程师这个名号，或现行的稿酬标准已经贱卖了人类灵魂工程师。笔者以为，包括文学翻译在内的作家，目前还谈不上是体面劳动，因为作家还没有体面的稿酬，而唯有体面的稿酬标准，作家的劳动才能称之为"有尊严的创作"，也才能提高创作者的创作积极性。鲁迅当年能够靠稿费买房靠稿费生活得很好，美国每千字的稿费更在750到2 000美元之间，而我国目前的原创作品和翻译作品每千字的稿费却只有30元至100元，在这种语境下，作家有创作积极性吗？作家没有创作积极性，文学能发展吗？

希望文学翻译界很火的这个事件，引起有关部门的关注，进而助力提高稿酬标准，进而助力推动文学（包括文学翻译）事业的发展。文学不是社会的奢侈品，但也不能让作家当白菜卖。真如此的话，不只是文学的悲哀和尴尬，更是社会的悲哀和尴尬，或许还是社会的退步。我们期待的是社会的进步和文学的向前发展。

《石榴树上结樱桃》：一流小说拍出二流电影的案例

李　娜

在《人再囧途之泰囧》、《西游降魔篇》这种“笑过就忘”的喜剧电影轻轻松松就能拿下十几亿票房的中国电影市场，之所以对《石榴树上结樱桃》这样一部注定票房惨淡的“小众电影”怀有强烈的兴趣，除了它的农村现实主义题材需要关注之外，更在于影片作为一部“学院派完败的典型案例”，值得拿出来探讨。

影片讲述了农村基层干部选举的故事，对于农村题材，国内影视作品呈现两极化倾向，要么是一味暴露农村贫穷、盲荒与落后，用充满奇观化色彩的情节迎合国内外观众，特别是国外评委；要么是极力美化、粉饰，用主旋律的调调赢取政治上的美名。影片的难能可贵之处在于，它至少做到了不丑化也不美化，但并不意味着这是部成功之作。

影片改编自河南籍作家李洱的同名小说。记不起谁说过的一句话：中国近几十年的历史与社会现实，足可以为一部伟大的作品提供素材，但遗憾的是，并未能诞生出一部伟大的作品，也未能诞生出像陀思妥耶夫斯基、索尔仁尼琴、鲁迅那样伟大的作家。有的只是如余华、莫言那种有技巧且聪明过头的作家，也包括李洱。尚未读过原著，但看过影片，大致能感受到小说的面貌：一部企图借农村基层干部选举事件展现当下中国农村社会现实的作品。影片导演一再强调原著小说大量的对白以及过于弱化的戏剧冲突造成改编上的难度，但这完全不能成为影片叙事一塌糊涂的借口，更不能为导演自身对中国农村社会现实缺乏深入思考的理由。“繁花政治失败，只能回归家庭”这种轻巧的处理方式，或许有回避审查上的不得已，但更多的是避重就轻、浅尝辄止，乃至使本片看上去更像是由各种被导演事先打上标签的人物上演的一场轻浮闹剧。然而，这还不是最糟糕的。

导演作为一名理论出身的电影创作者，可能最易犯的毛病是：主题先行，理论先行。影片还未拍，可能就给自己预设了各种框架各种分析。另半路出家者，技巧又极不过硬，必将是场灾难。从影片的叙事技巧来看，导演本意是想通过一种戏曲舞台化的方式，讲述这场基层政治斗争。我们看到开篇用了一段与剧情并无关联的戏剧演出，暗示下面的叙事方式，并力图用戏曲配乐渲染营造这场政治斗争的荒诞色彩。这种想法是好的，但导演缺乏掌控能力，特别是叙事技能，以至前半段靠大量闪回、定格、旁白手法进行叙述，不仅起不到基本的推动情节发展作用，且大大破坏了观众整体感受，后半段在让影片讲述人繁花的老公莫名其妙疯掉后又莫名其妙地换了另一种叙事法，先不论闪回定格旁白这种只有叙事能力极差的初学者才会用的手法，视点的极度不统一，叙事手法的极度不连贯，是另一大硬伤。

这属于典型的野心太大、能力太差，拍出来的往往就是这样的东西(这片基本上称不上作品，缺乏成型的表达)：对题材缺乏驾驭的能力，对农村社会现实缺乏深入思考，对电影语言缺乏基本的掌控。导演只差没拿大喇叭对着观众一句句解释影片内容了，电影之所以是电影，而非话剧等舞台剧，就在于电影除了用对白、人物表演等手段进行叙事外，它还有其独特的“镜头语言”，摄影与剪辑，它强调用镜头组合方式去构造出“有意味”的时空。在拍摄本片前，只有话剧执导经验的导演陈力，恰恰缺乏的是对“电影语言”的掌控能力。我们看到本片从头至尾给人的感觉更像是一场仅仅只是将舞台搬到户外而已的话剧，空间仄逼而局促，摄影角度极为生硬、单一，毫无灵气；大量的闪回定格手法，反而弄巧成拙，大大破坏了影片本该有的含蓄韵味：你表达得越直白、越满，留给观众的想象余地就越少，艺术上就失败。

作为国内导演的处女作，又是理论出身，本不该抱太多期望，但仍旧想对导演说得是：除了野心之外，需要天分，更需要的是平常心。不要期望自己的处女作一问世就成惊世之作，只要不惊到观众就好，不是人人都能成塔尔科夫斯基，更不是你拍带点黑色幽默风格的现实主义题材的影片，就能成为库斯图里卡（陈力在观影会上谈到自己最推崇的导演是南斯拉夫的库斯图里卡）。

对于农村现实主义题材，我怀有极大偏爱，我希望此类题材在独立电影路线与主旋律之外，找到一条更健康也更营养的路线。影片本身艺术价值不值一提，但考虑到影片的现实意义，以及希望更多导演去拍现实题材、更多观众去关注现实题材，我希望能有更多观众去看它、更多人去讨论它。

尽管对于“苦逼”的国内观众，有一千个理由，需要娱乐，需要去买笑，需要借由观影去放松，但仍旧需要给思考留一个空间，哪怕只有一个理由。否则大小银幕全是王晶黄百鸣式闹剧、快乐大本营式愚剧，那么，不仅仅是影视行业创作者的悲哀，更是我们观众的悲哀。

娱乐可以有，但不能是全部，也不应成追捧。我更希望我们追捧的是：思想，以及自由表达思想产物的权利。

《毒战》：如何突破放映底线

里　昂

如果将这部《毒战》放置在杜琪峰整个电影创作生涯中来看，它绝对算不上是最优秀的代表作，只是保持了杜琪峰警匪片创作的基本水准。然而，这部片子的最大意义却在于它为内地电影市场开辟了一种全新风格的警匪电影，并且将冷峻残酷的银河映像风格成功嫁接到内地电影之中，极大地挑战了内地电影严格的审查制度，将内地电影审查的底线拉低了一大截。这正是这部合拍片最难能可贵的地方。

在拍摄《毒战》之前，杜琪峰曾想借鉴一些内地有关警匪片的影视剧作为参考，但是找到的都是清一色的弘扬我公安干警如何英明神武，惩戒犯罪的主旋律作品，很显然，这种“高、大、全”的创作模式并非杜琪峰的风格。在《毒战》中，杜琪峰以一种“去主旋律化”的创作方式去描写警与匪之间的斗争，没有刻意地将警察塑造成正义的英雄转世，也没有刻意地将罪犯描写成邪恶的魔鬼化身，而是以更为写实的笔触去探讨在那种极端环境之下人性的善与恶，美与丑。

在这种合拍片背景下关于人性善恶的探讨中，影片《毒战》似乎要比之前杜琪峰的任何电影都要残酷、冰冷、阴暗。这与以往杜琪峰警匪电影中所散发出的浓郁的人情味与浪漫主义美学大不相同。《暗战》中刘青云与刘德华一兵一匪，却各自英雄相惜，亦敌亦友，流露出一股英雄浪漫主义气息；《枪火》中的五个兄弟，虽混迹江湖，拿人钱财，替人消灾，却秉持着“枪火无眼，人间有情”的兄弟道义；《文雀》中的四个小偷为了一个神秘女子不惜铤而走险，只为赢得美人一笑。杜琪峰电影无论如何冷峻残酷，却始终都贯穿着一种温暖，这种温暖或者是英雄之间的惺惺相惜，或者是几个毫不相干的人为了一个共同的目标而信守承诺，这也是杜琪峰电影的魅力所在。然而，在《毒战》中，这种浪漫主义气息和暖暖的人情味却消失殆尽，只剩下一声冰冷的叹息。

或许，这种风格的细微变化与香港、内地两种不同的创作环境有着密不可分的关联。在内地贩卖50克以上毒品就可以被判处死刑，而在香港却是没有死刑的。内地与香港对待毒贩的不同量刑方式直接关乎影片中主人公的真实人性和心理变化。因为当一个毒贩得知自己可能被判处死刑的时候，为了活下去，他可能会做任何出卖朋友的事情，没有比他活下去更重要的事情了。所以，我们才会看到影片中古天乐饰演的蔡添明为了将功赎罪获得死缓而不惜出卖自己的兄弟朋友，背信弃义，为了一个人活下去，而死掉了所有人。这种冰冷绝望的残酷正好也印证了电影海报中的那句话“人心比毒更毒”。

对于内地与香港的合拍片而言，地域文化之间的差异是观众欣赏影片的最大障碍。能够解决好这个问题是影片成败的关键所在。香港导演北上拍片也有十多年时间，然而真正能够很好地将内地文化与香港文化融合在一起，并且去深入探索内地电影拍片规则的导演少之又少，大多数导演的合拍片最后都沦为“四不像”的怪胎，既没有讨好内地观众，也没有让香港观众满意。所幸，杜琪峰导演做到了。

在影片前半段，如果没有观影之前充斥的信息，观众完全看不出这是一部合拍片，而认为是一部纯内地电影。无论是电影台词，还是影片中经常出现的茅台酒、绿色军大衣等道具，都无时无刻提醒着观众这是一部内地警匪片，完全不会让观众有出戏的感觉。而到影片后半段，当香港毒贩七人帮出现的时候，银河映像风格渐显，杜琪峰电影中的黄金配角们以群像的形式齐齐粉墨登场，以杜琪峰电影中带有风格化的表演方式为影片打上了银河映像的特有标签。特别是影片结尾的街头枪战更是将银河映像风格发挥到了淋漓尽致。警匪双方形成对峙局面，先以汽车作为掩护，寻找恰当时机，静观其变，以静制动，等到静止的情绪达到某种极限时，双方忽然脱离遮挡物，几乎以群像的形式形成无掩护的正面对峙，进而展开一场枪林弹雨的激战，等能量完全爆发之后，最后又恢复了死亡般的平静。

影片同样透射出了银河映像中那充满悲剧意味的宿命感。当蔡添明最后企图开车逃跑时，却意外撞上了也正打算开车逃跑的大聋和小聋；孙红雷饰演的警察临死之前用手铐铐住了蔡添明的脚踝，阻止了他的逃脱，最后被注射死刑，正是因为之前孙红雷的一句"你想活，我陪你；你想死，我也陪你"而造成的悲剧宿命。至此，银河映像风格在内地警匪片中实现了完美的嫁接。

在这样一部以毒品为主线、描写内地警匪题材的电影中，影片涉及了大量有关人体藏毒、卧底警察吸毒、毒贩制毒贩毒、注射死刑等大胆敏感内容，能通过内地电影审查已经属于奇迹。对于长期遭受内地审查阉割的电影观众来说，能够看到这样一部酣畅淋漓的电影实在是一大幸事。而对于杜琪峰这次试水内地警匪片所做的尝试，犹如戴着脚镣跳舞，虽然也做了一些妥协，但我们仍然可以在影片中感受到强烈的杜琪峰的个人标签。他用最简单粗暴的方式讲述了一个精彩刺激的故事。你有你的审查，我有我的风格。我是杜琪峰，我为自己代言。

图书在版编目(CIP)数据

中国美术乱象考辨/《文学报》编. --上海：上海书店出版社,2015.4
(文学报·新批评文丛. 第2卷)
ISBN 978-7-5458-1041-7

Ⅰ.①中… Ⅱ.①文… Ⅲ.①美术评论—中国—文集 Ⅳ.①J052-53

中国版本图书馆CIP数据核字(2015)第063387号